Collection animée par
Jean-Paul Brighelli et Michel Dobransky

Fred Vargas
L'Homme à l'envers

Présentation, notes, questions et après-texte établis par

JOSIANE GRINFAS
professeur de Lettres

MAGNARD

Sommaire

LA BELLE ET LA BÊTE

Un commissaire qui dessine et rêve dans les pubs, une musicienne qui trouve l'apaisement dans un catalogue d'outillage, un berger qui communique par téléphone mobile avec ses brebis et un jeune prince noir qui a pour mère une montagnarde, un peu ogresse, un peu princesse. Tous les quatre sont à la poursuite d'un meurtrier : chien monstrueux, loup colossal ou loup-garou, la bête du Mercantour laisse dans le cadavre de ses victimes des traces qui réveillent les plus anciennes terreurs...

Ce sont ces personnages improbables, ce « road-movie » rustique, que les élèves de Saint-Romain-en-Gal ont choisi pour décerner à leur auteur le premier prix Sang d'Encre des lycéens 1999. Ils ont montré, à cette occasion, un goût littéraire assez sûr puisque *L'Homme à l'envers* reçut, l'année suivante, le Grand Prix du Roman Noir de Cognac.

Peut-être se sont-ils reconnus dans la voix et la figure encore adolescentes de Fred Vargas, dans ses personnages en quête d'eux- mêmes et d'ailleurs. Des personnages sans cesse « sur la route », qui n'ont pas vraiment envie de suivre les voies déjà tracées ; des amateurs de chemins de traverse qui, même s'ils y ressentent quelque angoisse, préfèrent les escarpements sombres du Mercantour aux espaces ouverts et béants de la plaine. Peut-être ont-ils frissonné à l'évocation du loup-garou et de la bête qui sommeille en chaque homme. Peut-être ont-ils enfin tremblé à voir la fragilité de l'amour et du désir de le vivre sans trop troubler les eaux...

Lire *L'Homme à l'envers* c'est découvrir tous ces paysages réels et mentaux ; c'est suivre une intrigue policière qui choisit volontairement l'aléatoire et le décalage ; c'est retrouver dans le roman policier l'univers des contes et des mythes.

Présentation

Enfin, c'est rencontrer un auteur qui sait établir des correspondances étonnantes avec ses personnages, ses lecteurs, et qui pratique le mélange des genres comme un art : archéologue de formation et de métier, Fred Vargas a cependant peur des étiquetages et, désirant être « au moins deux choses », elle a hésité entre deux activités parallèles : l'accordéon ou l'écriture. Comme la pratique de la première lui posait quelques problèmes, et comme elle aime trouver l'extraordinaire dans le quotidien, elle s'essaya au roman, et avec quel succès ! Et puis elle dit qu'elle n'écrit pas des « polars », mais des « rompols », peut-être sa façon à elle de mélanger la musique et les intrigues policières…

En tout cas, ce mélange « prend », ce qui ne nous empêche pas d'observer d'un peu plus près comment Fred Vargas pratique l'alchimie de l'écriture…

Fred Vargas
L'Homme à l'envers

Le mardi, il y eut quatre brebis égorgées à Ventebrune, dans les Alpes. Et le jeudi, neuf à Pierrefort. « Les loups, dit un vieux. Ils descendent sur nous. »

L'autre vida son verre, leva la main. « *Un* loup, Pierrot, *un* loup. Une bête comme t'en as jamais vu. Qui descend sur nous. »

1

Il y avait deux types, allongés dans les broussailles.

– Tu te figures pas que tu vas m'apprendre mon boulot ? chuchota le premier type.

– Je me figure rien, répondit son compagnon, un grand gars aux cheveux longs et blonds, qui s'appelait Lawrence.

Immobiles et jumelles au poing, les deux hommes observaient un couple de loups. Il était dix heures du matin, le soleil leur cuisait les reins.

– Ce loup, c'est Marcus, reprit Lawrence. Il est revenu.

L'autre secoua la tête. C'était un homme du pays, petit, brun, un peu buté. Il veillait sur les loups du Mercantour depuis six années. Il s'appelait Jean.

– C'est Sibellius, murmura-t-il.

– Sibellius est bien plus grand. N'a pas cette touffe jaune à l'encolure.

Troublé, Jean Mercier réajusta ses jumelles, fit une nouvelle fois la netteté et examina avec attention le loup mâle qui, à trois cents mètres à l'est de leur planque, tournait autour du rocher familial, levant parfois le museau dans le souffle du vent. Ils étaient près, trop près, il vaudrait bien mieux reculer mais Lawrence voulait filmer à tout prix. C'est pour ça qu'il était venu, pour filmer les loups, puis remballer son reportage au Canada. Mais depuis six mois, il différait[1] son retour sous des

---

1. Retardait.

prétextes obscurs. Pour dire la vérité, le Canadien s'incrustait.
25 Jean Mercier savait pourquoi. Lawrence Donald Johnstone,
spécialiste renommé des grizzlis[1] canadiens, était tombé cinglé
d'une poignée de loups d'Europe. Et il ne se décidait pas à le
dire. De toute façon, le Canadien parlait aussi peu que possible.

– Est revenu au printemps, murmura Lawrence. A fondé sa
30 famille. Elle, je ne la remets pas.

– C'est Proserpine, chuchota Jean Mercier, la fille de Janus et
Junon, troisième génération.

– Avec Marcus.

– Avec Marcus, reconnut enfin Mercier. Et ce qu'il y a de sûr,
35 c'est qu'il y a des louveteaux tout neufs.

– Bien.

– Très bien.

– Combien ?

– Trop tôt pour dire.

40 Jean Mercier prit quelques notes sur un calepin suspendu à
sa ceinture, but à sa gourde, et reprit la position sans faire cra-
quer une brindille. Lawrence posa ses jumelles, s'essuya le
visage. Il attira à lui la caméra, cadra sur Marcus, enclencha en
souriant. Il avait passé quinze ans de sa vie parmi les grizzlis, les
45 caribous et les loups du Canada, arpentant seul les immenses
réserves, observant, notant, filmant, tendant la main, parfois,
aux plus vieux de ses compagnons sauvages. Pas précisément
des rigolos. Une vieille femelle grizzli, Joan, qui venait vers lui,

---

1. Ours gris.

le front bas, se faire gratter la fourrure. Et Lawrence n'avait pas
imaginé que la pauvre Europe, étriquée[1], dévastée et domesti-
quée, ait quoi que ce soit de correct à lui offrir. Il avait accepté
cette mission-reportage dans le Massif du Mercantour avec
beaucoup de réticence, histoire de.

Et en fin de compte, il s'éternisait dans ce recoin de montagne, il repoussait son retour. En clair, il traînait. Il traînait
pour les loups d'Europe et leur toison grise et minable, parents
pauvres et haletants des bêtes touffues et claires de l'Arctique et
qui méritaient, à son idée, toute sa tendresse. Il traînait pour les
nuées d'insectes, les coulées de sueur, les broussailles carboni-
sées, la grésillante chaleur des terres méditerranéennes. « Et
attends, t'as pas tout vu », lui disait Jean Mercier d'un ton un
peu sentencieux[2], avec cette expression orgueilleuse des habi-
tués, des surcuits, des rescapés de l'aventure solaire. « On n'est
qu'en juin. »

Il traînait enfin pour Camille.

Ici, ils disaient « s'incruster ».

« C'est pas un reproche, lui avait dit Jean Mercier avec une
certaine gravité, mais mieux vaut que tu le saches : tu t'in-
crustes. » « Eh bien maintenant, je le sais », avait répondu
Lawrence.

Lawrence arrêta la caméra, la posa délicatement sur son sac,
la couvrit d'une toile blanche. Le jeune Marcus venait de disparaître vers le nord.

---

1. Étroite, petite.
2. Grave.

— Parti chasser avant la grande chaleur, commenta Jean.

75 Lawrence s'aspergea le visage, mouilla sa casquette, but une dizaine de gorgées. Bon Dieu, ce soleil. Jamais connu un enfer pareil.

— Trois louveteaux au moins, murmura Jean.

— Je cuis, dit Lawrence avec une grimace, en passant la main

80 sur son dos.

— Attends. T'as pas tout vu.

BIEN LIRE

**Quelle est la fonction exacte de chacun des deux hommes ?
À quelle civilisation les noms des loups sont-ils empruntés ?**

2

Le commissaire Jean-Baptiste Adamsberg versa les pâtes dans la passoire, égoutta distraitement, fit passer le tout dans son assiette, fromage, tomate, ça irait comme ça pour ce soir. Il était rentré tard, suite à l'interrogatoire d'un jeune crétin qui s'était
5 éternisé jusqu'à onze heures. Car Adamsberg était lent, il n'aimait pas brusquer les choses et les gens, tout crétins fussent-ils. Et avant toute chose, il n'aimait pas se brusquer lui-même. La télévision était allumée en sourdine, guerres, guerres et guerres. Il fouilla avec fracas dans le désordre du tiroir à couverts, trouva
10 une fourchette, et se planta debout devant le poste.

... loups du Mercantour passent une fois de plus à l'attaque dans un canton des Alpes-Maritimes jusqu'ici épargné. On évoque cette fois une bête d'une taille exceptionnelle. Réalité ou légende ? Sur place...

15 Tout doucement, Adamsberg se rapprocha du poste, l'assiette à la main, sur la pointe des pieds, comme pour ne pas effaroucher le commentateur. Un geste de trop et ce type s'enfuirait de la télé, sans finir la formidable histoire de loups qu'il venait de commencer. Il monta le son, se recula. Adamsberg
20 aimait les loups, comme on aime ses cauchemars. Toute son enfance pyrénéenne avait été enveloppée des voix des vieux qui racontaient l'épopée[1] des derniers loups de France. Et quand il parcourait la montagne à la nuit, à neuf ans, quand son père

---

1. Récit héroïque, mélange d'histoire et de merveilleux.

l'envoyait dans les chemins ramasser de l'allume-feu, sans dis-
25 cussion, il croyait voir leurs yeux jaunes le suivre tout au long
des sentiers. *Comme des tisons, mon gars, comme des tisons ça fait,
les yeux du loup, la nuit.*

Et aujourd'hui, quand il revenait là-bas, dans sa montagne,
il reprenait les mêmes chemins, à la nuit. Comme quoi c'est
30 désespérant, l'être humain, ça s'attache à ce qu'il a de pire.

Il avait bien entendu dire que quelques loups des Abruzzes[1]
avaient repassé les Alpes, il y a de cela quelques années. Une
bande d'irresponsables, en quelque sorte. Des ivrognes en
goguette. Sympathique incursion, symbolique retour, bienve-
35 nue à vous, les trois bêtes pelées des Abruzzes. Salut, camarades.
Depuis, il croyait bien que quelques types les maternaient
comme un trésor, bien à l'abri dans les caillasses du
Mercantour. Et qu'un agneau leur passait sous la dent de temps
à autre. Mais c'était la première fois qu'il en voyait les images.
40 Alors quoi, cette soudaine sauvagerie, c'était eux, les braves gars
des Abruzzes ? Adamsberg, tout en mangeant silencieusement,
voyait passer sur l'écran une brebis déchiquetée, un sol ensan-
glanté, le visage convulsé d'un éleveur, la toison souillée d'une
brebis, dépecée[2] dans l'herbe d'un pâturage. La caméra fouillait
45 les blessures avec complaisance et le journaliste aiguisait ses
questions, chauffait les brandons[3] de la colère rurale. Mêlées

---

1. Massif montagneux du centre de l'Italie.
2. Mise en morceaux.
3. Ce qui met le feu.

aux prises de vue, des gueules de loups surgissaient sur l'écran, babines relevées, droit sortis d'anciens documentaires, plus balkaniques[1] qu'alpins. On aurait pu croire que tout l'arrière-pays
50 niçois courbait soudain l'échine sous le souffle de la meute sauvage, tandis que de vieux bergers relevaient de fiers visages pour défier la bête, droit dans les yeux. *Comme des tisons, mon gars, comme des tisons.*

Restaient les faits : une trentaine de loups recensés sur le
55 Massif, sans compter les jeunes égarés, une dizaine peut-être, et les chiens errants, à peine moins dangereux. Des centaines d'ovins égorgés au cours de la saison dernière, dans un rayon de dix kilomètres autour du Mercantour. À Paris, on n'en parlait pas, parce qu'à Paris on se foutait pas mal des histoires de loups
60 et de moutons, et Adamsberg découvrait ces chiffres avec stupeur. Aujourd'hui, deux nouvelles attaques dans le canton d'Auniers relançaient l'affrontement.

Un vétérinaire venait à l'écran, pondéré[2], professionnel, le doigt pointé sur une blessure. Non, il n'y avait pas de doute
65 permis, ici l'impact de la carnassière supérieure, la quatrième prémolaire droite, voyez, et ici, devant, la canine droite, voyez là, et ici, et dessous, ici. Et l'écart entre les deux, voyez. C'est la mâchoire d'un grand canidé.

– Diriez-vous d'un loup, docteur ?
70 – Ou d'un très grand chien.

---

1. De la région des Balkans.
2. Calme et grave.

– Ou d'un très grand loup ?

Puis, à nouveau, le visage buté d'un éleveur. Depuis quatre années que ces saloperies de bêtes se remplissaient la panse avec la bénédiction des gens de la capitale, on n'avait jamais vu des
75 blessures pareilles. Jamais. Des crocs comme ma main. L'éleveur tendait le bras vers l'horizon, balayait les montagnes. Là-haut, qui rôde. Une bête comme on n'en a jamais vu. Qu'ils rigolent, à Paris, qu'ils rigolent. Rigoleront moins quand ils la verront.

80 Fasciné, Adamsberg achevait debout son assiette de pâtes froides. Le présentateur enchaîna. Les guerres.

Lentement, le commissaire s'assit, posa son assiette par terre. Bon dieu, les loups du Mercantour. Elle avait drôlement grandi, l'innocente petite meute des débuts. Elle étendait son
85 territoire de chasse, canton par canton. Elle débordait hors des Alpes-Maritimes. Et sur cette quarantaine de loups, combien attaquaient ? Des bandes ? Des couples ? Un solitaire ? Oui, c'était comme ça, dans les histoires. Un solitaire roué[1], cruel, s'approchant des villages à la nuit, avec son cul bas sur ses pattes
90 grises. Une grosse bête. La Bête du Mercantour. Et les enfants dans les maisons. Adamsberg ferma les yeux. *Comme des tisons, mon gars, comme des tisons ça fait, les yeux du loup, la nuit.*

---

1. Rusé.

BIEN LIRE

Quelle est l'origine d'Adamsberg ? D'où vient-il ?
Comment la télévision modifie-t-elle son regard sur les loups ?
L. 72-79 : S'agit-il d'un récit ou d'un discours ?

3

Lawrence Donald Johnstone ne redescendit au village que le vendredi, vers onze heures du soir.

Entre une heure et quatre heures, les hommes du Parc du Mercantour faisaient une longue pause studieuse ou somno-
5 lente à l'ombre des baraquements de pierres sèches qu'on trou-
vait çà et là sur les pentes. Lawrence s'était approprié, pas très loin du nouveau territoire du jeune Marcus, une bergerie désaf-
fectée dont il avait débarrassé le sol d'un fumier hors d'âge et à vrai dire inodore. C'était pour le principe. Le grand Canadien,
10 plus habitué à se laver torse nu avec des mottes de neige qu'à se vautrer, poisseux de vieille sueur, dans la merde des brebis, trou-
vait les Français cradingues. Paris, rapidement traversé, lui avait soufflé de lourdes odeurs de pisse et de transpiration, des relents[1] d'ail et de vin. Mais c'était à Paris qu'il avait rencontré
15 Camille, aussi Paris était-il absous[2]. Absous aussi ce Mercantour surchauffé et ce village de Saint-Victor-du-Mont où il s'était provisoirement posé avec elle. Mais cradingues quand même, les types surtout. Il ne s'habituait pas aux ongles noirs, aux cheveux collés, aux maillots informes, gris de crasse.
20 Dans sa vieille bergerie nettoyée, Lawrence s'installait chaque après-midi sur une grosse toile, étendue à même la terre séchée. Il classait ses notes, visionnait les images du matin, préparait les

---

1. Mauvaises odeurs.
2. Pardonné, excusé.

observations de la soirée. Ces dernières semaines, un vieux loup en bout de course, un solitaire d'une quinzaine d'années, le
25 vénérable Augustus, chassait sur le mont Mounier. Il ne sortait qu'à la fraîche et Lawrence ne voulait pas le rater. Car le vieux père tentait de survivre plutôt qu'il ne chassait. Ses forces déclinantes lui faisaient manquer les proies les plus simples. Lawrence se demandait combien de temps le vieillard allait
30 tenir, comment cela allait finir. Et combien de temps, lui, Lawrence, il allait tenir, avant d'aller braconner[1] quelque viande pour le vieil Augustus, bravant ainsi les Lois du Parc qui voulaient que les animaux se démerdent et crèvent comme aux premiers temps du monde. Si Lawrence apportait un lièvre au
35 vieux, ça n'allait pas déséquilibrer la planète, si ? Quoi qu'il en soit, il faudrait le faire sans souffler mot aux collègues français. Les collègues assuraient que donner un coup de main aux bêtes les amollissait et détraquait les lois de la Nature. Certes, mais Augustus était déjà ramolli et les lois de la Nature étaient en
40 dentelle. Alors, ça changeait quoi ?

Puis, après avoir avalé pain, flotte et saucisson, Lawrence s'étendait au sol, au frais, mains sous la nuque, et il pensait à Camille, il pensait à son corps et à son sourire. Camille était propre, Camille était parfumée, et surtout, Camille possédait
45 une grâce inconcevable, qui faisait trembler les mains, le ventre et les lèvres. Jamais Lawrence n'aurait imaginé trembler pour une fille aussi brune, aux cheveux raides et noirs, taillés sur la

---

1. Chasser sans permis.

nuque, et qui ressemblait à Cléopâtre. Quand même, pensa-t-il, ça faisait deux mille ans que cette vieille Cléopâtre était
50 morte, mais elle restait encore l'archétype[1] de ces fières filles brunes au nez droit, au cou délicat, au teint pur. Oui, rudement forte, cette vieille Cléopâtre. Et dans le fond, il ne savait rien d'elle, et pas grand-chose de Camille, sauf qu'elle n'était pas reine et qu'elle gagnait sa vie en pratiquant tantôt la
55 musique et tantôt la plomberie.

Ensuite, il devait abandonner ces images qui l'empêchaient de se reposer, et il se concentrait sur le boucan des insectes. Ça abattait un sacré boulot, ces bestioles. L'autre jour, sur les basses pentes, Jean Mercier lui avait montré sa première cigale. Grosse
60 comme un ongle, beaucoup de bruit pour pas grand-chose. Lawrence, lui, aimait vivre en silence.

Ce matin, il avait vexé Mercier. Mais sans blague, c'était Marcus, tout de même.

Marcus, avec sa touffe jaune à l'encolure. Il promettait, ce
65 loup. Tonique, fureteur, vorace. Lawrence le soupçonnait d'avoir bouffé une bonne quantité d'agneaux, cet automne, dans le canton de Trévaux. Du franc travail de prédateur, avec du sang partout dans les herbages autour des toisons déchiquetées par dizaines, un genre de performance qui mettait les gars
70 du Parc au désespoir. Les pertes avaient été remboursées mais les éleveurs s'échauffaient, s'armaient de chiens d'attaque et, l'hiver dernier, ça avait manqué tourner à la battue générale.

---

1. Modèle original, premier.

Depuis fin février, depuis que les meutes hivernales s'étaient dispersées, c'était l'accalmie. Repos.

75   Lawrence était du côté des loups. Il estimait que les bêtes avaient honoré la petite terre de France en passant audacieusement les Alpes, comme des ombres solennelles venues du passé. Pas question de les laisser massacrer par les petits hommes surcuits. Mais, comme tout chasseur nomade, le Canadien était

80 un homme prudent. Au village, il ne parlait pas des loups, il restait muet, suivant en cela le précepte[1] de son père : « Si tu veux rester libre, ferme ta gueule. »

Lawrence n'était pas redescendu à Saint-Victor-du-Mont depuis cinq jours. Il avait prévenu Camille qu'il suivrait le véné-

85 rable Augustus dans ses chasses nocturnes et désespérées jusqu'à jeudi, avec la caméra infrarouge. Mais le jeudi, les échecs répétés du vieux loup avaient eu raison de la résistance de Lawrence et il avait prolongé sa traque d'une soirée, pour lui trouver de quoi bouffer. Il avait attrapé deux garennes au terrier, leur avait

90 ouvert la gorge d'un coup de couteau et déposé les cadavres sur une des pistes d'Augustus. À l'abri des broussailles, entortillé dans une toile cirée censée retenir son odeur d'homme, Lawrence avait guetté avec anxiété le passage de la maigre bête.

À présent, il traversait Saint-Victor désert en sifflotant, sou-

95 lagé. Le vieillard était passé et le vieillard avait mangé.

---

1. Leçon.

Camille se couchait assez tard dans la nuit. Quand Lawrence poussa la porte, il la vit penchée sur le clavier de son synthétiseur, casque sur les oreilles, sourcils froncés, lèvres entrouvertes, les mains courant d'une note à l'autre, parfois hésitantes.
100 Camille n'était jamais si belle que lorsqu'elle se concentrait, pour le travail ou pour l'amour. Lawrence posa son sac, s'assit à la table et l'observa pendant quelques minutes. Isolée sous ses écouteurs, insensible aux sons extérieurs, elle griffonnait sur une portée. Lawrence savait qu'elle devait livrer pour novembre
105 la bande musicale d'un feuilleton sentimental en douze épisodes, un vrai désastre, avait-elle dit. Et beaucoup de boulot, s'il avait bien compris. Lawrence n'aimait pas discuter à perte de vue des détails du boulot. On faisait le boulot, c'est tout. Et c'était ce qu'il y avait de plus important.

110 Il passa derrière elle, contempla sa nuque sous les cheveux courts et l'embrassa rapidement, ne jamais déranger Camille pendant le travail, fût-ce après cinq jours d'absence, il comprenait ça mieux que personne. Camille sourit, fit un signe de main. Elle travailla encore vingt minutes avant d'ôter son casque
115 et de le rejoindre à la table. Lawrence faisait défiler les images d'Augustus dévorant les garennes et il lui présenta le viseur.

— C'est le vieillard qui se bâfre, expliqua-t-il.

— Tu vois que ce n'est pas un homme fini, dit Camille en collant son œil à l'oculaire.

120 — C'est moi qui lui ai filé la viande, répondit Lawrence en faisant la moue.

Camille posa sa main sur les cheveux blonds du Canadien, tout en gardant un œil sur le viseur.

– Lawrence, dit-elle, il y a eu du mouvement. Apprête-toi à
125 les défendre.

Lawrence l'interrogea à son habitude, d'un simple mouvement de menton.

– Mardi, ils ont retrouvé quatre brebis égorgées à Ventebrune, et hier matin, neuf autres déchiquetées à Pierrefort.
130 – God, souffla Lawrence. Jesus Christ. Bullshit.

– C'est la première fois qu'ils s'aventurent si bas.

– Deviennent plus nombreux.

– Je l'ai su par Julien. C'est passé aux informations, ça devient sujet national. Les éleveurs ont dit qu'ils feraient passer
135 le goût de la viande aux loups d'Italie.

– God, répéta Lawrence. Bullshit[1].

Il regarda sa montre, éteignit la caméra, et, soucieux, alla allumer un tout petit poste de télévision posé sur une caisse, dans un angle.
140 – Il y a plus ennuyeux, ajouta Camille.

Lawrence tourna son visage vers elle, menton levé.

– Ils disent que cette fois, ce ne serait pas une bête comme les autres.

– Pas comme les autres ?
145 – Différente. Plus grande. Une force de la nature, une

---

1. « Merde ».

mâchoire gigantesque. Pas normale, quoi. En deux mots, un monstre.

– Tu parles.

– C'est ce qu'ils disent.

150 Lawrence secoua ses cheveux blonds, atterré.

– Ton pays, dit-il après un silence, est un foutu pays arriéré de vieux cons.

Le Canadien passa d'une chaîne à l'autre pour trouver un bulletin d'informations. Camille s'assit au sol, croisa ses bottes

155 et se cala contre les jambes de Lawrence, se mordant les lèvres. Tous les loups y passeraient, et le vieil Augustus aussi.

BIEN LIRE

De quel type de parc s'agit-il ?
Quel mot conviendrait pour désigner le comportement de Lawrence à l'égard d'Augustus ?
Pourquoi pense-t-il avoir vexé Mercier ?
Qu'y a-t-il de nouveau dans le comportement des loups ?

4

Lawrence passa le week-end à collecter la presse locale, à guetter les informations, à descendre au café du village, en bas.

– N'y va pas, conseilla Camille. Ils vont t'emmerder.

– Why? demanda Lawrence, avec cet air de bouder qui lui
5 était coutumier lorsqu'il était inquiet. C'est leurs loups.

– C'est pas leurs loups. C'est les loups des Parisiens, des mascottes[1] qui leur bouffent les troupeaux.

– Suis pas un Parisien.

– Tu t'occupes des loups.
10 – Je m'occupe des grizzlis. C'est ça, mon boulot, les grizzlis.

– Et Augustus?

– Différent. Respect dû aux vieillards, honneur aux faibles. Il n'a plus que moi.

Lawrence était peu doué pour parler, préférant se faire
15 comprendre par signes, par sourires ou par moues, comme le font en experts les chasseurs ou les plongeurs condamnés à s'exprimer en silence. Débuter comme achever ses phrases le faisait souffrir, et il n'en livrait le plus souvent que des milieux tronqués, plus ou moins audibles, dans le clair espoir qu'un
20 autre achève cette corvée pour lui. Soit qu'il ait cherché les solitudes glaciaires pour fuir le bavardage des hommes, soit que la fréquentation assidue des étendues arctiques lui ait ôté

---

1. Animaux fétiches.

le goût de la parole, la fonction décréant[1] l'organe, il parlait tête baissée, protégé par sa frange blonde, et le moins souvent possible.

Camille, qui aimait dépenser des mots avec libéralité[2], avait eu de la peine à s'habituer à cette communication économe. De la peine en même temps que du soulagement. Elle avait beaucoup trop parlé ces dernières années, et pour rien encore, et elle s'en était écœurée elle-même. Aussi le silence et les sourires du grand Canadien lui offraient-ils une aire de repos inattendue qui la décrassait de ses anciennes habitudes, dont les deux plus emmerdantes avaient été sans conteste de raisonner et de convaincre. Il était impossible pour Camille d'abandonner l'univers si profondément distrayant du verbe[3], mais au moins avait-elle laissé pour mort tout le formidable appareil cérébral qu'elle avait mis jadis au service de la persuasion des autres. Il achevait de rouiller dans un coin de sa tête, monstre épuisé, désaffecté, perdant par lambeaux les rouages[4] de ses arguments et les éclats de ses métaphores. Aujourd'hui, face à un gars tout en gestes muets, qui suivait sa route sans demander l'avis de personne et qui ne souhaitait à aucun prix qu'on lui commente l'existence, Camille soufflait et s'allégeait l'esprit, comme on vide un grenier d'épaves accumulées.

Elle inscrivit une série de notes sur une portée.

---

1. Supprimant.
2. Générosité.
3. Parole.
4. Mécanismes.

– Si tu t'en fous, des loups, reprit-elle, pourquoi tu veux descendre ?

Lawrence marchait dans la petite pièce sombre, dont ils avaient abaissé les volets de bois. Les mains dans le dos, il allait
50 d'un angle à un autre, écrasant sous son poids quelques tomettes[1] chancelantes, frôlant de ses cheveux la poutre maîtresse. Ces baraques du Sud n'avaient pas été conçues pour des Canadiens de ce format. De la main gauche, Camille cherchait un rythme sur son clavier.

55 – Savoir lequel c'est, dit Lawrence. Quel loup.

Camille abandonna le clavier, se tourna vers lui.

– *Lequel* c'est ? Tu penses comme eux ? Qu'il n'y en a qu'un seul ?

– Chassent souvent seuls. Faudrait voir les blessures.

60 – Où sont les moutons ?

– À la chambre froide, le boucher les a récupérés.

– Il va les vendre ?

Lawrence secoua la tête en souriant.

– Non. « On mange pas les bêtes mortes », il a dit. C'est pour
65 l'expertise.

Camille réfléchit, un doigt sur les lèvres. Elle ne s'était pas encore posé la question de l'identification de l'animal. Elle ne croyait pas à la rumeur d'une bête monstrueuse. C'était des loups, voilà tout. Mais pour Lawrence, bien sûr, ces attaques
70 pouvaient avoir un visage, une gueule, un nom.

---

1. Briques de carrelage.

– Lequel est-ce ? Tu le sais ?

Lawrence haussa ses lourdes épaules, écarta les mains.

– Les blessures, répéta-t-il.

– Ça dira quoi ?

75 – Taille. Sexe. Avec beaucoup de chance.

– Tu penses auquel ?

Lawrence se passa les mains sur le visage.

– Au grand Sibellius, lâcha-t-il entre ses dents, comme s'il commettait le péché de délation[1]. S'est fait piquer son terri-
80 toire. Par Marcus, un jeune crâneur. Doit être mauvais. Pas vu le gars depuis des semaines. Et c'est un dur, Sibellius, un vrai dur. God. Tough guy[2]. A pu se tailler un nouveau territoire.

Camille se leva, passa ses bras autour des épaules de Lawrence.

85 – Si c'est lui, qu'est-ce que tu peux faire ?

– Le seringuer, le foutre dans la camionnette. L'emmener dans les Abruzzes.

– Les Italiens ?

– Pas pareils. Sont fiers de leurs bêtes.

90 Camille se haussa pour toucher les lèvres de Lawrence. Lawrence fléchit les genoux, serra ses bras sur sa taille. Pourquoi s'emmerder avec ce foutu loup quand il pouvait rester sa vie entière dans cette pièce avec Camille ?

– Je descends, dit-il.

---

1. Dénonciation.
2. « Sacré gars ».

95   Au café, les échanges furent assez brutaux avant qu'on accepte
enfin de conduire Lawrence à la chambre froide. Le «trappeur[1]», comme on l'appelait ici – car qui traîne la savate dans
les forêts canadiennes n'est rien d'autre qu'un trappeur –, faisait
maintenant vaguement figure de traître. On ne le disait pas
100   comme ça. On ne s'y risquait pas. Car on sentait qu'on aurait
besoin de lui, de sa science, de sa force aussi. Un format pareil
n'était pas à négliger dans un si petit village. Surtout un gars qui
discutait d'égal à égal avec les grizzlis. Alors les loups, hein, de la
blague. Si bien qu'on ne savait plus trop de quel côté ranger le
105   trappeur, s'il fallait lui parler ou pas lui parler. Ce qui à vrai dire
ne changeait pas grand-chose, car le trappeur, lui, ne parlait pas.

Avec des gestes tranquilles, sous les regards de Sylvain, le
boucher, et de Gerrot, le menuisier, Lawrence manipula les
bêtes égorgées, auxquelles manquaient à l'une une patte, à
110   l'autre un haut d'épaule.

– Pas claires, ces empreintes, marmonna-t-il. Ont bougé.

D'un signe de main, il fit comprendre au menuisier qu'il
avait besoin d'un mètre. Gerrot le lui posa dans la paume, sans
un mot non plus. Lawrence mesura, réfléchit, mesura encore.
115   Puis, il se redressa et, sur un signe, le boucher reporta les animaux dans le frigo, claqua la lourde porte blanche, abaissa la
poignée.

– Résultat ? demanda-t-il.

– Même attaquant. Il semble.

---

1. Chasseur de peaux.

120 – Grosse bête ?

– Beau mâle. Au moins ça.

Au soir, une quinzaine de villageois traînaient encore sur la place, en petits groupes dispersés autour de la fontaine. On hésitait à aller dormir. D'une certaine manière, et sans le dire,
125 on montait déjà la garde. On faisait veillée d'armes, les hommes aimaient ça. Lawrence rejoignit le menuisier Gerrot qui, seul sur un banc de pierre, paraissait rêver en fixant le bout de ses grosses chaussures. À moins qu'il n'ait juste fixé le bout de ses grosses chaussures, sans rêver. Le menuisier était un homme
130 sage, peu guerrier et peu causant, et Lawrence le respectait.

– Demain, commença Gerrot, tu remontes au Massif ?

Lawrence hocha la tête.

– Tu vas repérer les bêtes ?

– Oui, avec les autres. Ont déjà dû s'y mettre.

135 – Tu connais la bête ? Tu as une idée ?

Lawrence grimaça.

– Peut-être un nouveau.

– Pourquoi ? Qu'est-ce qui te gêne ?

– La taille.

140 – Grand ?

– Beaucoup trop grand. L'arcade dentaire, très développée.

Gerrot posa ses coudes sur ses genoux, plissa les yeux, regarda le Canadien.

– Alors merde, ce serait vrai ? murmura-t-il. Ce qu'ils disent ?
145 Que ce serait une bête pas normale ?

– Hors du commun, répondit Lawrence sur le même ton.

– T'as peut-être mal estimé, trappeur. Les mesures, il n'y a rien qui bouge autant.

– Oui. Les dents ont glissé. Dérapé. Ont pu allonger l'em-
150 preinte.

– Tu vois.

Un long moment de silence s'écoula entre les deux hommes.

– Mais grand quand même, reprit Lawrence.

– Il risque d'y avoir du sport, dit le menuisier en parcourant
155 la place du regard, les hommes aux poings enfoncés dans les poches.

– Leur dis pas.

– Ils s'en disent assez tout seuls. Qu'est-ce que tu voudrais ?

– L'attraper avant eux.

160 – Je comprends.

Le lundi à l'aube, Lawrence boucla son sac, l'arrima à sa moto et se prépara à rejoindre le Mercantour. Surveiller Marcus et Proserpine dans leurs jeunes amours, repérer Sibellius, véri-fier les déplacements de la troupe, les présents, les absents,
165 nourrir l'ancêtre, et puis chercher Electre, une petite femelle perdue de vue depuis huit jours. Il pisterait Sibellius vers le sud-est, au plus près du village de Pierrefort où s'était produite la dernière attaque.

5

Lawrence suivit la piste de Sibellius durant deux jours sans pouvoir repérer l'animal, ne s'arrêtant dans l'ombre d'une bergerie que lorsque cette saleté de soleil cuisait trop. En même temps, il contrôla vingt-deux kilomètres carrés de territoire, à la recherche hasardeuse de quelques restes de moutons broyés. Jamais Lawrence n'aurait été infidèle à sa passion pour les grands ours canadiens, mais il devait admettre que ce ramassis de maigres loups d'Europe avait en six mois creusé en lui des routes assez profondes.

C'est en passant avec précaution un sentier étroit bordé d'un à-pic qu'il repéra Electre, blessée tout au fond de la ravine. Lawrence évalua ses chances d'atteindre le bas de la pente broussailleuse où avait glissé la louve et estima pouvoir s'en débrouiller seul. Tous les gardes du Mercantour arpentaient le territoire et il faudrait attendre trop longtemps le secours d'un collègue. Il mit plus d'une heure à rejoindre l'animal, assurant prise après prise sous un soleil de forçat. La louve était à ce point faible qu'il n'eut pas même besoin de lui juguler[1] les crocs pour la palper. Une patte cassée, pas mangé depuis des jours. Il la coucha sur une toile qu'il noua à son épaule. La bête, même amaigrie, pesait ses trente kilos, une plume pour un loup, un fardeau pour un homme remontant un à-pic. Parvenu au sentier, Lawrence s'accorda une demi-heure de repos, étendu à

---

1. Lui attacher, la museler.

l'ombre sur le dos, une main posée sur le pelage de la femelle,
25 pour bien lui faire comprendre qu'elle allait pas crever là toute
seule comme aux débuts du monde.

À huit heures du soir, il apportait la louve au baraquement
des soins.

– Il y a du grabuge[1] en bas ? demanda le vétérinaire en trans-
30 portant Electre sur une table.

– Rapport ?

– Rapport aux brebis égorgées.

Lawrence hocha la tête.

– Faut qu'on mette la main dessus avant qu'ils montent ici.
35 Saccageraient tout.

– Tu repars ? demanda le vétérinaire en voyant Lawrence
empocher du pain, une saucisse et une bouteille.

– Ai à faire.

Oui, aller chasser pour le vieillard. Ça pouvait prendre un
40 bout de temps. Parfois il ratait ses coups, comme le vétéran[2].

Il laissa une note pour Jean Mercier. Ils ne se croiseraient pas
ce soir, il dormirait à sa bergerie.

Ce fut Camille qui l'alerta le lendemain par téléphone, un
peu avant dix heures, alors qu'il poursuivait son inspection vers
45 le nord. À sa voix rapide, Lawrence comprit que le grabuge s'ac-
célérait.

– Ça a recommencé, dit Camille. Un carnage aux Écarts,
chez Suzanne Rosselin.

---

1. Bagarre.
2. « Vieux soldat ».

– À Saint-Victor ? dit Lawrence, en criant presque.

– Chez Suzanne Rosselin, répéta Camille, au village. Le loup en a égorgé cinq et blessé trois.

– Bouffées sur place ?

– Non, il en a arraché des morceaux, comme pour les autres. Il n'a pas l'air d'attaquer pour se nourrir. Sibellius, tu l'as vu ?

– Pas trace.

– Faudrait que tu descendes. Deux gendarmes se sont pointés, mais Gerrot dit qu'ils ne sont pas foutus d'examiner les animaux correctement. Et le vétérinaire est en poulinage[1] à des kilomètres. Tout le monde hurle, tout le monde gueule. Merde, descends, Lawrence.

– Dans deux heures, aux Écarts.

Suzanne Rosselin dirigeait seule l'élevage des Écarts, à l'ouest du village, et d'une main de fer, disait-on. Les manières rudes et même viriles de cette grande et grosse femme l'avaient fait respecter et craindre de tout le canton, mais, hors de son domaine, elle était peu recherchée. On la trouvait trop brutale, trop grossière. Et moche. On racontait qu'un Italien de passage l'avait séduite trente ans plus tôt et qu'elle avait voulu le suivre sans le consentement de son père. Séduite jusqu'au bout, précisait-on. Mais la vie ne lui avait pas même laissé le temps de fronder[2] que l'Italien avait disparu dans sa botte natale et que les parents étaient décédés dans l'année. Ensuite, on disait que

---

1. Accouchement d'une jument.
2. Se rebeller.

la trahison, la honte, et le manque d'homme avaient durci la tête de Suzanne. Et que c'est le destin, par vengeance, qui l'avait rendue si hommasse[1]. D'autres assuraient que non, qu'elle avait toujours été hommasse. C'était un peu pour toutes ces raisons que Camille aimait bien Suzanne, dont le langage de charretier, porté jusqu'à l'incandescence, avait quelque chose d'admirable. Camille, par les enseignements de sa mère, tenait la grossièreté pour un art de vivre, et la pratique professionnelle de Suzanne l'impressionnait.

Une fois par semaine environ, elle montait à la bergerie payer la caisse de nourriture que lui préparait Suzanne. Et sitôt qu'on pénétrait sur les terres des Écarts, c'en était fini des aigres[2] commentaires et des railleries : les cinq hommes et femmes qui travaillaient là se seraient fait hacher pour Suzanne Rosselin.

Elle suivit le chemin pierreux qui grimpait entre les terrasses jusqu'à la maison, une bâtisse de pierres haute et étroite percée d'une porte basse et d'ouvertures asymétriques et exiguës. Camille pensait que la toiture délabrée ne tenait le coup que par la grâce d'une solidarité occulte entre tuiles, soudées les unes aux autres par esprit de corps. L'endroit était désert et elle gagna la longue bergerie, plantée à flanc de pente cinq cents mètres plus haut. On entendait Suzanne Rosselin gueuler dans les lointains. Camille plissa les yeux dans le soleil pour distin-

1. Avec des allures d'homme.
2. Acides.

guer les chemises bleues de deux gendarmes, et le boucher Sylvain qui s'agitait en tous sens. Dès qu'il s'agissait de viande, il fallait qu'il soit là.

Et puis, hiératique[1], droit, debout contre le mur de la berge-
100 rie se tenait le Veilleux. Elle n'avait pas encore eu l'occasion d'apercevoir de près le très vieux berger de Suzanne, toujours planqué au cœur de ses moutons. On disait qu'il couchait dans la vieille bâtisse, au milieu des bêtes, mais ça ne choquait personne. On l'appelait « le Veilleux », c'est-à-dire le « veilleur », le
105 « gardeur », ainsi que Camille avait fini par le comprendre, et elle ne savait pas son nom véritable. Maigre et raide, le regard hautain, les cheveux blancs un peu longs, les poings serrés sur un bâton fiché dans le sol, il était au sens vrai du mot un majestueux vieillard, au point que Camille ne sut si on pouvait, ou
110 pas, se permettre de lui adresser la parole.

De l'autre côté de Suzanne, tout aussi droit que le Veilleux, et comme par mimétisme[2], se tenait le jeune Soliman. On aurait cru, à les voir encadrer Suzanne comme deux gardes immobiles, qu'ils attendaient un seul signe d'elle pour disperser d'un revers
115 de bâton une cohue d'assaillants imaginaires montant à l'assaut. Rien de tel. Le Veilleux était dans sa pose naturelle, et Soliman, en ces circonstances un peu dramatiques, se réglait tout simplement à son pas. Suzanne parlementait avec les gendarmes, on remplissait des constats. Les brebis égorgées avaient été trans-
120 portées plus au frais, dans l'obscurité de la bergerie.

---

1. Immobile et solennel.
2. Imitation.

En apercevant Camille, Suzanne lui posa une grosse poigne sur l'épaule et la secoua.

– Ce serait le moment qu'il soit là, ton trappeur, dit-elle. Qu'il nous dise. Il est sûrement plus dégourdi que ces deux 125 connards qui ne sont pas foutus de se démerder.

Le boucher Sylvain risqua un geste.

– Ta gueule, Sylvain, interrompit Suzanne. T'es aussi abruti que les autres. Je ne t'en veux pas, t'as des excuses, c'est pas ton boulot.

130 Personne ne s'offensait et les deux gendarmes, comme blasés, remplissaient péniblement les formulaires.

– Je l'ai prévenu, dit Camille. Il descend.

– Si t'as une minute, après. Il y a fuite aux latrines[1], faudrait que tu m'arranges ça.

135 – Je n'ai pas mes outils, Suzanne. Plus tard.

– En attendant, va voir ce trafic là-dedans, ma fille, dit Suzanne en pointant son pouce épais vers la bergerie. Un vrai sacrifice de sauvage.

Avant de passer la porte basse, Camille salua respectueuse140 ment le Veilleux, intimidée, et serra la main de Soliman. En revanche, elle connaissait bien Soliman, qui suivait Suzanne comme une ombre et la secondait dans toutes ses tâches, et elle connaissait aussi son histoire.

C'était même la première histoire qu'on lui avait contée à 145 son arrivée, comme s'il y avait urgence : un Noir dans le village,

1. Toilettes.

c'est à peine si on s'en était remis vingt-trois ans après. Le jeune Africain avait été, comme dans les contes, déposé tout bébé dans un panier à figues devant la porte de l'église. Personne n'avait jamais vu aucun Noir à Saint-Victor ni dans les envi-
150 rons, et on supposait que le bébé avait été fait à la ville, à Nice peut-être, où tout est envisageable, y compris les bébés noirs. Mais c'était bien devant le porche de Notre-Dame de Saint-Victor qu'il braillait comme un perdu, qu'il était. À l'aube de ce jour, la moitié du village tournait, éperdue, autour du panier et
155 de l'enfant tout noir. Puis des bras de femme, au départ réticents, s'étaient tendus pour le soulever, puis le bercer, tenter de l'apaiser. Lucie, qui tenait le café de la place, avait la première osé poser un baiser sur la joue enduite de morve. Mais rien ne calmait le petit qui s'étranglait dans ses hurlements. « Il a faim,
160 le négrillon », disait une vieille, « il a chié », disait un autre. Puis la massive Suzanne s'était approchée d'un pas d'athlète, avait rompu les rangs, attrapé le petit et l'avait calé sur son bras. L'enfant avait cessé sur l'instant de hurler et laissé tomber sa tête sur la grosse poitrine. Dès ce moment, chacun, comme dans un
165 conte où les princesses auraient été des grosses Suzannes, avait admis comme une évidence que le petit négrillon appartiendrait désormais à la maîtresse des Écarts. Suzanne avait enfoncé son index dans la bouche avide et avait gueulé – Lucie s'en souviendrait toute sa vie :

170   – Fouillez le panier, connards ! Y a forcément un mot !

Il y avait un mot. Ce fut le curé qui, montant sur le perron de l'église, tendit gravement un bras pour réclamer le silence et entreprit de le lire à haute voix : *Sil vu plai, ocupé lui...*

    – Articule, connard ! avait clamé Suzanne en secouant le 175 bébé. On comprend rien !

    Ça, Lucie s'en souviendrait toute sa vie. Suzanne Rosselin ne respectait rien.

    – *S'il vu plai,* avait repris le curé en obéissant, *ocupé lui, ocupé bien. Il s'appèle Soliman Melchior Samba DIAWARA, dite lui sa* 180 *mère bonne et son pèr cruel comme enfer du marais. Ocupé lui aimé lui, sil vu plai.*

    Suzanne s'était collée au curé pour lire par-dessus son épaule. Puis elle lui avait pris le papier pisseux et l'avait fourré dans une poche de sa robe-sac.

185   – Soliman Melchior Truc Merde ? avait dit Germain, le cantonnier, en rigolant. Et puis quoi encore ? C'est quoi ce bordel ? Peut pas s'appeler Gérard comme tout le monde ? Elle croit qu'il est sorti d'où, la mère ? De la cuisse de Jupiter ?

    Il y avait eu quelques rires, mais pas trop. Faut reconnaître ça 190 aux gens de Saint-Victor, précisait Lucie, c'est pas tous des cons, ils savent se retenir quand c'est vraiment nécessaire. Pas comme à Pierrefort où l'humain ne vaut pas grand-chose.

    En attendant, la petite tête noire du bébé était toujours calée contre l'aisselle de la grande femme. Il avait quoi ? Un mois, à 195 tout casser. Et il aimait qui ? Suzanne. C'est comme ça, l'existence.

    – Bon, avait dit Suzanne en toisant tout son monde depuis le perron. Si quelqu'un le réclame, il est aux Écarts.

Et ça avait clos l'affaire.

200 Personne n'était jamais venu réclamer le petit Soliman Melchior Samba Diawara. Et parfois, on se demandait ce qui se serait passé aux Écarts si la mère naturelle s'était avisée de venir le reprendre. Car Suzanne Rosselin, dès ce moment crucial – qu'on appelait au village « le moment du perron » –, s'était 205 farouchement attachée au petit, et on doutait qu'elle eût accepté de le restituer sans combattre. Au bout de deux ans, le notaire l'avait convaincue d'aller faire des paperasses pour l'enfant. Pas l'adopter, non, elle n'en avait pas le droit, mais légaliser la tutelle.

C'est comme ça que le petit Soliman était devenu le fils 210 Rosselin. Suzanne l'avait élevé comme un garçon du pays, mais éduqué en sous-main comme un roi d'Afrique, confusément convaincue que son petit était un prince bâtard[1] écarté d'un puissant royaume. Beau comme il était devenu, comme un astre, ce serait le moins. Aussi, à vingt-trois ans, le jeune 215 Soliman Melchior en savait-il autant sur les boutures de tomates, la pression des olives, la pousse des pois chiches et l'épandage[2] du purin que sur les us et coutumes du grand continent noir. Tout ce qu'il savait des moutons, le Veilleux le lui avait appris. Et tout ce qu'il savait de l'Afrique, ses heurs, 220 malheurs, contes et légendes, il l'avait tiré des livres que lui avait lus scrupuleusement Suzanne, devenue à son tour au fil des années une africaniste experte.

---

1. Illégitime.
2. Action de répandre.

Aujourd'hui encore, Suzanne guettait à la télévision tout documentaire sérieux susceptible d'informer le garçon, réparation d'un camion-citerne sur une piste du Ghana, singes verts de Tanzanie, polygamie au Mali, dictatures, guerres civiles, coups d'État, origines et grandeur du Royaume du Bénin.

– Sol, appelait-elle, bouge ton cul ! On parle de ton pays à la télé.

Suzanne n'avait jamais réussi à se décider sur le pays d'origine de Soliman, aussi estimait-elle plus simple de considérer que l'Afrique noire tout entière lui appartenait. Et il ne s'agissait pas que Soliman manquât un seul de ces documentaires. À dix-sept ans, le jeune homme avait tenté une unique rébellion.

– J'en ai rien à foutre de ces types, avait-il gémi devant un reportage sur la chasse au phacochère[1].

Et pour la première et dernière fois, Suzanne lui avait retourné une baffe.

– Parle pas comme ça de tes origines ! avait-elle ordonné.

Et comme Soliman avait manqué pleurer, elle avait tenté de s'expliquer plus tendrement, sa grosse main serrée sur l'épaule délicate du petit.

– On s'en branle, Sol, de la patrie. On naît où on naît. Mais tâche de pas renier tes vieux, c'est un truc à te foutre dans la merde. C'est renier qui n'est pas bon. Renier, dénier, cracher, c'est pour les aigris, les fortiches, les types qui veulent croire qu'ils se sont faits tout seuls et personne avant eux. Les cons,

---

1. Espèce de sanglier.

quoi. Toi, t'as les Écarts et puis t'as toute l'Afrique. Prends le tout, ça te fera double.

Soliman mena Camille dans la bergerie, lui désigna d'un geste les bêtes ensanglantées alignées sur le sol. Camille les regarda de loin.

– Qu'est-ce qu'elle dit, Suzanne ? demanda-t-elle.

– Suzanne est contre les loups. Elle dit qu'il n'en sortira rien de bon. Que cette bête-là attaque pour le plaisir de tuer.

– Elle est pour la battue ?

– Elle est contre les battues aussi. Elle dit qu'on le chopera pas ici, qu'il est ailleurs.

– Et le Veilleux ?

– Le Veilleux est sombre.

– Il est pour la battue ?

– Je ne sais pas. Depuis qu'il a découvert les brebis, il en a pas décoincé une.

– Et toi, Soliman ?

Lawrence entra à cet instant dans la bergerie, en se frottant les yeux pour les habituer à l'obscurité soudaine. Le vieux local puait intensément la laine grasse et la vieille pisse, il trouvait les Français cradingues. Pourraient nettoyer. Il était suivi de Suzanne, qui puait aussi, à l'avis de Lawrence, et, à distance respectueuse, des deux gendarmes et du boucher, que Suzanne avait tenté de faire dégager sans succès. « C'est moi qu'ai la chambre froide, c'est moi qu'emporte les moutons », avait-il rétorqué.

– Que dalle, avait répondu Suzanne. C'est le Veilleux qui les
275 enterrera, ici, aux Écarts, avec les respects dus aux braves tom-
bés au champ d'honneur.

Ça avait cloué le bec de Sylvain, mais il avait suivi quand
même. Le Veilleux était resté à la porte. Il veillait.

Lawrence salua Soliman puis s'agenouilla près des corps
280 dépecés. Il les retourna, examina les blessures, les doigts
fouillant dans la laine souillée, en quête de l'empreinte la plus
nette. Il tira à lui une toute jeune femelle, inspecta la trace de
la saisie à la gorge.

– Sol, décroche la lampe, dit Suzanne. Éclaire-le.
285 Sous le faisceau jaune, Lawrence se pencha sur la blessure.

– La carnassière a à peine planté, murmura-t-il, mais la
canine, oui.

Il ramassa un brin de paille et l'enfonça dans l'orifice sanglant.

– Qu'est-ce que tu fous ? dit Camille.
290 – Je sonde, répondit tranquillement Lawrence.

Le Canadien retira la paille et repéra d'un trait d'ongle la
limite rougie. Il la passa sans un mot à Camille puis saisit une
seconde paille qu'il ajusta entre les blessures. Il se redressa et ressortit à l'air libre, l'ongle du pouce toujours fixé sur la brindille.
295 Il avait besoin de respirer.

– Les brebis sont à toi, dit-il en passant au Veilleux, qui fit
un signe de tête.

– Sol, reprit-il, trouve-moi une règle.

Soliman descendit vers la maison en une longue foulée et en revint cinq minutes plus tard avec le mètre de couturière de Suzanne.

– Mesure, dit Lawrence en tendant les deux pailles bien droites. Mesure précis.

Soliman appliqua le mètre le long de la trace sanglante.

– Trente-cinq millimètres, annonça-t-il.

Lawrence eut une grimace. Il mesura l'autre paille et rendit le mètre à Soliman.

– Et alors ? demanda l'un des gendarmes.

– Canine de presque quatre centimètres.

– Et alors ? répéta le gendarme. C'est embêtant ?

Il se fit un silence assez lourd. Chacun entrevoyait. Chacun commençait à comprendre.

– Grosse bête, conclut Lawrence, résumant le sentiment général.

Il y eut un moment de flottement, le groupe se disloqua. Les gendarmes saluèrent, Sol partit vers la maison, le Veilleux rentra dans la bergerie. Lawrence, à l'écart, s'était rincé les mains, avait enfilé ses gants et ajustait son casque de moto. Camille s'approcha de lui.

– Suzanne nous invite à boire un coup, pour se nettoyer les yeux. Viens.

Lawrence fit la moue.

– Elle pue, dit-il.

Camille se raidit.

325 — Elle pue pas, dit-elle un peu âprement[1], au mépris de toute vérité.

— Elle pue, répéta Lawrence.

— Sois pas salaud.

Lawrence rencontra le regard froncé de Camille et sourit 330 brusquement.

— D'accord, dit-il en ôtant son casque.

Il la suivit sur le chemin d'herbes sèches qui redescendait à la baraque de pierres. Il n'avait rien à redire en revanche contre cette habitude des Français de se démolir à coups de gnôle dès 335 midi. Les Canadiens le faisaient tout aussi bien.

— N'empêche, dit-il à Camille en lui posant une main sur l'épaule. Elle pue.

---

1. Durement.

BIEN LIRE

Depuis combien de temps Lawrence est-il dans le Mercantour ?

Pour lui, quelle est l'urgence ?

Quelle impression ressort du trio formé par Suzanne, Soliman et le Veilleux ? Quel est le point commun à ces trois personnages ?

6

Le soir même, le bulletin d'informations nationales s'étendit longuement sur les dernières victimes des loups du Mercantour.

– God, dit Lawrence. Pourraient pas nous foutre la paix.

Au reste, on ne parlait plus des loups, mais *du loup* du
5 Mercantour. Un reportage haletant, plus nourri que les précédents, lui était consacré en début de journal. On réveillait l'effroi, la haine. On mêlait dans un bain insalubre[1] les ingrédients cousins de la jouissance et de la terreur. On maudissait les carnages avec volupté, on détaillait la puissance de la bête : insai-
10 sissable, féroce et, surtout, colossale. Cela, avant toute chose, formait le levier de l'intérêt passionné que le pays entier portait à présent à la « Bête du Mercantour ». Sa taille hors norme, en l'arrachant au vulgaire, en l'excluant du commun, lui faisait prendre rang au sein des cohortes[2] du diable. On s'était décou-
15 vert un loup de l'enfer et pour rien au monde on n'y aurait renoncé.

– Ça m'épate que Suzanne ait laissé entrer les journalistes, dit Camille.

– Sont entrés tout seuls.

20 – Cette fois, c'est la battue. On n'y coupera pas.

---

1. Malsain.
2. Armées.

– Le trouveront pas dans le Mercantour.

– Tu crois qu'il gîte ailleurs ?

– Sûr, il bouge. Le frère, peut-être.

Camille éteignit la télévision, regarda Lawrence.

– De qui tu parles ?

– Le frère de Sibellius. Étaient cinq à la naissance : deux femelles, Livie et Octavie, et trois mâles, Sibellius, Porcus le Boiteux, et le dernier, Crassus le Pelé.

– Grand ?

– Promettait d'être très taillé. Jamais vu adulte. C'est Mercier qui me l'a rappelé.

– Il sait où il est ?

– Le localise pas. Avec le rut[1], beaucoup de territoires ont bougé. Peut faire trente kilomètres en une nuit. Wait, Mercier m'a passé sa photo. Mais il était jeune.

Lawrence se leva, chercha son sac.

– Merde, gronda-t-il. Bullshit, je l'ai laissé chez la grosse.

– Suzanne, rectifia Camille.

– La grosse Suzanne.

Camille hésita, tentée par une brève bataille.

– Si tu dois descendre, dit-elle finalement, je t'accompagne. Il y a une fuite aux toilettes.

– La crasse, dit Lawrence. Ça t'embête pas, la crasse.

Camille haussa les épaules, attrapa sa lourde sacoche à outils.

– Non, dit-elle.

---

1. Période de reproduction.

Aux Écarts, Camille demanda un seau et une toile à laver et abandonna Lawrence aux mains de Suzanne et de Soliman, qui proposa une tisane ou un coup de gnôle.

– Gnôle, dit Lawrence.

50 Camille le vit manœuvrer pour s'asseoir le plus loin possible de Suzanne, au bas bout de la table.

Tout en desserrant les écrous grippés des canalisations des toilettes, Camille se demandait s'il était possible d'amener Lawrence à dire merci, au moins merci. Ce n'est pas qu'il était 55 désobligeant, c'était qu'il était à peine aimable. La fréquentation des grizzlis ne l'avait pas accoutumé aux pratiques cordiales. Et cela embarrassait Camille, même face à une femme aussi rude que Suzanne. Mais Camille n'avait pas de goût pour les sermons. Laisse tomber, pensa-t-elle en décollant le joint 60 pourri de la pointe d'un tournevis. Ne parle pas. Ne t'en mêle pas, ce n'est pas ton boulot.

Elle entendait de vagues murmures qui montaient de la salle du rez-de-chaussée, puis quelques portes qui claquèrent. Soliman courut dans le couloir, grimpa l'étage, s'arrêta essouf-65 flé devant la porte des toilettes. Camille, toujours à genoux, leva le visage.

– Demain, annonça Soliman. C'est la battue[1].

À Paris, le commissaire Adamsberg laissait rêveusement défi-

---

1. Chasse.

ler les images de la télévision sans les voir. Le reportage empha-
70 tique[1] de ce soir l'avait mis mal à l'aise. Si cet abruti de loup
sanguinaire ne se freinait pas, il ne donnait pas cher des
quelques carnivores irresponsables qui avaient, un jour de bom-
bance[2], traversé poétiquement les Alpes. Cette fois, les journalistes avaient travaillé l'image. On reconnaissait les fines lignes
75 brunes qui marquent les pattes et le dos des loups d'Italie. La
caméra s'approchait des coupables, l'affaire du Mercantour prenait mauvais aspect. La tension grimpait et l'animal grandissait.
Dans un mois, il atteindrait les trois mètres. Rien que du banal.
Il avait entendu pas mal de victimes décrire leur agresseur : des
80 gars immenses, des faciès[3] de brutes, des mains comme des
assiettes. Et puis on arrêtait le gars, et il arrivait que la victime
soit déçue de trouver le géant si étriqué, si ordinaire. Quant à
lui, vingt-cinq années de police lui avaient appris à redouter les
gens ordinaires et à tendre la main aux géants et aux contrefaits[4]
85 qui ont, depuis l'enfance, appris à se tenir peinards pour qu'on
leur foute la paix. Les gens ordinaires n'ont pas cette sagesse, ils
ne se tiennent pas peinards.

Adamsberg attendit en somnolant le bulletin de la nuit. Pas
pour revoir les brebis dépecées ni réentendre les exploits du
90 loup colossal. Mais pour regarder cette image des gens de Saint-
Victor s'agitant sur la place du village au soir venu. À droite,

1. Exagéré.
2. Festin.
3. Visages, figures.
4. Difformes.

calée contre un grand platane, de trois quarts dos, il y avait une fille qui l'intéressait. Longue, mince, en veste grise, jeans et bottes, les cheveux sombres et courts sur les épaules, les mains
95 enfoncées dans les poches. Et c'était tout. On ne voyait même pas son visage. Ça ne faisait pas beaucoup pour penser à Camille, mais pourtant, c'est bien à elle qu'il avait pensé. Camille était le genre de fille à garder des bottes de cow-boy chevillées aux pieds par trente-cinq à l'ombre. Mais des mil-
100 lions d'autres filles peuvent garder des bottes en pleine chaleur, avec des cheveux noirs et une veste grise. Et Camille n'avait aucune raison d'être plantée sur la place de Saint-Victor. Ou peut-être avait-elle une raison d'y être plantée, qu'est-ce qu'il en savait après tout, il ne l'avait pas revue depuis des années, pas
105 un signe de vie, néant. Lui non plus n'avait pas donné signe, mais on pouvait le trouver, il n'avait pas bougé du commissariat, collé aux dossiers, meurtre après meurtre. Tandis que Camille s'était envolée, comme toujours, avec cette foutue manie de disparaître sans crier gare, en laissant les autres un peu
110 désemparés. Sans doute, c'est lui qui l'avait quittée, mais on peut parfois donner des nouvelles, non ? Non. Camille était orgueilleuse et ne rendait de comptes à personne. Il l'avait revue, une seule fois, dans un train, il y avait au moins cinq ans de ça. Ils s'étaient aimés deux heures, et puis plus rien, elle avait
115 disparu, vis ta vie camarade. Très bien, il vivait sa vie camarade, et il s'en foutait. Ça l'aurait juste intéressé de savoir si c'était elle, contre le platane, à Saint-Victor.

À 23 h 45 le bulletin repassa, les brebis, l'éleveur, les brebis, et puis la place du village. Adamsberg se pencha vers l'écran. Ça pouvait être elle, sa Camille, dont il n'avait rien à faire et à laquelle il pensait souvent. Ça pouvait être des millions de filles aussi. Il ne vit rien de plus. Sauf, à côté d'elle, un grand homme blond aux cheveux longs, une espèce de jeune type taillé pour l'aventure, souple, séduisant, cette sorte de type qui met la main sur l'épaule des femmes comme si la terre entière lui obéissait. Et ce type, il en était presque certain, avait la main sur l'épaule de la fille en bottes.

Adamsberg se renfonça dans son fauteuil. Lui n'était pas une espèce de jeune type taillé pour l'aventure. Il n'était pas grand, il n'était pas jeune. Il n'était pas blond. Il ne croyait pas que la terre tout entière lui obéissait. Ce type était des tas de trucs qu'il n'était pas. Son opposé, peut-être. Entendu, qu'est-ce que ça pouvait faire ? Ça faisait des années que Camille devait aimer des types blonds qu'il ne connaissait pas. Des années que se succédaient chez lui des femmes de toutes couleurs et qui, il fallait le noter, avaient toutes présenté sur Camille l'avantage réel de ne pas porter de ces foutues bottes en cuir. Elles avaient, ces femmes, des chaussures de femmes.

Très bien, vis ta vie camarade. Ce qui souciait Adamsberg, ce n'était pas le jeune type, c'était que Camille se soit sédentarisée[1] à Saint-Victor. Il imaginait toujours Camille en mouvement, traversant les villes, marchant sur les routes, portant sur le dos

---

1. Fixée.

un sac de partitions et de clefs à molette, jamais posée, jamais assise, et au fond, donc, jamais conquise. La voir dans ce village le troublait. Tout devenait possible. Par exemple qu'elle y possède une maison, une chaise, un bol, pourquoi pas un bol, et puis un lavabo, et enfin un lit, et un type dedans, et peut-être, avec le type, un amour statique, qui tient bien au sol, comme une grosse table de ferme, sain, simple, récuré[1] à l'eau chaude. Camille immobile, clouée au type blond, en paix et consentante. Ce qui donnerait non pas un bol, mais deux bols. Et tant qu'on y était, des assiettes, des couverts, des casseroles, des lampes et, en mettant les choses au pire, un tapis. Deux bols. Deux grands bols sains, simples, récurés à l'eau chaude.

Adamsberg se sentit s'endormir. Il se leva, éteignit la télévision, la lumière, et passa sous la douche. Deux bols emplis de café sain, simple, récuré à l'eau chaude. Oui mais alors, si on en était là, ça n'expliquait pas les bottes. Qu'est-ce que foutaient les bottes dans l'histoire, si c'était pour aller du lit à la table et de la table au piano? Et du piano au lit? Avec le type récuré à l'eau chaude?

Adamsberg ferma le robinet, se sécha. Tant qu'il y a des bottes, il y a de l'espoir. Il se frotta les cheveux, se jeta un œil dans la glace. Ça lui arrivait, parfois, de penser à cette fille. Il aimait bien le faire, c'était sans conséquence. C'était comme sortir, partir, pour voir et pour savoir, pour remanier ses pensées, comme on hisse un décor pour le temps d'un spectacle. Le spectacle de « la femme qui marche ». Ensuite, il réintégrait le

---

1. Nettoyé.

cours usuel de ses rêveries et il laissait Camille sur la route. Ce
soir, le spectacle de « la femme qui s'installe à Saint-Victor avec
170 une espèce de type blond » avait été moins plaisant. Il ne pourrait certainement pas s'endormir en s'imaginant coucher avec
elle, ce qui lui arrivait parfois, entre deux affaires amoureuses.
Camille lui servait de femme imaginaire, quand la réalité s'es-
soufflait. À présent, le type blond gênait le corps à corps.

175 Adamsberg s'allongea, ferma les yeux. Cette fille en bottes
n'était pas Camille, qui n'avait rien à faire contre un platane de
Saint-Victor. Cette fille devait s'appeler Mélanie. Par voie de
conséquence, le type taillé pour l'aventure n'avait aucun droit à
venir lui emmerder la vie.

BIEN LIRE

Sur quel mot se termine la scène qui se passe aux Écarts ?

L. 77 : Dans quel sens comprendre : « l'animal grandissait » ? Quel travers Adamsberg dénonce-t-il ?

L. 139 : « Vis ta vie camarade » : de quel contexte cette injonction peut- elle être tirée ?

7

Dès l'aube, des petits groupes serrés s'étaient formés sur la place de Saint-Victor. Lawrence avait la veille au soir regagné en hâte le Massif du Mercantour. Prêter main-forte, achever le contrôle de la meute, surveiller tous les abords, les défendre contre toute velléité[1] d'incursion. En principe, la battue ne devait s'étendre qu'aux alentours de Saint-Victor. En principe, les chasseurs ne s'aventureraient pas dans le Mercantour. En principe, on tablait sur une bête perdue de vue depuis l'hiver, ou fraîche arrivée des Abruzzes. En principe, les loups des meutes du Parc seraient épargnés. Pour le moment. Mais il n'y avait pas à se tromper sur l'expression des visages, les yeux mi-clos, l'attente silencieuse : c'était la guerre. Les fusils rompus sur les avant-bras ou suspendus à l'épaule, les hommes tournaient crânement[2] sur la place autour de la fontaine. On attendait les consignes de regroupement, plusieurs départs devant avoir lieu simultanément, depuis Saint-Martin, Puygiron, Thorailles, Beauval et Pierrefort. Les hommes de Saint-Victor, aux dernières nouvelles, devaient se joindre à ceux de Saint-Martin.

C'était la guerre.

Neuf millions et demi de têtes d'ovins. Quarante loups.

Camille, en retrait à une table du café, observait à travers la

---

1. Désir.
2. Fièrement.

vitre les préparatifs martiaux, les gueules décidées, les signes de connivence[1] virile, les jappements des chiens. Le Veilleux manquait à l'appel, ainsi que Soliman. L'unique majestueux berger du village ne se joignait donc pas à la chasse, ordre de Suzanne Rosselin ou bien décision personnelle. Cela ne l'étonnait pas. Le Veilleux était homme à régler ses comptes seul. Le boucher en revanche allait d'un groupe à l'autre, incapable de tenir en place. La viande, toujours la viande. Il y avait là Germain, Tourneur, Frosset, Lefèbvre, et d'autres que Camille identifiait mal.

Lucie, depuis son comptoir, surveillait le rassemblement.

– Lui, dit-elle entre ses dents, il est pas gêné.

– Qui ? demanda Camille en venant se placer à côté d'elle.

Lucie lui désigna une silhouette d'un coup de torchon à verres.

– Massart, le gars des abattoirs.

– Le gros, en veste bleue ?

– Derrière. Celui qu'a l'air d'avoir séché sur un tonneau.

Camille n'avait encore jamais vu Massart qui, disait-on, ne descendait jamais de son aire[2]. Il travaillait aux abattoirs de Digne et vivait isolé dans une bicoque en haut du mont Vence, rapportant sa nourriture de la ville. Si bien qu'on le voyait rarement et qu'on l'approchait peu. On le disait étrange, Camille le croyait juste solitaire, ce qui, dans un village, revient à peu

1. Complicité.
2. Espace.

près au même. Mais il était en effet un peu étrange, mal fait, tout simplement. Massif, monté sur des jambes torses, le buste court et large, les bras pendants, la casquette enfoncée comme une capsule sur le crâne, le front couvert d'une frange basse. Ici, tout le monde avait la peau brune, mais Massart était laiteux comme un curé qui ne quitte pas son église. Fusil bas, il attendait à l'écart, adossé sans grâce à une fourgonnette blanche. À la laisse, il retenait un grand chien tacheté.

– Il ne sort jamais ? demanda Camille.

– Que pour aller aux abattoirs. Le reste du temps, il se claquemure[1] là-haut à faire Dieu sait quoi.

– Quoi ?

– Dieu sait quoi. Il a pas de femme. Il a jamais eu de femme.

Lucie essuya la vitre avec son torchon, comme pour se donner le temps de formuler sa phrase.

– Il a peut-être pas réussi, dit-elle en baissant le ton. Peut-être qu'il ne pouvait pas.

Camille ne répondit pas.

– Il y en a qui disent autre chose, reprit Lucie.

– Par exemple ?

– Autre chose, répéta Lucie en haussant les épaules. En tout cas, reprit-elle après un silence, depuis qu'il y a les loups, il a jamais signé une pétition contre. Et il y en a eu, des pétitions, des rassemblements. Mais lui, c'est à croire qu'il était pour les

---

1. S'enferme.

₇₀ loups. Aussi, à force de vivre comme un sauvage là-haut, sans femme ni rien. Les gosses, ils ont interdiction d'y monter.

– Il n'a pas l'air d'un sauvage, dit Camille, en observant le maillot repassé, la veste propre, le menton rasé.

– Et aujourd'hui, continua Lucie sans écouter Camille, le
₇₅ voilà avec son fusil et son clébard. Il est pas gêné, Massart.

– Personne ne lui parle ? demanda Camille.

– Ça sert à rien. Il aime pas les gens.

Soudain, sur un signe du maire, on écrasa les mégots, on fit partir les moteurs, on se tassa ventre contre ventre dans les voi-
₈₀ tures, pas plus de deux à l'arrière, avec les chiens. Les portières claquèrent, ça démarra de tous côtés. Pendant un moment, la place pua le diesel et puis ça s'estompa.

– Vont-ils seulement le choper ? soupira Lucie, dubitative[1], croisant ses bras sur son comptoir.

₈₅ Camille s'abstint de répondre. Elle ne parvenait pas à choisir son camp de manière aussi tranchée que Lawrence. De loin, elle aurait défendu les loups, tous les loups. De près, elle trouvait ça moins simple. Les bergers n'osaient plus quitter les troupeaux en transhumance, les brebis boudaient l'agnelage, les égorge-
₉₀ ments se multipliaient, les chiens de défense pullulaient[2], les gosses ne se baladaient plus en montagne. Mais elle n'aimait pas les guerres, les exterminations, et cette battue en était le premier

---

1. Qui doute.
2. Synonyme de « se multipliaient ».

pas. Sa pensée alla vers le loup, comme pour le prévenir du danger, cours, tire-toi, vis ta vie, camarade. Si seulement ces cos-
95 sards[1] de loups s'étaient contentés des chamois du Parc. Mais
non, ils allaient au plus facile, et c'était le drame. Mieux valait
regagner la maison, fermer les portes, penser au boulot. Bien
qu'aujourd'hui, composer ne lui disait rien.

Donc, plomberie. C'était le salut.

100 Elle avait plusieurs commandes devant elle : un circulateur à
changer chez le buraliste, un chauffe-eau à gaz qui frisait l'ex-
plosion à chaque allumage – ici, c'était le grand truc –, et une
vidange qui refoulait, ici même, au café.

– Je vais arranger cette vidange, dit Camille. Je vais chercher
105 mes outils.

Vers huit heures du soir, personne n'était encore revenu de la
battue, ce qui laissait croire que l'animal donnait du fil à
retordre. Camille achevait son dernier travail, fixait la calandre
de la vieille chaudière, réglait la pression. Plus que deux heures
110 à attendre. Ensuite, la nuit tomberait, faudrait abandonner les
recherches jusqu'au lendemain.

Depuis le lavoir qui dominait le village, Camille guetta le
retour. Elle avait posé du pain et du fromage sur le rebord de
pierre encore chaud, et elle mangeait petit à petit, pour prendre
115 patience. Un peu avant dix heures, les voitures envahirent la
place, les portières claquèrent, les types s'arrachèrent pénible-

---

1. Paresseux.

Fred Vargas

ment de leurs sièges, moins flambants. À leurs pas traînants, aux voix plates, aux plaintes des chiens exténués, Camille comprit que la battue avait fait chou blanc[1]. La bête rusait.
120 Mentalement, Camille lui adressa un télégramme de félicitations. Vis ta vie, camarade.

Alors seulement elle se décida à rejoindre la maison. Avant de brancher le synthétiseur, elle appela Lawrence. Pas d'incursions de chasseurs, Sibellius non repéré, pas plus que Crassus le Pelé.
125 En ce premier jour de guerre, les combattants avaient respecté leurs marques.

Mais rien n'était joué. La battue reprenait à l'aube. Et le surlendemain, samedi, il y aurait cinq fois plus d'hommes disponibles. Lawrence restait là-haut, sur place.

1. Avait raté.

BIEN LIRE

Qu'est-ce qui est suggéré, *a contrario*, par la répétition de l'expression « en principe » ?
L. 20 : Commentez le rapport.
Quel qualificatif retenir à propos de Mansart ? Quels sont les sous-entendus ?
Quelle qualité Camille montre-t-elle dans ce chapitre ?

8

Les deux dernières journées de la semaine – avant la paix dominicale – furent marquées par les mêmes départs, les mêmes tensions, puis le même silence plombant[1] le village. Dans l'après-midi du samedi, Camille prit la fuite et partit à pied dans la montagne jusqu'à la Pierre Saint-Marc, réputée guérir l'impuissance, la stérilité et les insuccès amoureux, pour peu qu'on veuille s'asseoir dessus correctement. Sur ce dernier point, apparemment délicat, Camille n'avait pas réussi à obtenir un éclaircissement sérieux. Enfin, si cette pierre pouvait arranger tout cela, elle saurait bien à tout le moins soulager la mauvaise humeur, le doute, l'ennui et l'absence d'inspiration musicale, qui n'étaient rien d'autre que des formes secondaires de l'impuissance.

Camille prit un bâton ferré et le *Catalogue de l'Outillage Professionnel*. C'était le genre de truc qu'elle aimait feuilleter par-dessus tout à l'occasion de moments privilégiés, au petit déjeuner, à l'heure du café, ou n'importe quand lorsque son humeur chancelait[2]. Hormis cela, Camille avait des lectures à peu près normales.

Ce penchant pour les matériaux et techniques indisposait Lawrence qui avait jeté d'autorité le *Catalogue* à la poubelle, parmi d'autres prospectus publicitaires. Cela lui suffisait que

---

1. Pesant sur.
2. Perdait son équilibre.

Camille soit plombier sans qu'elle convoite en outre l'équipement de tous les autres corps de métier. Camille l'avait récupéré,
25 un peu taché, sans en faire une histoire. L'espérance excessive que Lawrence plaçait en toutes les femmes le portait paradoxalement[1] au conformisme : il les logeait à un étage supérieur de la création, leur attribuant la capacité de dominer la réalité instinctive, leur confiant la charge de hisser les hommes hors de la
30 matière fruste[2]. Il les voulait sublimes et non pas communes, il les espérait presque immatérielles et non pas pragmatiques[3]. Une idéalisation tout à fait incompatible avec le *Catalogue de l'Outillage Professionnel*. Camille reconnaissait à Lawrence son droit légitime à rêver mais s'estimait tout autant fondée à aimer
35 les outils, comme n'importe quel connard, aurait dit Suzanne.

Elle fourra le catalogue dans un sac, avec de l'eau et du pain, et quitta le village par une volée d'escaliers qui grimpait rude vers l'ouest. Elle dut marcher presque trois heures pour atteindre la pierre. C'est que la fécondité ne se mérite pas en deux claque-
40 ments de doigts. Une pierre de ce genre ne se trouve jamais dans le jardin de son voisin, ce serait tricher. Elle est toujours planquée dans des endroits impossibles. Parvenue au sommet du mont où se dressait la pierre usée, Camille se trouva face à un panneau tout neuf, qui mettait délicatement en garde les promeneurs contre les
45 nouveaux chiens de défense adoptés par les bergers. Le texte se concluait sur cette note d'espoir : *Ne criez pas, ne jetez pas de*

---

1. Bizarrement.
2. Grossière.
3. Sensibles au concret.

pierres. Après un temps d'observation, en général, ils partiront d'eux-mêmes. Et en particulier, compléta Camille, ils me sauteront dessus. Instinctivement, elle ajusta sa prise sur son bâton ferré et jeta un coup d'œil autour d'elle. Entre loups et chiens errants, la montagne redevenait un combat.

Elle grimpa sur la pierre, dominant toute la vallée. En contrebas, la cohorte des voitures des hommes de la battue dessinait une ligne blanche. Des éclats de voix parvenaient jusqu'à elle. Au fond, elle ne se trouvait plus si tranquille que cela, seule, là-haut. Au fond, elle avait un peu peur.

Elle sortit l'eau, le pain, le catalogue. C'était un catalogue très complet, avec des sous-parties sur *l'air comprimé, le soudage, les échafaudages, le levage* et des tas de rubriques prometteuses de cette sorte. Camille lisait tout, y compris les descriptifs les plus détaillés comme *Débroussailleuse thermique 1,1 Cv Barre anti-recul Transmission rigide antivibrée avec renvoi Allumage électronique Poids 5,6 kg.* Ce genre de notice, dont ces catalogues fourmillaient, lui apportait un vif contentement intellectuel – comprendre l'objet, son agencement, son efficacité – en même temps qu'une satisfaction lyrique[1] intense. S'ajoutait le rêve sous-jacent de résoudre tous les problèmes planétaires avec le *Tour combiné fraiseuse* ou la *Clef de mandrin universelle.* Le catalogue, c'était l'espérance de contrer par la force combinée à la ruse tous les emmerdements de l'existence. Espérance fallacieuse[2], certes,

---

1. Poétique.
2. Trompeuse.

mais espérance tout de même. Camille puisait ainsi son énergie vitale à deux sources : la composition musicale et le *Catalogue de l'Outillage Professionnel*. Dix ans plus tôt, elle comptait aussi sur l'amour, mais elle en avait beaucoup rabattu sur ce vieux truc rabâché de l'amour. L'amour vous donnait des ailes pour vous scier les jambes, ça ne valait donc pas trop le coup. Beaucoup moins le coup qu'un *Cric hydraulique 10 tonnes*, par exemple. En gros, avec l'amour, si vous n'aimiez pas quelqu'un, il restait, et si vous aimiez quelqu'un, il s'en allait. Un système simple, sans surprise, qui engendrait immanquablement un grand ennui ou une catastrophe. Tout cela pour vingt jours d'émerveillement, non, ça ne valait pas le coup. L'amour qui dure, l'amour qui fonde, l'amour qui fortifie, anoblit, sanctifie, épure et répare, enfin tout ce qu'on s'imagine sur l'amour avant d'avoir vraiment essayé de se servir du truc, c'était une foutaise. Voilà où Camille, après de longues années d'essayages, après pas mal de déboires[1] et une rude détresse, en était arrivée. Une foutaise, une duperie[2] pour naïfs, une trouvaille pour narcissiques[3]. Autant dire que Camille était devenue, en ce qui regardait l'amour, une semi-dure à cuire et elle n'en éprouvait ni regret ni satisfaction. Avoir tenu le coup à la cuisson ne l'empêchait pas d'aimer Lawrence avec sincérité, à son idée. De l'apprécier, de l'admirer même, de se chauffer contre lui. En aucune façon d'espérer quoi que ce soit. Camille n'avait gardé de l'amour que les

---

1. Malheurs.
2. Tromperie.
3. Qui ne trouvent un intérêt que dans eux-mêmes.

⁹⁵ envies immédiates et les sentiments à courte portée, emmurant tout idéal, toute espérance, toute grandeur. Elle n'attendait presque rien de presque personne. Elle ne savait plus aimer qu'ainsi dans un état d'esprit profiteur et bienveillant, touchant aux limites de l'indifférence.

¹⁰⁰ Camille s'installa plus à l'ombre, ôta sa veste et s'absorba deux bonnes heures dans l'examen attentif des *Meule à eau avec disque de mortifiage*, *Pompe vide-cave turbine double-isolement* et autres astuces réconfortantes autant qu'édifiantes[1]. Mais son regard se détachait sans cesse du catalogue, scrutait les alen-

¹⁰⁵ tours. Elle n'était pas à l'aise, la main serrée sur son bâton. Elle perçut soudain le bruit d'un frottement, puis un fracas de buissons piétinés. En un éclair, elle fut debout sur la pierre, le bâton pointé, le cœur affolé. Un sanglier déboucha à dix mètres et, la voyant, s'enfuit dans les broussailles. Camille souffla, boucla

¹¹⁰ son sac et redescendit le sentier vers Saint-Victor. La montagne n'était pas bonne en ce moment.

À la nuit tombante, elle s'installa jambes croisées sur le bord du lavoir, disposa le pain et le fromage sur la pierre, guetta le retour des chasseurs, écouta les bruits lourds de l'échec subi. De

¹¹⁵ là-haut, elle vit remonter Lawrence sur sa moto. Au lieu de la béquiller sur la place, comme il le faisait d'ordinaire, il préféra dépasser les hommes las et grimper le raidillon menant à la maison.

Elle le trouva assis sur la haute marche du seuil, pensif, loin-

---

1. Morales.

120 tain, son casque encore à la main. Elle s'installa à côté de lui et
Lawrence posa son bras sur son épaule.

– Du neuf ?

Lawrence secoua la tête.

– Des emmerdements ?

125 Même mouvement.

– Sibellius ?

– Localisé. Avec son frère Porcus. Territoire complètement
au sud-est. Mauvais comme des carnes. Mauvais mais peinards.
Les gars vont essayer de les endormir.

130 – Pour quoi faire ?

– Empreinte des mâchoires.

Camille fit signe qu'elle comprenait.

– Crassus ? demanda-t-elle.

Lawrence remua de nouveau la tête.

135 – Pas trace, dit-il.

Camille termina en silence son morceau de fromage. C'était
lassant, parfois, d'extirper[1] bout par bout les paroles hors du
Canadien.

– Personne ne trouve la bête, conclut-elle. Ni eux ni vous.

140 – Introuvable, confirma Lawrence. Doit faire du raffut, les
chiens devraient la sentir.

– Et donc ?

– C'est une dur. Tough guy.

Camille fit la moue. Ça l'étonnait. Encore que pour celle du

---

1. Arracher.

145 Gévaudan, il avait fallu un sacré moment pour la coincer. Si c'était bien la bonne, ce qu'on n'avait jamais pu prouver. Ce qui valait à la Bête de faire encore danser son ombre plus de deux siècles après.

– Quand même, murmura-t-elle, le menton posé sur ses
150 genoux, ça m'étonne.

Lawrence lui frotta longuement les cheveux.

– Il y a quelqu'un, ici, dit-il, que ça n'étonne pas du tout.

Camille tourna le regard vers Lawrence. Il faisait nuit à présent, elle voyait mal son visage. Elle attendit. À la nuit,
155 Lawrence était obligé de parler plus, puisqu'on ne pouvait plus distinguer ses signes. Il retrouvait même dans l'obscurité une certaine fluidité.

– Quelqu'un qui n'y croit pas, dit-il.

– À la chasse ?
160 – À la bête.

Un nouveau silence passa.

– Comprends pas, dit Camille qui, par mimétisme involontaire, se mettait parfois à économiser sur ses phrases en en rognant le début.
165 – Qui croit qu'il n'y a pas de bête, expliqua Lawrence avec effort. Aucune bête. Qui me l'a dit en confidence.

– Ah, dit Camille. Qui croit à quoi, alors ? À un rêve ?

– Non.

– Une hallucination ? Une psychose[1] collective ?

---

1. Folie, démence.

170 — Non. Qui croit qu'il n'y a pas de bête.

— Les brebis mortes, il n'y croit pas non plus ?

— Si. Bien sûr que si. Mais pas à la bête.

Camille haussa les épaules, découragée.

— Qui croit à quoi, alors ?

175 — Qui croit à un homme.

Camille se redressa, secoua la tête.

— À un homme ? Qui bouffe les brebis ? Et les morsures ?

Lawrence grimaça dans la nuit.

— Qui croit à un loup-garou[1].

180 Il se fit un nouveau silence puis Camille posa sa main sur le bras du Canadien.

— Un loup-garou ? répéta-t-elle en baissant la voix, à l'instinct, comme si le mot maléfique ne devait surtout pas être crié sur tous les toits. Un loup-garou ? Tu veux dire un dingue ?

185 — Non, un loup-garou. Qui croit à un vrai loup-garou.

Camille scruta dans l'ombre le visage de Lawrence, voir s'il se foutait d'elle, ou quoi. Mais les traits du Canadien étaient impassibles[2].

— Tu veux parler de ce genre de gars qui se transforme la nuit,
190 avec les griffes qui sortent, les crocs qui surgissent et les poils qui poussent ? De ce gars qui part ensuite manger tout le monde dans la campagne et qui au petit matin range les poils sous sa veste pour aller au boulot ?

---

1. Homme qui se transforme en loup.
2. Immobiles.

– C'est cela, confirma Lawrence d'un ton grave. D'un loup-
195 garou, quoi.

– Et on aurait ça dans le coin ?

– Oui.

– Et c'est lui qui aurait égorgé tous ces moutons depuis
l'hiver ?

200 – Ou les vingt derniers.

– Et toi, hésita Camille, tu y crois ?

Lawrence haussa les épaules, avec un sourire vague.

– God, dit-il. Non.

Camille se leva, sourit, secoua ses bras comme pour chasser
205 des ombres.

– Quel est le taré qui t'a raconté ça ?

– Suzanne Rosselin.

Interdite, Camille regarda fixement le Canadien, toujours
assis sur la marche, le casque à la main, toujours calme.

210 – C'est vrai, Lawrence ?

– Vrai. L'autre soir, pendant que tu réparais la fuite. Elle dit
que c'est un foutu connard de loup-garou qui saigne toute la
région. Que c'est pour ça que les dents ne sont pas normales.

– Suzanne ? Tu me parles bien de Suzanne ?

215 – Oui. La grosse.

Atterrée, Camille demeurait immobile, les bras ballants.

– Elle dit, reprit Lawrence, que ce foutu connard de loup-
garou a été... – Lawrence chercha son mot – a été réveillé par
le retour des loups, et que maintenant, il profite de leurs
220 attaques pour cacher ses crimes.

– Suzanne n'est pas folle, murmura Camille.

– Tu sais très bien qu'elle est totalement cinglée.

Camille ne répondit pas.

– Au fond de toi, tu le sais, reprit Lawrence. Et je ne t'ai pas
225 dit le pire, ajouta-t-il.

– Tu ne veux pas rentrer? demanda Camille. J'ai froid, j'ai
très froid.

Lawrence leva la tête et se mit debout d'un bond, comme s'il
s'apercevait seulement maintenant à quel point il choquait
230 Camille. Camille aimait la grosse. Il l'entoura de ses bras, frotta
son dos. Lui, il avait entendu tant d'histoires à dormir debout,
tant de vieilles femmes transformées en grizzlis, de grizzlis per-
mutés en perdrix des neiges et de perdrix en âmes errantes que
ces bestiaires[1] fous ne l'inquiétaient plus depuis longtemps.
235 L'homme et la sauvagerie n'ont jamais formé un ménage
serein[2]. Mais ici, dans cette petite France, ils avaient tous perdu
l'habitude. Et surtout, Camille aimait la grosse.

– Viens dans la maison, lui dit-il, les lèvres dans ses cheveux.

Camille n'alluma pas la lumière, pour ne pas devoir arracher
240 les mots hors de Lawrence. La lune se levait, on y voyait assez.
Elle s'assit dans un vieux fauteuil en paille, remonta ses genoux
vers son menton, croisa ses bras. Lawrence ouvrit un bocal de
raisins à l'eau-de-vie, en versa une dizaine dans une tasse et la
lui tendit. Il préleva pour lui un petit verre d'alcool pur.

---

1. Catalogues de bêtes.
2. Calme.

245   – On peut toujours se saouler, proposa-t-il.

– On n'y arrivera jamais avec ce fond de bocal.

Camille avala les raisins, remit les gros pépins dans le fond de sa tasse. Elle les aurait bien crachés dans la cheminée mais Lawrence était opposé à ce qu'une femme crache dans la che-
250 minée alors qu'elle devait se hausser au-delà de la brutalité des mâles et de leurs crachats incessants.

– Désolé pour Suzanne, dit-il.

– Elle a peut-être lu trop de contes africains, en fin de compte, suggéra Camille d'un ton las.

255   – Peut-être.

– Il y a des loups-garous, en Afrique ?

Lawrence écarta les mains.

– Forcément il y en a. Peut-être des hyènes-garous, des chacals-garous.

260   – Envoie la suite, dit Camille.

– Elle sait qui c'est.

– Le loup-garou ?

– Oui.

– Dis.

265   – Massart, le gars des abattoirs.

– Massart ? cria presque Camille. Pourquoi Massart, bon Dieu ?

Lawrence se frotta la joue, embarrassé.

– Dis, répéta Camille.

270   – Parce que Massart n'a pas de poils.

Camille tendit sa tasse, le bras raide, et Lawrence lui versa une nouvelle cuiller de raisins.

– Quoi, pas de poils ?

– Tu as vu le type ?

275 – Une fois.

– Il n'a pas de poils.

– Je ne comprends pas, dit Camille, fermée. Il a des cheveux, comme toi et moi. Il a une frange noire jusqu'aux yeux.

– J'ai dit poils. Pas de poils, Camille.

280 – Tu veux dire sur les bras, les jambes, le torse ?

– Oui, le gars est glabre[1] comme un gosse, quoi. J'ai pas vu le détail. Paraît qu'il ne se rase même pas.

Camille ferma à demi les yeux pour rappeler l'image de Massart, l'autre matin, devant sa fourgonnette. Elle revit sa peau blanche, sur les bras et les joues, si étrange à côté du teint
285 mat des autres types. Oui, pas de poils, peut-être.

– Et alors ? dit-elle. Qu'est-ce que ça peut foutre ?

– T'es pas très fortiche en loups-garous, hein ?

– Pas très, non.

290 – Tu saurais pas en reconnaître un en plein jour.

– Non. À quoi je le reconnaîtrais, le pauvre vieux ?

– À ça. Le loup-garou n'a pas de poils. Et tu sais pourquoi ? Parce qu'il les porte en dedans.

– C'est une blague ?

295 – Relis les vieux bouquins de ton vieux pays cinglé. Tu ver-

---

1. Sans poils.

ras. C'est écrit. Et des tas de gens savent ça dans les campagnes.
Et la grosse aussi.

— Suzanne.

— Suzanne.

300 — Ils savent tous pour le coup des poils ?

— C'est pas un coup. C'est le signe du loup-garou. Il n'y en a
pas d'autre. Il a les poils dedans parce que c'est un homme à
l'envers. La nuit, il s'inverse, et sa peau velue apparaît.

— De sorte que Massart ne serait jamais qu'un manteau de
305 fourrure retourné ?

— Si tu veux.

— Et ses dents ? Elles sont réversibles ? Où les range-t-il, le
jour ?

Lawrence posa son verre sur la table et se tourna vers
310 Camille.

— Ça ne sert à rien de s'énerver, Camille. Bullshit, c'est pas
moi qui le dis. C'est la grosse.

— Suzanne.

— Suzanne.

315 — Oui, dit Camille. Pardonne-moi.

Camille se leva, attrapa le bocal de raisins, le vida dans sa
tasse. Grain par grain, ça finissait tout de même par dégourdir
les muscles. C'est Suzanne qui avait fait les raisins. La maîtresse
des Écarts distillait dans son arrière-cuisine une quantité de
320 marc – d'eau ardente, elle appelait ça – qui dépassait largement le plafond légal concédé aux possesseurs de vigne. « Je

m'en branle, du plafond légal », disait-elle. Suzanne se foutait d'ailleurs de tous les plafonds et planchers légaux du monde, des impôts, de la vignette, des quotas, des assurances, des
325 normes françaises de sécurité, des dates de péremption et de l'entretien des parties mitoyennes. C'était Buteil, son intendant, qui veillait à ce que l'exploitation ne verse pas tout à fait hors de la citoyenneté minimale et le Veilleux qui se chargeait des contrôles sanitaires. Camille se demandait comment une
330 femme qui enfonçait l'ordre commun comme elle aurait démoli une simple porte de grange pouvait adhérer à une rumeur aussi dangereusement consensuelle[1] que celle d'un loup-garou. Elle revissa le bouchon et fit quelques pas, la main fermée sur sa tasse. Sauf si Suzanne, à force d'hostilité aux lois
335 collectives, se créait son ordre propre. Son ordre, ses lois, ses explications du monde. Pendant que tous couraient en masse après une bête, formant un seul bloc au service d'une seule idée, Suzanne Rosselin, ennemie de toute pensée unanime, campait seule. Elle défiait le consensus, inventait une autre logique,
340 quelle qu'elle soit, pourvu que ce ne fût pas celle des autres.

— Elle est fêlée, résuma Lawrence, comme s'il avait suivi les pensées de Camille. Elle vit à côté du monde.

— Toi aussi. Tu vis dans la neige, avec les ours.

— Mais je ne suis pas fêlé. C'est sûrement un miracle mais je
345 ne suis pas fêlé. C'est la différence entre la grosse et moi. Elle se fout de tout. Elle se fout de puer le suint[2] de mouton.

---

1. Unanime, accordée.
2. « Gras » de la laine.

– Laisse tomber ce suint, Lawrence.

– Je ne laisse rien tomber. Elle est dangereuse. Pense à Massart.

350 Camille se passa la main sur le visage. Lawrence avait raison. Que Suzanne déraille[1] avec un loup-garou, passe. On déraille avec ce qu'on veut. Mais accuser un homme, c'était autre chose.

– Pourquoi Massart ?

– Parce qu'il n'a pas de poils, répéta patiemment Lawrence.

355 – Non, dit Camille un peu exténuée. À part les poils, oublie ces foutus poils. Pourquoi crois-tu qu'elle s'en prend à lui ? C'est un type un peu comme elle, exclu, solitaire, pas aimé. Elle devrait le défendre.

– Justement. Il est trop comme elle. Ils chassent sur les 360 mêmes terres. Elle doit l'éliminer.

– Tu penses trop aux grizzlis.

– C'est comme ça que ça marche. Ce sont deux concurrents féroces.

Camille hocha la tête.

365 – Qu'est-ce qu'elle t'a dit de lui ? À part les poils ?

– Rien. Soliman est arrivé et elle s'est tue. Je n'ai rien su de plus.

– C'est déjà pas mal.

– C'est beaucoup trop.

370 – Qu'est-ce qu'on peut faire ?

Lawrence s'approcha de Camille, lui posa les mains sur les épaules.

---

1. Délire.

– Je vais te dire ce que me répétait mon père.

– Bon, dit Camille.

375   – *Si tu veux rester libre, ferme ta gueule.*

– Vu. Et ensuite ?

– On la boucle. Si par malheur l'accusation de la grosse franchissait les frontières des Écarts, il faudrait tout craindre pour Massart. Tu sais ce qu'on leur faisait, il y a à peine deux cents 380 ans, dans ton pays, à ceux qu'on soupçonnait ?

– Dis-le. Au point où on en est.

– On leur ouvrait le bide depuis la gorge jusqu'aux couilles pour voir si les poils étaient dedans. Ensuite, c'était trop tard pour pleurer son erreur.

385   Lawrence serra ses mains sur les épaules de Camille.

– Faut pas que ça sorte de sa putain de bergerie, scanda-t-il.

– Je ne crois pas que les gens soient si tarés que tu te le figures. On ne se ruerait[1] pas sur Massart. Les gens savent bien que c'est un loup qui tue.

390   – Tu as raison. En temps ordinaire, tu aurais même tout à fait raison. Mais tu oublies ceci : ce loup n'est pas un loup comme les autres. J'ai vu l'empreinte de ses dents. Et tu peux me croire, Camille, si je te dis que c'est une bête puissante, une bête comme je crois n'en avoir jamais vu.

395   – Je te crois, dit Camille à voix basse.

– Et bientôt, je ne serai plus le seul à le savoir. Les gars ne sont pas aveugles, ils sont même compétents, quoi qu'en dise la

---

1. Se jetterait.

grosse. Bientôt, ils sauront. Ils sauront qu'ils ont affaire à quelque chose d'hors du commun, quelque chose qu'ils n'ont jamais vu. Tu comprends, Camille ?. Tu comprends le danger ? Quelque chose de pas normal. Alors, ils auront peur. Alors ils seront perdus. Alors ils embrasseront les idoles[1] et ils brûleront les marginaux. Et si la grosse Suzanne déclenche la rumeur, ils se jetteront sur Massart et ils lui ouvriront le bide depuis la gorge jusqu'aux couilles.

Camille hocha la tête, tendue. Jamais Lawrence n'avait autant parlé d'un coup. Il ne la lâchait pas, comme pour la protéger. Camille sentait ses mains brûlantes contre son dos.

— Voilà pourquoi il faut absolument qu'on trouve cette bête, morte ou vive. Morte si c'est eux, vive si c'est moi. D'ici là, on la boucle.

— Et Suzanne ?

— On va aller la voir demain, lui ordonner de la boucler.

— Elle n'aime pas les ordres.

— Mais elle m'aime bien.

— Elle a pu parler à quelqu'un d'autre que toi.

— Je ne crois pas. Vraiment pas.

— Pourquoi ?

— Parce qu'elle estime que tous ceux de Saint-Victor sont des foutus connards. Sauf moi, parce que je suis étranger. Elle m'a parlé aussi parce que je connais les loups.

---

1. Images d'une divinité.

– Pourquoi ne m'as-tu rien dit, mercredi soir, en revenant des Écarts ?

– Je pensais qu'on lèverait l'animal à la battue, et que tout

425 s'oublierait. Je ne voulais pas te démolir la grosse pour rien.

Camille hocha la tête.

– Elle est cinglée, ta Suzanne, murmura Lawrence.

– Je l'aime bien quand même.

– Je sais.

BIEN LIRE

Qu'est-ce que les catalogues apportent à Camille ?

À quel univers le loup-garou appartient-il ?

Quel signe désigne Mansart comme un loup-garou ? Que risque celui-ci ?

Quel argument Lawrence donne-t-il à Camille pour expliquer l'accusation de Suzanne contre Mansart ?

Quel est le sentiment de Lawrence à l'égard de Suzanne ?

9

Le lendemain matin, à sept heures trente, Lawrence fit démarrer sa moto. Camille, à peine réveillée, s'installa à l'arrière et ils parcoururent à petite vitesse les deux kilomètres qui les séparaient des Écarts. Camille se tenait d'une main au ventre de
5 Lawrence et serrait de l'autre le bocal de raisins vide. Suzanne Rosselin ne fournissait pas en raisins si on ne rapportait pas son bocal, c'était la loi.

Lawrence tourna à gauche, s'engagea sur le chemin caillouteux qui menait à la bâtisse.
10 — Les flics, cria Camille en secouant Lawrence à l'épaule.

Lawrence fit signe qu'il avait vu, coupa les gaz et descendit. Tous deux ôtèrent leurs casques et observèrent le break bleu qui stationnait devant la bergerie, comme l'autre jour, et les mêmes gendarmes, le petit et le moyen, qui allaient et venaient de la
15 voiture au bâtiment.

— God, dit Lawrence.

— Merde, dit Camille. Une autre attaque.

— Bullshit. Ce n'est pas ça qui va calmer la grosse.

— Suzanne.
20 — Suzanne.

— Il aurait mieux valu que ça tombe ailleurs.

— C'est le loup qui choisit, dit Lawrence. Pas le hasard.

— Il choisit ?

— Sûr. Tâtonne au début, et trouve. Accès facile, bergerie isolée, chiens à la laisse. Alors il revient. Et reviendra. S'il prend des habitudes, ça aidera pour le coincer.

Lawrence posa les casques et les gants sur la moto.

– On y va, dit-il. Vérifier les blessures. Si c'est les mêmes.

Lawrence secoua ses longs cheveux blonds, comme un animal qui se réveille, ce qu'il faisait souvent en cas de difficulté. Camille enfonça ses poings dans les poches de son pantalon. Le chemin sentait le thym et le basilic et, pensait Camille, le sang. Lawrence trouvait que ça sentait surtout et toujours le suint de mouton et la pisse fermentée.

Ils serrèrent la main du gendarme moyen, qui avait l'air hagard[1] et dépassé.

– On peut voir les blessures ? demanda Lawrence.

Le gendarme haussa les épaules.

– Faut toucher à rien, dit-il d'une voix mécanique. Faut toucher à rien.

En même temps, il leur fit signe d'une main fatiguée qu'ils pouvaient y aller.

– Attention, c'est moche, leur dit-il. C'est moche.

– Bien sûr c'est moche, dit Lawrence.

– Vous veniez pour les raisins ? demanda-t-il en regardant le bocal vide qui pendait à la main de Camille.

– Un peu, dit Camille.

– Ben c'est pas le jour. C'est pas le jour.

Camille se demanda pourquoi le gendarme répétait tout

---

1. Perdu.

50 deux fois. Ça devait prendre beaucoup de temps de dire tout en
double, la moitié de la journée, mine de rien. Tandis que
Lawrence, qui ne prononçait qu'un tiers des phrases, économi-
sait énormément de temps. À moins qu'il ne le perde, c'était un
point de vue qui se défendait. La mère de Camille disait que le
55 temps perdu était du temps gagné.

Elle tourna le regard vers la bergerie, mais ce matin, ni
Soliman ni le Veilleux n'encadrait la porte. Lawrence l'avait
déjà précédée quand elle pénétra dans la bergerie. Il se retourna
vers elle, blanc comme un drap dans l'ombre, étendant ses deux
60 bras pour l'empêcher d'aller plus loin.

– Avance pas, Camille, souffla-t-il. C'est pas une brebis. Jesus
Christ.

Mais Camille avait vu. Suzanne était étendue dans la paille
crottée, sur le dos, les bras écartés, la chemise de nuit remontée
65 jusqu'aux genoux. À la gorge, une horrible blessure avait laissé
échapper un flot de sang. Camille ferma les yeux et sortit en
courant. Elle se heurta au gendarme moyen, qui la retint dans
ses bras.

– Qu'est-ce qui s'est passé ? hurla-t-elle.

70 – Le loup, dit le gendarme. Le loup.

La tenant par le bras, il l'amena jusqu'au break et l'installa
sur le siège avant.

– Moi aussi j'ai de la peine, dit le gendarme. Mais faut pas le
dire. C'est pas réglementaire.

75 – Elle s'en branle du règlement, Suzanne ! cria Camille.

– Je sais, ma petite, je sais.

Il sortit une bouteille du vide-poches de la voiture et la lui tendit maladroitement.

– Je ne veux pas de gnôle, dit Camille en sanglotant. Je veux des raisins. J'étais venue pour les raisins.

– Allons, faites pas l'enfant, faites pas l'enfant.

– Suzanne, gémit Camille. Ma grosse Suzanne.

– Elle a dû entendre la bête, dit le gendarme. Elle a dû monter voir le raffut dans la bergerie. Y a le fusil à côté d'elle. Elle a dû la coincer, et l'animal lui a sauté dessus. Sauté dessus. Elle était trop courageuse, la Suzanne.

– Et le Veilleux ? gronda Camille. Qu'est-ce qu'il foutait, le Veilleux ?

– Faites pas l'enfant, répéta le gendarme. Le Veilleux était sorti. Il lui manquait une bête, un jeune de l'année. Il l'a cherchée une partie de la nuit, et quand il a été trop loin pour revenir, il a dormi dans une pâture. Il est rentré à sept heures et il nous a appelés. Attention, ma petite.

– Attention quoi ? dit Camille en relevant le visage.

– Faut pas insulter le Veilleux dans sa douleur. Faut pas dire « Et le Veilleux ? Et le Veilleux ? Qu'est-ce qu'il foutait le Veilleux ? » ou des âneries de ce genre. Vous n'êtes pas du pays, alors ne dites rien, ne dites rien sans beaucoup réfléchir avant. Suzanne, c'était la Madone[1] du Veilleux, rien de moins. Alors, pas d'âneries. Surtout pas d'âneries.

---

1. La Sainte Vierge.

Impressionnée, Camille hocha la tête, essuya ses larmes d'un revers de main. Le gendarme moyen lui tendit un mouchoir en papier.

– Où est-il ? demanda-t-elle.

105 – Dans un coin de la bergerie. Il veille.

– Et Soliman ?

Le gendarme secoua la tête, dans un geste d'impuissance.

– Il s'est enfermé dans les toilettes. Dans les toilettes. Il dit qu'il crèvera là. On va nous envoyer une collègue de la psycho-

110 logie. C'est utile, dans ces cas spéciaux.

– Il a une arme ?

– Non, pas d'arme.

– J'avais réparé la fuite, mercredi dernier, dit Camille d'une voix morne.

115 – Oui. La fuite. Vous savez comment la Suzanne avait adopté le petit Soliman Melchior ?

– Oui. On m'a déjà raconté l'histoire.

Le gendarme secoua la tête d'un air entendu.

– Le petit, il n'en voulait pas d'autre que la Suzanne. Il a mis

120 sa petite tête là et il s'est arrêté de brailler. C'est ce qu'on raconte. Je n'étais pas là. Je ne suis pas d'ici. Nous, les gen-darmes, on n'a jamais le droit d'être d'ici, pour pas s'attacher.

– Je sais, dit Camille.

– Mais on s'attache quand même. La Suzanne, personne

125 ne la...

Le gendarme s'interrompit en voyant revenir Lawrence, sombre, la tête baissée.

– Vous n'avez rien touché au moins ? demanda-t-il.

– Votre collègue ne m'a pas quitté des yeux.

130 – Alors ?

– Peut-être la même bête. Pas possible d'être sûr.

– Le grand loup ? demanda le gendarme en plissant les yeux, sur la défensive.

Lawrence fit la moue. Il leva la main et écarta le pouce et 135 l'auriculaire.

– Grand. Au moins ça entre la carnassière et la canine. On ne voit pas bien. Une prise à l'épaule et une prise à la gorge. Pas dû avoir le temps de tirer.

Deux voitures remontaient le chemin carrossable en cahotant.

140 – Voilà le labo, dit le gendarme. Et le médecin derrière.

– Viens, dit Lawrence en posant une main sur l'épaule de Camille et en la secouant doucement. On ne reste pas là.

– Je voudrais parler à Soliman, dit Camille. Il est bouclé dans les toilettes.

145 – Quand quelqu'un est bouclé dans les toilettes, on ne peut rien en tirer.

– J'y vais quand même. Il est tout seul.

– Je t'attends à la moto.

Camille entra dans la maison sombre et silencieuse, grimpa 150 à l'étage, s'arrêta devant la porte close.

– Sol, appela-t-elle en frappant au battant.

– Allez vous faire foutre, connards ! hurla le jeune homme.

Camille hocha la tête. Soliman reprendrait le flambeau[1].

– Sol, je n'essaie pas de te faire sortir de là.

155 – Tire-toi !

– Moi aussi j'ai du chagrin.

– Ton chagrin ne vaut rien ! Il ne vaut rien, t'entends ? T'as même pas le droit d'être là ! T'étais pas sa fille ! Tire-toi ! Bon Dieu, tire-toi !

160 – Évidemment il ne vaut rien. Suzanne, je l'aimais juste comme ça.

– Ah ! Tu vois ! hurla Soliman.

– Je lui réparais ses tuyaux et en échange je lui prenais ses légumes et sa gnôle. Et toi, je m'en fous si tu ne sors pas des
165 chiottes. On te passera du jambon sous la porte.

– C'est ça ! cria le jeune homme.

– Voilà la situation, Sol. Toi, tu ne sors plus des chiottes. Le Veilleux ne sort plus de la bergerie et Buteil ne sort plus de sa cabane. Plus personne ne sort de nulle part. Les brebis vont
170 toutes crever.

– J'en ai rien à foutre de ces foutues boules de laine ! C'est des débiles !

– Mais le Veilleux est vieux. Non seulement il ne sort plus mais il ne bouge plus et il ne parle plus. Il est raide comme son
175 bâton. Le laisse pas choir[2] ou faudra qu'on l'emmène à l'asile des vieux.

---

1. Reprendrait la suite.
2. Tomber.

– Je m'en branle !

– Le Veilleux est comme ça parce qu'à l'heure où le loup a attaqué, il était dehors. Il n'a pas pu l'aider.

180 – Et moi je dormais ! Je dormais !

Camille entendit Soliman exploser en sanglots.

– Suzanne a toujours voulu que tu dormes beaucoup. Tu lui as obéi. Ce n'est pas de ta faute.

– Pourquoi elle ne m'a pas secoué ?

185 – Parce qu'elle ne voulait pas qu'il t'arrive malheur. Tu étais son prince.

Camille appuya sa main contre la porte.

– C'est ce qu'elle disait, ajouta-t-elle.

Camille remonta vers la bergerie et le gendarme moyen l'ar-
190 rêta au passage.

– Qu'est-ce qu'il fait ? demanda-t-il.

– Il pleure, dit-elle d'un ton las. C'est difficile de parler quand quelqu'un est bouclé dans les toilettes.

– Oui, acquiesça le gendarme, comme s'il avait discuté avec
195 des tas de types bouclés dans les toilettes. La psychologie n'arrive pas, dit-il en consultant sa montre. Je ne sais pas ce qu'ils foutent.

– Le médecin ? Qu'est-ce qu'il dit ?

– Comme le trappeur. Qu'elle a été égorgée. Égorgée. Entre
200 trois et quatre heures du matin. On ne peut pas encore bien voir l'empreinte des dents. Faudra nettoyer. Mais il dit que c'est flou, que c'est pas comme si ça plantait dans de l'argile, hein ?

Camille fit oui.

– Le Veilleux est toujours là-dedans ?

205 – Oui. On a peur qu'il se momifie.

– Vous pouvez toujours dire aux gens de la psychologie d'aller le voir.

Le gendarme secoua franchement la tête.

– Pas la peine, affirma-t-il. Le Veilleux est dur comme un sac 210 de noix. La psychologie sur lui, ce serait comme pisser sur les arbres.

– Ah bon, dit Camille. Est-ce que ça vous ennuierait de me dire votre nom ?

– Lemirail. Justin Lemirail.

215 – Merci, dit Camille qui reprit son chemin, les bras pendants.

Elle rejoignit Lawrence à la moto, mit son casque en silence.

– Je ne sais plus où j'ai foutu le bocal, murmura-t-elle.

– Je crois que ce n'est pas grave, dit Lawrence.

220 Camille hocha la tête, enfourcha la moto et serra le Canadien autour du ventre.

Quelle phrase laisse supposer une mort plus grave que celle d'une brebis ?

Quel était le sentiment général à propos de Suzanne ?

Quelle pensée déclenche les sanglots de Soliman ?

10

Lawrence arrêta la moto devant la maison, et attendit sans bouger que Camille en descende.

– Tu ne viens pas ? demanda-t-elle. On va faire du café, non ?

Lawrence secoua la tête, les mains serrées sur le guidon.

5   – Tu retournes tout de suite dans le Massif ? Tu veux chercher cette saleté de loup ?

Lawrence hésita, ôta son casque, secoua ses cheveux.

– Vais voir Massart, dit-il.

– Massart ? À cette heure-là ?

10   – Il est déjà neuf heures, dit Lawrence en consultant sa montre.

– Je ne pige pas, dit Camille. Qu'est-ce que tu veux à ce type ?

Lawrence fit la moue.

– Je ne comprends pas que le loup ait attaqué, dit-il.

15   – Eh bien, il l'a fait quand même.

– Le loup a peur de l'homme, continua Lawrence. Il ne l'affronte pas.

– Bon. Il l'a affronté.

– Suzanne était grosse, imposante, gueularde. Déterminée et 20 armée. Il aurait fallu qu'elle l'accule[1].

– Et bon, c'est ce qu'elle a fait, Lawrence. Elle l'a acculé. Tout le monde sait qu'un loup acculé attaque.

– C'est bien ce qui me tracasse. La grosse en connaissait un

1. Pousse, bloque.

rayon. Aurait pas pris le risque d'acculer un loup. Serait passée
par-derrière, aurait glissé le fusil par une des fenêtres crevées, et
aurait tiré. Voilà ce qu'aurait fait la grosse. Mais entrer dans la
bergerie et coincer la bête, God, je ne peux pas me figurer ça.

Camille fronça les sourcils.

– Explique-toi, dit-elle.

– Pas envie. Pas sûr de moi.

– Explique-toi quand même.

– Bullshit. Suzanne a accusé Massart et Suzanne est morte. A
bien pu aller voir Massart et lui débiter toute sa salade de loup-
garou. N'avait peur de rien.

– Et après, Lawrence ? Puisque Massart *n'est pas* un loup-
garou ? Qu'est-ce qu'il aurait fait ? Il aurait rigolé, non ?

– Pas forcément rigolé.

– Massart a déjà mauvaise réputation et les gosses le fuient.
Qu'est-ce qu'il a à faire des révélations de Suzanne ? On raconte
déjà qu'il est glabre, impuissant, pédé, cinglé et je ne sais quoi.
Loup-garou, qu'est-ce que ça peut lui foutre ? Il est de taille à
en supporter d'autres.

– God. Tu ne comprends pas.

– Eh bien explique-toi mieux. Ce n'est pas le moment de
bouffer les phrases.

– Massart en a rien à faire des racontars. All right. Mais suppose que la grosse ait eu raison ? Que ce soit Massart qui ait
égorgé les brebis ?

– Déraille pas, Lawrence. Tu as dit que tu n'y croyais pas.

– Pas au loup-garou. Non.

– Tu oublies les blessures, bon sang. Ce ne sont pas les dents de Massart, si ?

– Non.

– Ah. Tu vois.

55 – Mais Massart a un chien. Un très grand chien.

Camille tressaillit. Elle avait aperçu le chien sur la place, une haute bête tachetée remarquable, dont la tête massive arrivait à la ceinture de l'homme.

– Un dogue allemand, dit Lawrence. Le plus grand des 60 chiens. Le seul qui puisse égaler ou dépasser la taille d'un loup mâle.

Camille posa sa botte sur le cale-pied de la moto, soupira.

– Pourquoi pas juste un loup, Lawrence ? demanda-t-elle doucement. Un vieux loup tout simple ? Pourquoi pas Crassus 65 le Pelé ? Tu le cherchais hier encore.

– Parce que la grosse lui aurait tiré dans le cul. Par la fenêtre. Je vais voir Massart.

– Pourquoi pas Lemirail ?

– Qui est Lemirail ?

70 – Le gendarme moyen.

– God. Trop tôt. On va juste causer, Massart et moi.

Lawrence lança la moto et disparut dans la pente.

Il ne revint qu'à l'heure du déjeuner. Camille, un peu assommée, avait posé sans faim sur la table du pain et des tomates et 75 mangeait en feuilletant le journal de la veille sans le voir. Même le *Catalogue de l'Outillage Professionnel* n'aurait rien pu faire

pour elle aujourd'hui. Lawrence entra sans dire un mot, posa
son casque et ses gants sur une chaise, jeta un œil sur la table,
ajouta du jambon, du fromage et des pommes, et s'assit.
80 Camille n'essaya pas, comme elle le faisait toujours, de donner
le coup d'envoi à la conversation. Si bien que Lawrence man-
gea en silence, secouant ses cheveux de temps à autre, lui adres-
sant de vagues coups d'œil étonnés. Camille se demanda ce
qu'il adviendrait d'eux si elle ne prenait pas l'initiative de la
85 parole. Peut-être qu'ils resteraient assis à cette table quarante
années à manger des tomates en silence, jusqu'à ce qu'il y en ait
un qui meure. Peut-être. La perspective n'avait pas l'air de
déranger Lawrence. Camille céda après vingt minutes.

– Tu l'as vu ?
90 – A disparu.

– Pourquoi « disparu » ? Le gars a le droit d'aller faire un tour.

– Oui.

– Le chien était là ?

– Non.
95 – Tu vois. Il a été faire un tour. Et puis c'est dimanche.
Lawrence leva le menton.

– Paraît qu'il va à la messe de sept heures tous les dimanches,
dit Camille, dans un autre village.

– Serait rentré. J'ai parcouru tous les environs de sa baraque
100 pendant deux heures. L'ai pas vu.

– Elle est grande, la montagne.

– Suis repassé aux Écarts. Soliman est sorti des toilettes.

– La psychologue ?

Lawrence acquiesça.

105　　– Il ne va pas bien, dit-il. Le médecin lui a donné des calmants. Il dort.

– Le Veilleux ?

– Paraît qu'il a bougé.

– Bon.

110　　– D'un mètre.

Camille soupira, arracha un morceau de pain, le mâchonna distraitement.

– Tu le trouves comment, toi, le Veilleux ? demanda-t-elle.

– Chiant.

115　　– Ah. Je le trouve plutôt impressionnant.

– Les gars impressionnants sont toujours chiants.

– C'est possible, admit Camille.

– Retournerai voir Massart ce soir, à l'heure du dîner. Peux pas le manquer.

120　　Mais Lawrence ne trouva pas Massart à sa cabane le soir. Il attendit plus d'une heure et demie appuyé contre sa porte, regardant la nuit tomber sur la montagne. Lawrence savait attendre comme personne. Il lui était arrivé de planquer plus de vingt heures sur le passage d'un ours. Quand l'obscurité fut

125　　complète, il reprit la direction du village.

– Suis inquiet, dit-il à Camille.

– Tu t'énerves sur ce type. Personne ne connaît ses habitudes. Il fait chaud. Il passe peut-être ses journées libres dans la montagne.

130 Lawrence fit la moue.

– Il bosse demain. Devrait être revenu.

– Ne t'énerve pas sur ce type.

– Trois possibilités, dit Lawrence en étendant trois doigts. Massart est innocent comme la brebis. Il est parti en montagne 135 et il s'est paumé. Il dort contre une souche d'arbre. Ou il a mis le pied dans un piège. Ou il est tombé dans une ravine. Même les loups tombent dans les ravines. Ou bien...

Lawrence retomba dans un long silence. Camille lui secoua le genou, comme on bouge une lampe pour rétablir le contact. 140 Cela fonctionna.

– Ou bien Massart est toujours innocent. Mais Suzanne est venue lui parler. Ce matin, il apprend sa mort. Il prend peur. Si tout le village lui tombe dessus ? Si la grosse a parlé aux autres ? Il a peur qu'on lui ouvre le bide depuis la gorge jusqu'aux 145 couilles. Et il s'enfuit, avec son chien.

– Je n'y crois pas, dit Camille.

– Ou enfin Massart est un tueur. C'est lui qui a égorgé les brebis, avec son dogue. Puis il a égorgé Suzanne. Mais Suzanne a pu parler à d'autres – moi par exemple. Alors il file. Il est en 150 cavale. Et il est fou, il est sanguinaire, et il tue avec les crocs de son monstre.

– Je n'y crois pas non plus. Tout cela parce que ce pauvre type n'a pas de poils. Tout cela parce qu'il est moche et seul. Déjà qu'il ne doit pas s'amuser, tout seul là-haut sans un poil.

155 – Non, interrompit Lawrence. Tout cela parce que la grosse

avait de la jugeote et que la grosse n'aurait pas acculé un loup. Tout cela aussi parce que Massart a disparu. J'y retourne demain à l'aube. Avant qu'il ne file à Digne.

– Je t'en prie. Laisse ce type en paix.

160   Lawrence prit la main de Camille dans la sienne.

– Tu es toujours pour tout le monde, dit-il avec un sourire.

– Oui.

– Le monde n'est pas comme ça.

– Si. Non. Je m'en fous. Laisse Massart. Il n'a rien fait.

165   – Tu n'en sais rien, Camille.

– Tu ne crois pas qu'il vaudrait mieux chercher Crassus ?

– Justement. C'est peut-être lui qui a Crassus.

– Qu'est-ce que tu veux dire ? Qu'il l'a tué ?

– Non. Apprivoisé.

170   – Pourquoi tu dis ça ?

– Personne n'a vu Crassus depuis presque deux ans. Doit être quelque part. C'était encore un louvart quand ils l'ont perdu de vue. Apprivoisable. Apprivoisable par un type qui ne craint pas les dogues allemands.

175   – Et où l'aurait-il planqué ?

– Dans la baraque en bois où il loge le chien. Personne ne s'approche de Massart, et encore moins de la cabane du dogue. Aucun danger d'être repéré.

– Et comment l'aurait-il nourri ? Ça dévore, un loup. Ça se

180   remarque.

– Son chien mange déjà comme dix. N'oublie pas : Massart fait ses courses à Digne. Presque l'anonymat. Il peut chasser aussi. Et il travaille aux abattoirs. A pu élever Crassus sans courir aucun risque.

185 – Pour quoi faire, un loup ?

– Pour quoi faire, un dogue ? Pour la puissance, pour la revanche. Et pour la différence. Ai connu un taré qui avait élevé une femelle grizzli. Eh bien ce gars se croyait maître du monde. Ça donne de l'énergie, un grizzli à soi. Ça enivre.

190 – Un loup aussi ?

– Aussi. Surtout s'il ressemble à Crassus. C'est peut-être avec lui qu'il tue.

Camille médita les trois théories de Lawrence. Celle de Crassus attaquant à la nuit sous les ordres de Massart lui faisait
195 froid dans le dos.

– Non, dit-elle. Massart est coincé dans un piège. Il y a des gars qui en installent plein la montagne.

– Possible que tu aies raison, dit soudain Lawrence en secouant ses cheveux. La grosse m'a peut-être rendu cinglé,
200 l'autre soir. Faut croire qu'elle était hors d'elle et qu'elle a acculé le loup. Et que le loup lui a sauté dessus. Et Massart est dans la montagne. Mais ça laisse une question : où est Crassus le Pelé ?

BIEN LIRE

Pourquoi Lawrence écarte-t-il l'hypothèse du loup ?
Retrouvez dans le texte les trois théories de Lawrence.

11

En ce dimanche 21 juin, il pleuvait à seaux sur Paris. Cela durait comme ça depuis le matin. Jean-Baptiste Adamsberg, posté devant la fenêtre de sa chambre, au cinquième étage d'un immeuble du Marais vétuste dont la façade penchait dangereusement vers la rue, regardait la flotte dévaler la pente des caniveaux, emporter les détritus. Certains résistaient avec opiniâtreté quand d'autres se laissaient prendre sans un mouvement de défense. C'est l'injustice de la vie, même dans le monde méconnu des détritus. Certains tenaient le coup, d'autres pas.

Lui tenait le coup depuis maintenant cinq semaines. Ce n'était pas l'eau qui voulait l'emporter, c'étaient trois filles qui voulaient sa peau. Une fille surtout, une longue rousse efflanquée d'à peine vingt-cinq ans, camée, mais pas toujours, escortée de deux esclaves, deux gosses de vingt ans hypnotisées qui lui obéissaient comme deux ombres maigres, résolues, pitoyables. Seule la rousse était réellement dangereuse. Il y a dix jours, elle lui avait tiré dessus en pleine rue, deux centimètres au-dessus de l'épaule gauche. Un jour ou l'autre, elle lui logerait une bonne petite balle dans le bide. C'était son idée fixe, à cette fille. Elle le lui avait annoncé au téléphone à plusieurs reprises, d'une voix sourde et rageuse. Une bonne petite balle dans le bide, la même qu'il avait logée il y a six semaines dans le ventre du chef, le type qu'on appelait Dick D., mais qui se nommait simplement Jérôme Lantin.

Sous ce nom plus impérieux, Dick D. avait mis sous ses ordres une troupe minable et servile[1], quelques gars et filles qui tenaient à peine debout, censés lui tenir lieu de gardes du corps. Dick était une brute plutôt redoutable, un dealer aux méthodes radicales, capable de plier un type entre ses doigts, un homme gras et compact, assez intelligent pour mener son affaire, pas assez pour saisir que les autres existaient. Il se serrait les poignets dans des bracelets à pointes et les cuisses dans des pantalons de cuir. On pouvait supposer que le D. était mis là pour Dictateur, Divin ou Démon. Par quelque coup du destin assez moche, la fille rousse s'était soumise corps et âme à Dick D. Il était son revendeur, son homme, son dieu, son bourreau et son protecteur. C'était lui que le commissaire Adamsberg avait démoli à deux heures du matin, dans une cave.

Un assaut sanglant était déjà engagé entre la bande de Dick D. et celle d'Oberkampf[2] quand les flics avaient enfoncé la porte, armes aux poings. Les types n'étaient pas des marrants, tous outillés jusqu'aux dents. Dick avait visé un flic, Adamsberg l'avait pointé aux jambes. Un crétin avait alors balancé sur le commissaire une table de bar en fonte qui avait éjecté Adamsberg à trois mètres en arrière et la balle de son automatique à quatre mètres en avant, dans le bide de Dick D.

Au final, un mort et quatre blessés, dont deux chez les flics. Depuis, le commissaire Adamsberg vivait avec un homme

---

1. Esclave.
2. Quartier de l'Est parisien.

sur la conscience et une fille sur le dos. C'était la première fois
en vingt-cinq années de maison qu'il abattait un homme. Il
avait certes bousillé des bras, des jambes, des pieds, pour pouvoir conserver les siens, mais jamais un type au complet. Bien
sûr c'était un accident. Bien sûr c'était la table en fonte qu'avait
lancée l'autre abruti. Bien sûr Dick le Dingue, le Dément, le
Disgracieux, les aurait mitraillés comme des rats et c'était un
salaud. Bien sûr c'était un accident, mais fatal.

Et maintenant, la fille était après lui. Toute la maigre bande
s'était dispersée après la mort de Dick, sauf cette femme vengeresse et les deux crampons qu'elle halait[1] derrière elle. La
femme vengeresse possédait une importante artillerie récupérée
des décombres de la troupe, mais on n'avait pas encore pu localiser son terrier. Et chaque fois qu'on l'avait arrêtée, en planque
sur l'un des trajets d'Adamsberg, elle s'était défaite de son arme
avant qu'on la saisisse en flagrant délit. Elle planquait toujours
contre une poubelle, les mains dans le dos. Quand les flics
étaient sur elle, le flingue était déjà ailleurs. Situation grotesque
mais pas moyen de l'inculper. Adamsberg d'ailleurs freinait ses
collègues. Ça ne servait à rien de l'arrêter. Elle sortirait et elle
tirerait, un jour ou l'autre. Qu'on la laisse donc dehors et qu'elle
tire, bon sang. On verrait bien qui, d'elle ou de lui, l'emporte-
rait. Et au fond, cette femme vengeresse qui voulait sa vie le
lavait de sa faute. Non qu'il ait décidé de se laisser descendre.
Mais cette longue traque, jour après jour, le brossait, le récurait.

---

1. Tirait.

Adamsberg l'observa, debout, ruisselante, appuyée contre la
75 porte de l'immeuble d'en face. Parfois elle se planquait, parfois
même elle se grimait ou se déguisait franchement, comme dans
un conte. Il ne savait pas, quand elle se montrait ainsi à visage
découvert, si elle était ou non armée. Elle le surveillait souvent de
la sorte, sans se cacher, pour l'épuiser nerveusement, pensait-il.
80   Mais Adamsberg n'avait pas de nerfs. Il ne savait pas ce que
c'était que de se contracter, de s'agiter, de se tendre, pas plus
d'ailleurs que de se détendre. Sa nonchalance naturelle le maintenait dans un rythme toujours égal, toujours lent, au bord du
détachement. Il était ainsi difficile de savoir si le commissaire
85 s'intéressait à tel truc ou bien s'il s'en foutait tout à fait. Il fallait demander. Et c'était plus par indolence[1] que par courage
qu'Adamsberg connaissait à peine la peur.
    Cette constance[2] avait des effets lénifiants[3] sur les autres,
presque mystérieux, et produisait des miracles incontestables
90 aux interrogatoires. En même temps, elle avait quelque chose
d'irritant, d'injuste et d'offensant. Ceux qui, comme l'inspecteur Danglard, encaissaient de plein fouet toutes les secousses
de l'existence, grandes ou misérables, comme on se tale les
fesses sur la selle d'un vélo, désespéraient de parvenir un jour à
95 faire réagir Adamsberg. Réagir, ce n'est pas le bout du monde,
tout de même.
    La fille rousse, qui s'appelait Sabrina Monge, ne savait rien

1. Paresse, indifférence.
2. Régularité.
3. Calmants.

des capacités d'absorption insolites du commissaire. Elle ne savait pas non plus que, depuis les premiers jours de sa traque, 100 les flics avaient aménagé une issue par le réseau des caves, qui menait Adamsberg deux rues derrière. Elle ne savait pas enfin qu'il avait un plan précis la concernant et qu'il bossait dessus assez dur.

Adamsberg lui jeta un dernier coup d'œil avant de sortir. 105 Sabrina lui faisait parfois pitié mais Sabrina était une tueuse aussi redoutable que, pensait-il, éphémère.

Il se dirigea d'un pas tranquille vers un bar qu'il avait découvert deux ans plus tôt à six cents mètres de chez lui, et qui constituait à ses yeux une sorte de perfection. C'était un pub 110 irlandais en briques qui s'appelait *Les Eaux Noires de Dublin*, et où régnait un vacarme considérable. Le commissaire Adamsberg aimait la solitude, où il laissait dériver ses pensées vers le large, mais il aimait aussi les gens, les mouvements des gens, et il se nourrissait comme un moustique de leur présence autour de lui. 115 Le seul truc embarrassant avec les gens était qu'ils parlaient sans relâche, si bien que leurs conversations venaient constamment déranger l'esprit du commissaire dans son vagabondage. Force était donc de reculer mais reculer signifiait renouer avec cette solitude qu'il aurait voulu égarer quelques heures.

120 *Les Eaux Noires de Dublin* avaient fourni une excellente solution à son dilemme, le bar n'étant fréquenté que par des

Irlandais buveurs et gueulards, et qui parlaient, pour Adamsberg, une langue hermétique. Le commissaire pensait parfois être l'un des derniers types de la planète à ne pas
125 connaître un mot d'anglais. Cette ignorance archaïque[1] lui permettait de se couler avec bonheur dans les *Eaux Noires*, jouissant du torrent vital sans que celui-ci ne le perturbe d'aucune manière. Dans ce refuge précieux, Adamsberg venait griffonner de longues heures, attendant sans lever un doigt que des idées
130 affleurent à la surface de son esprit.

C'est ainsi qu'Adamsberg cherchait des idées : il les attendait, tout simplement. Quand l'une d'elles venait surnager sous ses yeux, tel un poisson mort remontant sur la crête des eaux, il la ramassait et l'examinait, voir s'il avait besoin de cet article en ce
135 moment, voir si ça présentait de l'intérêt. Adamsberg ne réfléchissait jamais, il se contentait de rêver, puis de trier la récolte, comme on voit ces pêcheurs à l'épuisette fouiller d'une main lourde dans le fond de leur filet, cherchant des doigts la crevette au milieu des cailloux, des algues, des coquilles et du sable. Il y
140 avait pas mal de cailloux et d'algues dans les pensées d'Adamsberg et il n'était pas rare qu'il s'y emmêlât. Il devait beaucoup jeter, beaucoup éliminer. Il avait conscience que son esprit lui servait un conglomérat confus de pensées inégales et que cela ne fonctionnait pas forcément de même pour tous les
145 autres hommes. Il avait remarqué qu'entre ses pensées et celles de son adjoint Danglard existait la même différence qu'entre ce

---

1. Très ancienne.

fond d'épuisette plein de fatras et l'étal ordonné d'un poisson-
nier. Qu'est-ce qu'il y pouvait ? Au bout du compte, il finissait
par en sortir quelque chose, si on voulait bien attendre. C'était
150 ainsi qu'Adamsberg utilisait son cerveau, comme une vaste mer
nourricière en qui l'on a placé sa confiance mais qu'on a depuis
longtemps renoncé à domestiquer.

Il estima, en poussant la porte des *Eaux Noires de Dublin*,
qu'il devait être pas loin de huit heures. Le commissaire ne
155 portait pas de montre et s'arrangeait avec son horloge intérieure qui était fiable à dix minutes près, parfois moins, jamais
plus. Il flottait dans le bar cette lourde odeur acide de la
Guinness, ou de dégueulis de Guinness[1], qu'il avait appris à
aimer et que le grand ventilateur du plafond n'avait jamais
160 chassée. Les tables en bois verni collaient aux bras, poisseuses
de bière renversée et vite épongée. Adamsberg posa sur l'une
d'elles son carnet à spirale, pour marquer sa place, et accrocha
sans soin sa veste au dossier de sa chaise. C'était la meilleure
table, placée sous une immense enseigne où étaient peints gau-
165 chement trois châteaux forts d'argent dévorés par les flammes
et qui représentaient, lui avait-on expliqué, les armes de la cité
gaélique de Dublin.

Il passa sa commande à Enid, une serveuse blonde toute en
force qui résistait à la Guinness comme personne, et demanda
170 la faveur de jeter un œil aux informations de huit heures. On
savait ici qu'il était flic et on lui concédait, quand besoin était,

---

1. Sorte de bière.

le droit d'utiliser l'appareil coincé sous le bar. Adamsberg s'agenouilla et alluma le poste.

– Il y a du grabuge ? lui demanda Enid, avec un accent irlandais très costaud.

– C'est un loup qui mange des moutons, mais très loin d'ici.

– En quoi ça vous concerne ?

– Je ne sais pas.

« Je ne sais pas » était une des réponses les plus usuelles d'Adamsberg. Ce n'était pas par flemme ou par distraction qu'il y recourait mais parce qu'il ignorait réellement la bonne réponse et qu'il le disait. Cette ignorance passive fascinait et irritait son adjoint Danglard, qui n'admettait pas qu'on puisse agir avec pertinence[1] en toute méconnaissance de cause. Au contraire, ce flottement était l'élément le plus naturel d'Adamsberg, et le plus productif.

Enid était repartie servir en salle, les bras chargés d'assiettes, et Adamsberg se concentra sur le bulletin qui commençait. Il avait mis la télé à fond car dans le fracas des *Eaux Noires* il n'y avait pas d'autre moyen pour percevoir la voix du présentateur. Depuis jeudi, il avait suivi les informations tous les soirs mais on n'avait plus évoqué le loup du Mercantour. C'était fini. Et cet épilogue[2] brutal le surprenait. Il était convaincu que cette fin n'était qu'une courte trêve, que l'histoire allait continuer, pas très marrante, et comme poussée par une fatale nécessité.

1. Justesse.
2. Conclusion.

Pourquoi, il ne le savait pas. Et pourquoi ça l'intéressait, il ne le savait pas non plus. C'est ce qu'il avait dit à Enid.

Il ne fut donc qu'à moitié surpris en voyant apparaître la place à présent familière du village de Saint-Victor-du-Mont. Il colla son visage à l'écran pour entendre. Cinq minutes plus tard, il se relevait, un peu sonné. Était-ce cela qu'il était venu chercher ? La mort d'une femme, égorgée dans sa bergerie ? Et n'était-ce pas cela qu'il avait attendu toute la semaine, tout au fond de lui-même ? Dans ces seuls instants, quand la réalité venait absurdement rejoindre ses plus obscures expectatives[1], Adamsberg chancelait et se faisait presque peur. Le fond de lui-même ne lui avait jamais inspiré tout à fait confiance. Il s'en défiait, comme du fond calciné de la marmite d'un sorcier.

Il rejoignit sa table à pas lents. Enid lui avait apporté son assiette et il dépeça sa pomme de terre sans la voir, une bonne vieille pomme de terre au fromage qu'il commandait toujours aux *Eaux Noires de Dublin*. Il se demandait pourquoi la mort de cette femme ne l'avait pas surpris. Bon sang, les loups n'attaquaient pas l'homme, ils se débinaient, comme les braves loups pleins de malice qu'ils étaient. Un enfant à la rigueur, mais pas un adulte. Il aurait vraiment fallu qu'elle l'accule. Et qui est assez con pour acculer un loup ? Pourtant, c'est bien ce qui avait dû se passer. Le même vétérinaire pondéré des débuts était revenu à l'écran. Place à la science. Il avait encore parlé des dents carnassières, et ici, et là, le premier trou, le deuxième

_____

1. Attentes.

trou. Ce type était assommant. Mais il avait l'air de connaître son boulot et il avait presque assuré que c'était bien la gueule d'un loup, du grand loup du Mercantour, qui avait égorgé la femme. Oui, il aurait dû être surpris.

225   Sourcils froncés, Adamsberg repoussa son assiette vide, sucra son café. Peut-être que tout lui avait paru étrange dès le début. Trop formidable, ou trop poétique, pour être vrai. Quand la poésie surgit inopinément[1] dans la vie, on est étonné, on est séduit, mais on s'aperçoit peu de temps après qu'on s'est fait
230 rouler, que c'était juste une combine, une arnaque. Peut-être qu'il avait cru irréel qu'un immense loup ait surgi des ténèbres pour se jeter à l'assaut d'un village. Mais bon sang, c'était bien les dents d'un loup. Un chien fou peut-être ? Non, le vétérinaire avait été assez clair là-dessus. Bien sûr il était très difficile de
235 faire la différence sur de simples traces de morsures, mais tout de même, pas un chien. La domestication, l'abâtardissement, la réduction de taille, le raccourcissement de la face, le chevauchement des prémolaires, Adamsberg n'avait pas tout retenu mais bref, un chien, cela ne pouvait pas marcher avec ce grand
240 écart qu'on mesurait entre les impacts des dents. Sauf, éventuellement, dans le cas d'un très grand chien, le dogue allemand. Est-ce qu'il y avait un dogue allemand échappé dans la montagne ? Non, il n'y en avait pas. Donc c'était un loup, un grand loup.

245   Et cette fois, on avait relevé une empreinte au sol, celle d'une

---

1. De façon imprévue.

patte avant gauche, incrustée dans une bouse de brebis, à la droite du cadavre. Une trace de près de dix centimètres de largeur, la patte d'un loup. Quand on marche du pied gauche dans la merde, ça porte bonheur aux hommes. Adamsberg se
250 demandait si ça valait aussi pour les loups.

Fallait pas avoir beaucoup de plomb dans le crâne pour acculer une bête pareille. Voilà ce qui arrive quand on fonce. Toujours aller trop vite, toujours précipiter les choses. Ça ne donne rien de bon. Péché d'impatience. Ou bien, ce n'était pas
255 un loup comme les autres. En plus d'être grand, il était psychotique[1]. Adamsberg ouvrit son carnet à dessins, tira un crayon de sa poche, mangé au bout, qu'il considéra avec un intérêt vague. Le crayon devait être à Danglard. C'était un type à ronger tous les crayons de la terre. Adamsberg le fit tourner
260 entre ses doigts, examinant rêveusement les encoches profondes que les dents de l'homme y avaient taillées.

---

1. Malade mental.

BIEN LIRE

**Quelle est la force première d'Adamsberg ?
Récapitulez les points forts de sa personnalité.
Quelle est sa conclusion au sujet du meurtre des Écarts ?**

12

Camille entendit démarrer la moto à l'aube. Elle n'avait pas même entendu Lawrence se lever. Le Canadien était un type silencieux et il prenait garde au sommeil de Camille. Lui se foutait plus ou moins de dormir alors que pour Camille, c'était
5 une valeur centrale de l'existence. Elle entendit le bruit du moteur s'éloigner, jeta un œil au réveil, chercha la raison de toute cette hâte.

Si, Massart. Lawrence essayait de le surprendre avant qu'il ne parte pour les abattoirs de Digne. Elle se retourna et se rendor-
10 mit dans l'instant.

À neuf heures, Lawrence revenait et la secouait à l'épaule.

– Massart n'a pas dormi chez lui. Sa voiture est toujours là. N'est pas parti travailler.

Camille s'assit, frotta ses cheveux.

15 – On va prévenir les flics, continua-t-il.

– On va leur dire quoi ?

– Que Massart a disparu. Qu'il faut fouiller la montagne.

– Tu ne parleras pas de Suzanne ?

Lawrence secoua la tête.

20 – On va fouiller sa baraque d'abord, dit-il.

– Fouiller chez lui ? Tu es dingue ?

– Faut qu'on le retrouve.

– À quoi ça servira de fouiller sa piaule ?

– Nous dira peut-être où il est allé.

₂₅   – Qu'est-ce que tu crois trouver ? Sa peau de loup-garou pliée
dans un placard ?

Lawrence haussa les épaules.

– God, Camille. Cesse de parler. Viens.

Trois quarts d'heure plus tard, ils entraient dans la petite
₃₀ maison, moitié parpaings-moitié planches, de Massart. La
porte était simplement poussée.

– Je préfère ça, dit Camille.

La baraque ne comportait que deux pièces, une petite salle
assez noire, à peine meublée, une chambre et un cabinet de toi-
₃₅ lette. Dans le coin de la salle, un gros congélateur formait la
seule note voyante de modernité.

– Cradingue, murmura Lawrence en inspectant la pièce. Les
Français sont cradingues. Faut ouvrir le congélateur.

– Fais-le toi-même, dit Camille, sur la réserve.

₄₀   Lawrence débarrassa le dessus du frigo – casquette, lampe de
poche, journal, carte routière, oignons –, posa le tout sur la
table et souleva le couvercle.

– Alors ? demanda Camille qui s'était collée sur le mur d'en
face.

₄₅   – Viande, viande et viande, commenta Lawrence.

D'une main, il fouilla le contenu jusqu'au fond.

– Des lièvres, des garennes, du bœuf, et un quart de chamois.
Massart braconne. Pour lui, pour son chien, ou pour les deux.

– Des bouts de mouton ?

₅₀   – Non.

Lawrence laissa retomber le couvercle. Rassérénée[1], Camille s'assit à la table et déplia la carte routière.

– Il note peut-être ses chemins de montagne, dit-elle.

Sans un mot, Lawrence se dirigea vers la chambre, souleva le
55 sommier, le matelas, ouvrit les tiroirs de la table de chevet, de la commode, inspecta le petit placard en bois. Cradingue. Il revint dans la salle en frottant ses mains sur son pantalon.

– Ce n'est pas une carte du coin, dit Camille. C'est une carte de France.

60 – Quelque chose de marqué dessus ?

– Sais pas. On ne voit rien dans cette pièce.

Lawrence haussa les épaules, ouvrit le tiroir de la table, en renversa le contenu sur la toile cirée.

– Bourre ses tiroirs d'un monceau de vieilles merdes, dit-il.
65 Bullshit.

Camille s'approcha de la porte restée grande ouverte et plaça la carte dans la lumière du jour.

– Il a tracé tout un itinéraire au crayon rouge, dit-elle. Depuis Saint-Victor jusqu'à...

70 Lawrence examina rapidement les objets épars, renfourna le tout dans le tiroir, souffla sur la poussière retombée sur la table. Camille déplia l'autre moitié de la carte.

– ... Calais, termina-t-elle. Puis ça enjambe la Manche et ça atterrit en Angleterre.

75 – Voyage, commenta Lawrence. Aucun intérêt.

---

1. Rassurée, apaisée.

– Par les petites routes. Il en a pour des jours.

– Aime les petites routes.

– Et n'aime pas les gens. Qu'est-ce qu'il compte faire en Angleterre ?

80 – Oublie, dit Lawrence. Rien à voir. C'est peut-être déjà vieux.

Camille replia la moitié de la carte, réexamina le coin du Mercantour.

– Viens voir, dit-elle.

85 Lawrence leva le menton.

– Viens voir, répéta-t-elle. Trois croix au crayon.

Lawrence se pencha sur la carte.

– Vois pas.

– Ici, dit Camille en appliquant son doigt. On les remarque 90 à peine.

Lawrence prit la carte, sortit et examina les marques rouges en pleine lumière, sourcils froncés.

– Les trois bergeries, dit-il entre ses dents. Saint-Victor, Ventebrune, Pierrefort.

95 – Ce n'est pas certain. L'échelle est trop grande.

– Si, dit Lawrence en secouant ses cheveux. Bergeries.

– Et après ? Cela montre que Massart s'intéresse aux attaques, comme toi, comme tous les autres. Il veut voir comment bouge le loup. Vous aussi, dans le Mercantour, vous avez 100 marqué la carte.

– En ce cas, aurait pointé les autres attaques, celles de l'an passé, et celles de l'an d'avant.

– S'il ne s'intéresse qu'au grand loup ?

Lawrence replia rapidement la carte, la glissa dans sa veste,
refermra la porte.

– On s'en va, dit-il.

– La carte ? Tu ne la ranges pas ?

– On l'emporte. Voir ça de plus près.

– Et les flics ? S'ils l'apprennent ?

– Qu'est-ce que tu veux qu'ils en branlent de la carte, les flics ?

– Tu parles comme Suzanne.

– Je t'ai dit. Elle m'a chauffé la tête.

– Elle t'a trop chauffé la tête. Remets la carte.

– C'est toi, Camille, qui veux protéger Massart. Mieux vaut
pour lui qu'on escamote[1] sa carte.

À la maison, Camille ouvrit grands les volets et Lawrence
étala la carte de France sur la table en bois.

– Elle pue, cette carte, dit-il.

– Elle ne pue pas, dit Camille.

– Elle pue le gras. Sais pas ce que vous avez dans le nez, vous
les Français, pour être jamais gênés.

– On a dans le nez deux mille ans d'histoire pleine d'odeurs
de gras. Vous, les Canadiens, vous êtes trop jeunes pour comprendre ça.

– Doit être ça, dit Lawrence. Doit être pour ça que les
vieilles nations puent tout le temps. Tiens, ajouta-t-il en lui

---

1. Fasse disparaître.

tendant une loupe, examine ça de près. Je descends chez les flics.

Camille se pencha sur la carte, le regard collé aux routes, et
130 passa lentement la loupe sur tout le secteur du Mercantour.

Lawrence ne revint qu'une heure plus tard.

– Ils t'ont gardé longtemps, dit Camille.

– Ouais. Se demandaient pourquoi je m'inquiétais pour Massart. Comment je savais qu'il avait disparu. Personne ne se
135 soucie de lui dans le pays. Pouvais pas leur parler du loup-garou.

– Qu'est-ce que tu as dit ?

– Que Massart m'avait fixé rendez-vous dimanche pour me montrer une grosse empreinte de patte qu'il avait repérée près du mont Vence.

140 – Pas mal.

– Qu'il n'y avait personne le matin, ni le soir. Que je m'étais inquiété, que j'étais repassé ce matin.

– Ça se tient.

– Se sont inquiétés aussi, au bout du compte. Ont appelé les
145 abattoirs de Digne, personne ne l'a vu. Viennent d'envoyer la brigade de Puygiron, ordre de se déployer tout autour de la baraque. S'ils ne l'ont pas trouvé à deux heures, envoient la brigade d'Entrevaux en renfort. Je voudrais manger, Camille. Je crève de faim. Replie la carte. T'as repéré quelque chose d'autre ?

150 – Quatre autres croix, très légères. Toujours entre la Nationale 202 et le Mercantour.

Lawrence leva le menton, interrogateur.

– Ça tomberait sur Andelle et Anélias, à l'est de Saint-Victor,

sur Guillos, à dix kilomètres au nord, et à La Castille, presque
155 à la limite du Parc.

 – Colle pas, dit Lawrence. Jamais eu d'attaque dans ces bergeries. Tu es certaine des lieux ?

 – À peu près.

 – Colle pas. Doit signifier autre chose.

160 Lawrence réfléchit.

 – Peut-être là qu'il pose ses pièges, proposa-t-il.

 – Pourquoi les pointer sur la carte ?

 – Inscrit ses prises. Repère les bons endroits.

 Camille hocha la tête, replia la carte.

165 – On va déjeuner au café de la place, dit-elle. Il n'y a plus
rien ici.

 Lawrence fit la moue, vérifia le contenu du réfrigérateur.

 – Tu vois, dit Camille.

 Lawrence était un homme de solitude, il n'aimait pas s'immer-
170 ger dans les lieux publics, et surtout pas déjeuner dans les cafés,
entendre le fracas des couverts et des mastications et manger
devant les autres. Camille aimait le bruit et, dès qu'elle le pouvait,
elle traînait Lawrence au café de la place, où elle allait presque
chaque jour quand le Canadien disparaissait dans le Mercantour.

175 Elle s'approcha de lui, posa un baiser sur ses lèvres.

 – Viens, dit-elle.

 Lawrence la serra contre lui. Camille s'échapperait s'il l'iso-
lait du reste du monde. Mais ça lui coûtait.

 Larquet, le frère du cantonnier, entra dans le café à la fin du

180 repas, congestionné et haletant. Les conversations s'interrompirent. Larquet ne mettait jamais les pieds au café, il emportait une gamelle et mangeait sur la route.

– Qu'est-ce qui t'arrive, vieux père ? demanda le patron. T'as vu la Vierge ?

185 – J'ai pas vu la Vierge, pauvre con. J'ai vu la femme du véto qui remontait de Saint-André.

– Sûr que c'est tout le contraire, dit le patron.

La femme du vétérinaire était infirmière et piquait les fesses de tous les environs de Saint-Victor. Elle était très demandée, 190 parce qu'elle était si douce qu'elle piquait sans qu'on s'en aperçoive. D'autres disaient que c'est parce qu'elle couchait avec tous les types acceptables dont elle piquait les fesses. D'autres, plus charitables, disaient que ce n'était pas de sa faute si elle piquait des fesses, que ce n'était pas un boulot si marrant que 195 cela, qu'on veuille bien se mettre à sa place une minute.

– Et alors ? demanda le patron. Elle t'a violé dans le fossé ?

– T'es vraiment qu'un pauvre taré, dit Larquet en reniflant de mépris. Tu veux que je te dise, Albert ?

– Dis toujours ?

200 – Elle refuse de te piquer les fesses, et c'est ça que tu peux pas endurer. Si bien que tu salis tout, parce que tu sais rien faire d'autre.

– T'as fini ton prêche ? demanda le patron, un éclair de rage dans les yeux.

205 Albert avait des yeux bleus très petits, perdus dans un large visage brique. Il n'était pas spécialement engageant.

– J'ai fini, oui, seulement parce que je respecte ta femme.

– Ça suffit, dit Lucie en posant la main sur le bras de son mari. Qu'est-ce qu'il y a, Larquet ?

210 – La femme du véto, elle revenait de Guillos. Y a eu trois autres brebis de dégommées.

– Guillos ? T'es certain ? Ça fait drôlement loin.

– Ouais, ben j'invente rien. C'est à Guillos. Ça veut dire que la bête frappe partout. Demain, elle peut être à Terres-Rouges 215 et après-demain à Voudailles. Si elle veut, comme elle veut.

– À qui étaient les brebis ?

– À Grémont. Il est sens dessus dessous.

– Mais c'est que des brebis, hurla une voix. Et vous allez chialer pour ça ?

220 Tout le monde se retourna pour voir le visage défait de Buteil, l'intendant des Écarts. Bon sang, Suzanne.

– Et personne qu'a versé une larme pour Suzanne qu'est même pas enterrée ! Et ça pleurniche pour des bêlantes ! Vous êtes tous des enculés !

225 – On pleurniche pas, Buteil, dit Larquet en tendant le bras. Possible qu'on soit tous des enculés, surtout Albert, mais personne oublie Suzanne. Mais c'est cette putain de bête qui l'a tuée, et bon sang faut la trouver.

– Ouais, dit une voix.

230 – Ouais. Et si les gars de Guillos la trouvent avant, on aura l'air de minables.

– On la chopera d'abord. Les gars de Guillos sont ramollis depuis qu'ils ne font que de la lavande.

– Rêvez pas les gars, dit le postier, un type assez neurasthé-
235 nique[1]. On est aussi périmés que les gars de Guillos ou
d'ailleurs. On n'a plus le flair, on ne sent plus les pistes. Cette
bête, on ne la chopera que le jour où elle rappliquera ici même
pour boire un petit coup au comptoir. Et encore, faudra
attendre qu'elle soit bourrée pour l'avoir, et en s'y mettant à dix.
240 D'ici là, elle aura bouffé tout le pays.

– Ben dis donc, t'es gai, toi.

– C'est complètement con, cette histoire de loup qui vient
boire un coup.

– Faut demander un hélico, proposa une voix.

245 – Un hélico ? Pour voir dans la montagne ? T'es débile ou
quoi ?

– Paraît en plus qu'on a perdu Massart, dit une autre voix.
Les gendarmes le cherchent au mont Vence.

– Ben ça, c'est pas ce que j'appelle une perte, dit Albert.

250 – Pauvre con, dit Larquet.

– Ça suffit, dit Lucie.

– Et qu'est-ce qui te dit que Massart n'a pas été pris par la
bête ? Avec cette manie de toujours sortir la nuit ?

– Ouais, on va le retrouver déchiqueté, le Massart. C'est moi
255 qui vous le dis.

Lawrence attrapa Camille par le poignet.

– On s'en va, lui dit-il. Ils me rendent dingue.

---

1. Dépressif.

Une fois sur la place, Lawrence reprit son souffle comme s'il était sorti d'un nuage toxique.

260   – Un ramassis de tarés, gronda-t-il.

– Ce n'est pas un ramassis, dit Camille. Ce sont des hommes qui ont peur, qui ont du chagrin, ou qui sont déjà bourrés. Entendu, Albert est taré.

Ils remontèrent les rues brûlantes vers la maison.

265   – Qu'est-ce que tu en dis ? demanda Camille.

– Quoi ? Qu'ils étaient bourrés ?

– Non. Le village où a eu lieu l'attaque. Guillos. C'est le lieu pointé sur la carte.

Lawrence s'arrêta, dévisagea Camille.

270   – Comment Massart aurait-il pu savoir ? murmura-t-elle. Comment aurait-il pu savoir, *avant* ?

On entendit des séries d'aboiements au loin. Lawrence se raidit.

– Les gendarmes qui le cherchent, dit-il en ricanant. Peuvent
275 toujours, le trouveront pas. Était cette nuit à Guillos, sera demain à La Castille. C'est lui qui tue. Lui qui tue, Camille, avec Crassus.

Camille fit un mouvement pour parler, et renonça. Elle ne voyait plus quoi dire pour soutenir Massart.

280   – Avec Crassus, reprit Lawrence. En cavale. Égorgera brebis, femmes, enfants.

– Mais pourquoi, bon Dieu ? murmura-t-elle.

– Parce qu'il n'a pas de poils.

Camille lui jeta un regard incrédule.

285 – Et ça l'a rendu fou, compléta Lawrence. On va chez les flics.

– Attends, dit Camille en le retenant par le bras.

– Quoi ? Tu veux qu'il attaque d'autres Suzannes ?

– Attendons jusqu'à demain. Voir si on le retrouve. Je t'en 290 prie.

Lawrence hocha la tête et remonta la rue en silence.

– Augustus n'a rien bouffé depuis vendredi, dit-il. Je monte au Massif. Serai là demain midi.

Le lendemain à midi, Massart n'avait pas été retrouvé. Aux 295 informations de treize heures, on annonça deux brebis égorgées à La Castille. Le loup se déplaçait vers le nord.

À Paris, Jean-Baptiste Adamsberg nota l'information. Il s'était procuré une carte d'état-major du Mercantour, qu'il avait fourrée dans le dernier tiroir de son bureau, un tiroir dévolu 300 aux questions confuses et aux manœuvres aléatoires[1]. Il souligna en rouge le nom de La Castille. Hier, il avait souligné Guillos. Il contempla longuement la carte, la joue calée sur sa main, méditatif.

Son adjoint Danglard le regardait faire, un peu désolé. Il ne 305 comprenait pas qu'Adamsberg s'intéresse à ce point à cette histoire de loup, alors qu'une complexe affaire d'homicide[2] rue

1. Incertaines.
2. Meurtre.

Gay-Lussac était en cours – un cas de légitime défense un peu
trop idéal pour être vrai – et qu'une tueuse folle à lier avait fait
serment de lui tirer une bonne petite balle dans le bide. Mais il
en avait toujours été ainsi : Danglard n'avait jamais pu saisir la
310 logique singulière qui guidait les choix d'Adamsberg. Pour lui
d'ailleurs, il ne s'agissait en aucun cas de logique, mais d'une
anarchie[1] perpétuelle tissée de songes et d'instincts, et qui
menait, par des voies inexpliquées, à des réussites indéniables.
Cependant, suivre Adamsberg dans les cheminements de ses
315 pensées était au-delà de ses forces nerveuses. Car non seulement
ces pensées étaient de nature incertaine, à mi-chemin entre
l'état gazeux, liquide et solide, mais elles s'aggloméraient sans
cesse à d'autres pensées sans qu'aucun lien raisonnable ne pré-
side à ces unions. Et pendant que Danglard, avec son esprit
320 aiguisé, triait, classait, sériait et extrayait des solutions métho-
diques, Adamsberg mêlait les niveaux d'analyse, inversait les
étapes, dispersait les cohérences, jouait avec le vent. Et au bout
du compte, avec sa formidable lenteur, extirpait une vérité du
chaos. Danglard supposait donc que le commissaire possédait
325 – comme on le dit des malheureux ou des grands esprits – une
« logique à lui ». Il s'efforçait depuis des années de s'en accom-
moder, déchiré entre admiration et exaspération.

Car Danglard était un homme déchiré. Tandis
qu'Adamsberg avait été coulé en une fois – et un peu à la hâte
330 sans doute – mais d'une seule matière, autonome et mouvante,

---

1. Absence d'ordre.

n'offrant au réel que des prises provisoires. Curieusement, c'était un type facile à vivre. Sauf pour tous ceux, bien entendu, qui avaient voulu mettre la main dessus. Il y en avait. Il y a toujours des gens qui veulent vous mettre la main dessus.

335 Le commissaire mesura avec les doigts la distance entre Guillos et La Castille, puis la reporta à partir de La Castille, cherchant le prochain point d'impact de ce loup sanguinaire errant en quête de terres nouvelles. Danglard le regarda faire pendant quelques minutes. Adamsberg était capable, au sein
340 même du monde vaporeux et parfois visionnaire de ses pensées, d'une déconcertante rigueur technique.

– Quelque chose qui cloche avec ces loups ? tenta Danglard.

– *Ce* loup, rectifia Adamsberg. Il est tout seul mais il compte pour dix. Un mangeur d'hommes insaisissable.

345 – Et ça nous regarde ? D'une manière ou d'une autre ?

– Non, Danglard. Comment voudriez-vous que ça nous regarde ?

Danglard se leva, examina la carte par-dessus l'épaule du commissaire.

350 – Pourtant, ajouta Adamsberg à mi-voix, il faudra bien que quelqu'un s'en occupe, un jour ou un autre.

– La fille, coupa Danglard, Sabrina Monge, a repéré la sortie par les caves. On est grillés.

– Je sais.

355 – Faut la bloquer avant qu'elle ne vous descende.

– On ne peut pas l'arrêter. Il faut qu'elle me tire dedans,

qu'elle me rate, qu'on la ramasse. Après ça, on pourra travailler. Des nouvelles du gosse ?

– Une piste en Pologne. Ça peut être encore long. Elle nous
360 coince.

– Non. Je vais m'en aller, Danglard. Ça nous donnera le temps de trouver le gosse sans qu'elle me tire une bonne petite balle dans le bide.

– Vous tirer où ?

365 – On va bientôt le savoir. Dites-moi où crèche le commanditaire du meurtre de la rue Gay-Lussac, si c'est bien ce qu'on croit ?

– En Avignon.

– Alors c'est là que je vais. Je vais en Avignon. Personne n'a à le savoir, hormis vous. La P.J. a donné son feu vert. Je dois
370 pouvoir opérer tranquille sans avoir Sabrina aux fesses.

– Compris, dit Danglard.

– Gaffe, Danglard. Quand elle s'apercevra que j'ai disparu, elle tendra ses pièges. Et c'est une fille douée. Pas un mot à personne, même si ma propre mère vous appelle en gémissant.
375 Sachez que ma mère ne gémit jamais, pas plus qu'aucune de mes cinq sœurs. Vous seul, Danglard, aurez mon numéro.

– Pendant votre absence, est-ce que je dois continuer la carte ? demanda Danglard en pointant la main vers le bureau.

– Mais non, mon vieux. Je m'en balance de ce loup.

BIEN LIRE

Quelle est la base de l'alimentation de Mansart ?

Il y a un point commun entre Lawrence et Mansart : lequel ?

Comment Camille apprécie-t-elle les « propos de comptoir » qu'elle a entendus dans le café ? Comment Adamsberg manœuvre-t-il ?

13

À la gendarmerie de Puygiron, Lawrence exigea de s'entretenir avec le plus haut gradé de la brigade. L'appelé de service qui était à l'accueil y mettait de la mauvaise grâce.

– C'est un quoi, votre supérieur ? demanda Lawrence.

5 – C'est un type qui vous enverra balader plus vite que ça si vous causez des ennuis.

– Non, je vous demande son grade. Son titre ? Comment ça s'appelle ?

– Ça s'appelle l'adjudant-chef.

10 – Eh bien c'est ça que je veux : l'adjudant-chef.

– En quel honneur vous voulez voir l'adjudant-chef ?

– Parce que j'ai une histoire infernale[1] à raconter. Tellement infernale que quand je vous l'aurai dite, vous m'enverrez voir votre officier, et quand l'officier l'aura entendue, il m'adressera

15 au chef. Le chef estimera que ça sort de sa compétence, et il m'adressera à l'adjudant-chef. Mais moi, j'ai du boulot. Je ne vais pas raconter ça quatre fois, je vais directement voir l'adjudant-chef.

L'appelé fronça les sourcils, troublé.

20 – Qu'est-ce qu'elle a de si infernal, cette histoire ?

– Écoute, gendarme, dit Lawrence, tu sais ce que c'est qu'un loup-garou ?

Le gendarme eut un sourire.

---

1. Qui vient des Enfers.

— Ouais, dit-il.

25 — Eh bien ne ris pas, parce que c'est une histoire de loup-garou.

— Je crois que ça sort de ma compétence, dit finalement l'appelé.

— J'en ai peur, dit Lawrence.

30 — Je ne sais même pas si ça rentre dans celle de l'adjudant-chef.

— Écoute, gendarme, reprit Lawrence patiemment, on verra plus tard ce qui rentre et ce qui ne rentre pas dans l'adjudant-chef. Mais on va déjà essayer. Entendu ?

L'appelé disparut et revint cinq minutes plus tard.

35 — L'adjudant-chef vous attend, dit-il en désignant une porte.

— Vas-y tout seul, glissa soudain Camille à Lawrence. Je n'aime pas dénoncer. Je t'attends dans le hall.

— God. Tu m'abandonnes dans le rôle du salaud, pas vrai ? Tu n'as surtout pas envie de partager ?

40 Camille haussa les épaules.

— S'agit pas de dénoncer, bullshit, dit Lawrence. S'agit de bloquer un dingue.

— Je sais.

— Alors viens.

45 — Je ne peux pas. Ne me demande pas ça.

— C'est comme si tu lâchais Suzanne.

— Pas de chantage, Lawrence. Vas-y seul. Je t'attends.

— Tu me désapprouves ?

— Non.

50   – Alors tu es lâche.

– Je suis lâche.

– Tu l'as toujours su ?

– Bon sang, bien sûr que oui.

Lawrence sourit et suivit l'appelé. Devant la porte du bureau
55 de l'adjudant, celui-ci le retint par la manche.

– Sans blaguer, chuchota le jeune gendarme, un vrai loup-
garou ? Un type que quand on l'ouvre depuis...

– On ne sait pas encore, dit Lawrence. C'est le genre de truc
qu'on ne vérifie qu'à la dernière minute. Tu comprends ?

60   – Je comprends cinq sur cinq.

– Tant mieux.

L'adjudant-chef, un homme assez élégant au visage mince et
flasque, attendait avec un sourire narquois[1], un peu renversé
sur sa chaise en plastique, les mains croisées sur le ventre. À ses
65 côtés, assis devant une petite table et une machine à écrire,
Lawrence reconnut Justin Lemirail, le gendarme moyen, et lui
fit un signe.

– Un, comment dirais-je, loup-garou, hein ? demanda l'adjudant-chef d'un ton léger.

70   – Vois pas ce qu'il y a de très marrant, dit Lawrence brutalement.

– Voyons, reprit l'adjudant, de cette voix conciliante qu'on

---

1. Moqueur.

prend pour ne pas contrarier les cinglés. Où cela, ce loup-garou ?

75 – À Saint-Victor-du-Mont. Cinq brebis égorgées là-bas la semaine dernière, à la bergerie de Suzanne Rosselin. Votre collègue y était.

L'adjudant-chef tendit la main vers le Canadien, dans un geste affecté, plus mondain que militaire.

80 – Nom, prénoms, carte d'identité, demanda-t-il en souriant toujours.

– Lawrence Donald Johnstone. Nationalité canadienne.

Lawrence tira une liasse de papiers de sa veste et les posa sur le bureau. Passeport, visa, autorisation de séjour.

85 – C'est vous le scientifique qui travaillez sur le Mercantour ?

Lawrence acquiesça.

– Je vois des, comment dirais-je, demandes de prolongations de visa. Des problèmes ?

– Pas de problème. Je traîne. Je m'incruste.

90 – Et pourquoi cela ?

– Les loups, les insectes, une femme.

– Pourquoi pas ? dit l'adjudant.

– En effet, répondit Lawrence.

L'adjudant-chef fit signe à Lemirail qu'il pouvait se mettre à 95 taper.

– Vous voyez qui est Suzanne Rosselin ? demanda Lawrence.

– Bien sûr, monsieur Johnstone. Il s'agit de cette pauvre femme qui s'est fait égorger, comment dirais-je, dimanche.

– Vous voyez qui est Auguste Massart ?

100　　– On recherche cet individu depuis hier.

– Mercredi dernier, Suzanne Rosselin a accusé Massart d'être un loup-garou.

– Devant témoins ?

– Devant moi.

105　　– Seul ?

– Seul.

– C'est dommage. Vous voyez une bonne raison à ce que la femme Rosselin vous ait pris pour unique confident ?

– Deux bonnes. Pour Suzanne, les Saint-Victoriens étaient
110　tous des connards incultes[1].

– Je confirme, intervint Lemirail.

– Suis étranger, et je connais les loups, compléta Lawrence.

– Et sur quoi se fondait cette comment dirais-je accusation ?

– Sur le fait que Massart n'a pas de poils.

115　L'adjudant-chef fronça les sourcils.

– Dans la nuit de samedi à dimanche, enchaîna Lawrence, Suzanne a été égorgée. Massart a disparu le lendemain.

L'adjudant sourit.

– Ou s'est perdu dans la montagne, dit-il.

120　　– Si Massart s'est perdu, s'est piégé, s'est Dieu sait quoi, objecta Lawrence, le dogue, lui, ne se serait pas égaré.

– Le dogue veille sûrement à ses côtés.

– On l'entendrait. Il hurlerait.

– Est-ce que vous insinuez qu'un loup-garou nommé

---

1. Qui n'ont aucune culture ; ignorants.

125 Massart aurait égorgé la femme Rosselin et qu'il aurait pris la
comment dirais-je fuite ?

– J'insinue qu'il a tué Suzanne, oui.

– Est-ce que vous suggérez qu'on se saisisse de cet individu et
qu'on l'ouvre ensuite depuis la gorge...

130 – Merde, dit Lawrence. Bullshit. Ceci est une affaire sérieuse.

– Fort bien. Présentez et argumentez votre accusation.

– God. Je pense que Suzanne n'a pas été tuée par un loup
parce qu'elle n'aurait pas acculé un loup. Je pense que Massart
n'est pas perdu en montagne mais qu'il est en cavale. Je pense

135 que Massart n'est pas un loup-garou mais un aliéné[1] sans poils
qui tue les brebis avec son chien ou avec Crassus le Pelé.

– Qui est ce Crassus le Pelé ?

– Un très grand loup qu'on a perdu de vue depuis deux ans.
Je pense que Massart l'a capturé tout jeune et qu'il l'a appri-

140 voisé. Je pense que la folie meurtrière de Massart s'est débridée[2]
avec l'arrivée des loups dans le Mercantour. Je pense qu'il a
domestiqué le loup et qu'il l'a dressé à l'attaque. Je pense qu'à
présent qu'il a fait égorger une femme, les vannes sont ouvertes.
Je pense qu'il peut tuer d'autres gens, des femmes surtout. Je

145 pense que le loup Crassus est d'une taille exceptionnelle et qu'il
est dangereux. Je pense qu'il faut interrompre les recherches sur
le mont Vence et chercher Massart vers le nord, à partir de La
Castille où il était cette nuit.

---

1. Fou.
2. Déchaînée.

Lawrence s'arrêta, souffla. Ça faisait beaucoup de phrases.
150 Lemirail tapait vite.

— Et moi je crois, dit l'adjudant d'un ton toujours conciliant,
que les choses sont plus simples. On a déjà assez à faire ici avec
les loups pour ne pas s'inventer des dompteurs de loups. Ici,
monsieur Johnstone, on n'aime pas les loups. Ici, on ne tue pas
155 les brebis.

— Massart les tue, à l'abattoir.

— Vous confondez tuer et abattre. Vous ne croyez pas à la
mort accidentelle de Suzanne Rosselin, mais moi oui. La
femme Rosselin était de ces individus à provoquer un loup sans
160 se soucier des comment dirais-je conséquences. Elle était aussi
individu à adhérer à n'importe quelle légende. Vous ne croyez
pas que Massart se soit perdu en montagne et moi je dis que
vous ne connaissez pas le pays. En quinze années, trois individus expérimentés ont péri dans la région, par chute acciden-
165 telle. L'un d'eux n'a jamais été retrouvé. On a procédé à la
fouille du domicile de Massart : il y manque ses chaussures de
marche, son bâton, son sac à dos, son fusil, sa cartouchière et
sa comment dirais-je veste de chasse. Il n'a pas emporté de vêtements de rechange, ni de trousse de toilette. Cela signifie, mon-
170 sieur Johnstone, que l'individu Massart n'est pas parti en
cavale, ainsi que vous le suggérez, mais qu'il est parti en comment dirais-je excursion pour la journée de dimanche. Peut-
être même à la chasse.

— Un homme en cavale n'emporte pas toujours sa brosse à

175 dents, coupa Lawrence. Ce n'est pas un voyage d'agrément.
Est-ce qu'il y avait de l'argent dans la maison ?

– Non.

– Pourquoi aurait-il emporté son argent pour une partie de
chasse ?

180 – Rien ne dit qu'il avait du liquide chez lui. Rien ne dit qu'il
en a emporté.

– Et le dogue ?

– Le dogue suivait son maître et il a glissé avec lui dans une
ravine. Ou le dogue a glissé et le maître a tenté de le sauver.

185 – Bullshit, admettons, dit Lawrence. Et Crassus ? Comment
ce loup aurait-il disparu, si jeune, du Mercantour ? Il n'a été
repéré nulle part.

– Crassus est sûrement mort de sa belle mort et son squelette
blanchit quelque part dans les forêts du Parc.

190 – God, dit Lawrence. Admettons.

– Vous vous êtes un peu monté la tête, monsieur Johnstone. Je
ne sais pas comment les choses se passent dans votre comment
dirais-je pays, mais ici, sachez-le, il n'y a que quatre sources de
violence criminelle, pouvant ou non entraîner la mort de l'indi-

195 vidu : la trahison conjugale, le déchirement à l'héritage, l'abus
d'alcool et le procès de mitoyenneté[1]. Mais des dresseurs de
loups, des égorgeurs de femme, non, monsieur Johnstone.
Quelle est exactement votre profession, dans votre pays ?

– Grizzlis, dit Lawrence entre ses dents. J'étudie les grizzlis.

---

1. Voisinage.

200   – Vous voulez dire que vous vivez avec ces comment dirais-je ours ?

– God. Yes.

– Un travail d'équipe, en somme ?

– Non. La plupart du temps, je suis seul.

205   L'adjudant prit cet air qui signifiait « Je comprends mieux, mon pauvre vieux, comment vous pouvez dérailler à ce point ». Lawrence, exaspéré, sortit de sa veste la carte routière de Massart et la déplia sur le bureau.

– Voici, mon adjudant, commença-t-il en appuyant sur les

210 mots, une carte que j'ai prise dans la maison de Massart hier matin.

– Vous êtes-vous volontairement introduit dans le domicile d'Auguste Massart en son absence ?

– La porte n'était pas fermée. Je m'inquiétais. Aurait pu être

215 mort dans son lit. Assistance à personne en danger. J'ai un témoin.

– Et vous avez sciemment dérobé cette carte ?

– Non. Je l'ai regardée et je l'ai empochée par mégarde. C'est ensuite, à la maison, que j'ai vu ces marques.

220   L'adjudant attira la carte vers lui et l'examina avec attention. Après quelques minutes, il la fit glisser vers Lawrence, sans un commentaire.

– Cinq croix marquent les lieux-dits où ont eu lieu les derniers massacres de brebis, expliqua Lawrence en les indiquant

225 du doigt. Les croix qui indiquent Guillos et La Castille ont été tracées *avant* les attaques d'hier et de cette nuit.

– Et puis tout un circuit jusqu'en Angleterre, observa l'adjudant.

– Peut-être sa route à suivre pour quitter le pays. L'itinéraire
230 évite tous les grands axes. Il avait songé à cette éventualité.

– Et comment ! ricana l'adjudant en s'appuyant au dossier de
sa chaise.

– C'est-à-dire ?

– C'est-à-dire, monsieur Johnstone, que Massart a une sorte
235 de frère en comment dirais-je Angleterre, qui dirige le plus gros
abattoir de Manchester. Vocation de famille. Massart envisageait depuis longtemps de le rejoindre là-bas.

– Comment le savez-vous ?

– Parce que je suis adjudant-chef, monsieur Johnstone, et
240 que c'est de notoriété publique, ici.

– En ce cas, pourquoi partir par les petites routes ?

L'adjudant sourit encore plus.

– C'est fou, monsieur Johnstone, ce qu'il faut vous
apprendre. Chez vous, on n'hésite pas à franchir cinq cents
245 kilomètres d'autoroute pour aller boire une bière. Ici, on ne se
déplace pas nécessairement comme une flèche. Pendant vingt
ans, Massart a tourné dans toute la France, rempailleur ambulant sur les marchés, une journée ici, une journée là. Il connaît
un tas de villages et un tas de monde. La petite route, c'est sa
250 première famille.

– Pourquoi l'a-t-il quittée ?

– Il voulait rentrer au pays. Il a trouvé ce travail aux abattoirs
et il est revenu il y a six ans. On ne peut pas dire d'ailleurs que

le village lui ait fait fête. Ici, la haine des Massart est tenace.
255 Cela doit dater d'une vieille et moche histoire avec son comment dirais-je père, ou grand-père, je ne pourrais pas affirmer.

Lawrence secoua la tête, pour signifier son impatience.

– Les croix ? demanda-t-il.

– Tout ce rectangle, dit l'adjudant en souriant à nouveau et
260 en tapant la carte du bout du doigt, entre le Massif, la nationale, les Gorges de Daluis et la Tinée, c'est le secteur de ramas-
sage de Massart pour les abattoirs de Digne. À Saint-Victor,
Pierrefort, Guillos, Ventebrune, La Castille, sont implantées les
plus importantes bergeries fournisseuses. Voilà pour vos
265 « marques ».

Lawrence replia sa carte sans un mot.

– C'est l'ignorance, monsieur Johnstone, qui est cause des
plus folles pensées.

Lawrence empocha la carte, ramassa ses papiers.

270 – Donc, aucune chance qu'il y ait la moindre enquête ?
dit-il.

L'adjudant secoua la tête.

– Aucune chance, confirma-t-il. On va suivre la procédure
de routine, chercher Massart jusqu'à dépassement des chances
275 de survie. Mais je crains que la comment dirais-je montagne ne
l'ait déjà pris pour de bon.

Il tendit la main à Lawrence sans se lever. Le Canadien la lui
serra sans un mot et se dirigea vers la porte.

– Une minute, appela l'adjudant.

280   – Oui ?

– Au juste, que veut dire « bullshit » ?

– Ça veut dire « merde de taureau », « merde de bison » et « allez vous faire foutre ».

– Merci pour le renseignement.

285   – Je vous en prie.

Lawrence ouvrit la porte et sortit.

– Pas très poli, ce type, commenta l'adjudant.

– Ils sont tous comme ça, là-bas, expliqua Lemirail. Tous comme ça. C'est pas des mauvais gars mais ils sont frustes. Ils

290 n'ont pas de raffinement. Pas de raffinement.

– Ignorants, quoi, conclut l'adjudant.

BIEN LIRE

Quelles certitudes l'adjudant a-t-il à propos de Suzanne et de Massart ?

À quels arguments êtes-vous le plus sensible, à ceux de Lawrence ou à ceux du militaire ?

Qui sort victorieux de cette joute ?

14

Camille n'avait pas allumé la lumière. Dans la demi-obscurité, Lawrence avalait un morceau avant de repartir dans le Mercantour. Mercier l'attendait, Augustus, Électre, tout le monde l'attendait. Il voulait chasser des garennes pour le vieux père et voir les autres à l'aube. Ensuite, il redescendrait pour l'enterrement de la grosse, c'est ce qu'il avait dit. Il mangeait en silence, ulcéré[1] et sombre.

— Cet adjudant-chef de merde est bouffé d'orgueil, marmonna-t-il. Il n'a pas toléré qu'on en sache plus que lui. Il n'a pas supporté qu'un Canadien ignorant — car les Canadiens sont ignorants et s'enduisent le corps de graisse d'ours — ait quoi que ce soit à lui apprendre sur un gars du pays. Et il pue la sueur.

— Ça va peut-être se calmer, tenta Camille.

— Ça ne va pas se calmer du tout. Quand Massart aura jeté son loup sur une bonne douzaine de femmes, à défaut de pouvoir leur sauter dessus lui-même, ils se décideront enfin à se bouger les fesses.

— Je crois qu'il s'en tiendra aux moutons, dit Camille. Il a tué Suzanne pour se protéger. Peut-être qu'il va filer à Manchester et qu'il s'arrêtera. C'est le village qui le rendait fou.

Lawrence la regarda, caressa ses cheveux.

---

1. Irrité.

– C'est déconcertant, dit-il, tu ne vois le mal nulle part. J'ai peur que tu ne sois très loin du compte.

25 – Possible, dit Camille en haussant les épaules, un peu froissée.

– Au fond, tu n'as pas compris ? Tu n'as pas réellement compris ?

– J'en ai compris autant que toi.

30 – Rien du tout, Camille. Tu n'as pas compris. Tu n'as pas compris que Massart n'avait égorgé que des brebis. Pas des moutons, pas des agneaux, pas des vieux béliers irascibles et crâneurs. Des *brebis*, Camille. Mais cela, ça t'a complètement échappé.

35 – Possible, répéta Camille, qui réalisait en effet que *cela* lui avait tout à fait échappé.

– Parce que tu n'es pas un homme, voilà pourquoi. Tu ne détectes pas la femelle dans la brebis. Tu ne détectes pas l'agression sexuelle dans leur égorgement. Tu crois que Massart va 40 s'arrêter. Ma petite Camille. Mais Massart ne peut pas s'arrêter. Tu ne piges pas que ce foutu égorgeur est d'abord un violeur ?

Camille hocha la tête. Elle commençait à voir.

– À présent qu'il est passé de la brebis à la femme, tu te figures qu'il va aller gentiment se calmer à Manchester ? God. 45 Il ne va pas se calmer du tout. Il n'est pas question une seule seconde de calme. Il est déchaîné. Il est peut-être sans poils et sans couteau mais son loup a tout cela pour lui, au centuple. Il jettera l'animal sur ces femmes, et il regardera *son* loup les consommer à sa place.

⁵⁰   Lawrence se leva, secoua brusquement ses cheveux, comme pour chasser toute cette violence, sourit, et entoura Camille de ses bras.

– C'est comme ça, dit-il à voix basse, c'est la vie des bêtes.

Après que Lawrence eut disparu sur la route, Camille resta ⁵⁵ assise une quinzaine de minutes dans un silence pesant, encerclée d'images éprouvantes.

Musique, donc. Elle brancha le synthétiseur, appliqua les écouteurs sur ses oreilles. Il restait deux thèmes à composer avant de boucler le huitième épisode du feuilleton sentimental.

⁶⁰   Elle n'avait pas d'autre choix, pour créer cette musique de commande, que de s'immerger dans l'univers affectif des personnages de la série, et leurs démêlés la faisaient tellement suer que la tâche était rude. Tout l'argument du feuilleton reposait sur le choc frontal de deux dilemmes : d'un côté celui d'un ⁶⁵ homme mûr, retraité d'active mais baron, qui avait fait serment de ne jamais se remarier, à la suite d'un drame inexpliqué ; de l'autre celui d'une femme encore jeune, professeur de grec, qui avait fait serment de ne jamais plus aimer, à la suite d'une tragédie tout autant inexpliquée. Le baron s'était dévoué à ses ⁷⁰ deux enfants, qu'il faisait éduquer dans les murs de son château d'Anjou – on ne savait pas pourquoi les petits n'allaient pas à l'école. D'où la rencontre avec cette enseignante. Bien. Intervenait alors, inattendu, sourd puis impérieux, un fulgurant désir charnel entre le baron et la professeur de grec, qui

75 mettait à rude épreuve les serments moraux qui ligotaient les deux protagonistes[1] à leurs passés inexpliqués.

Camille en était là et, bien souvent, elle peinait. Le baron et l'helléniste qui passaient leurs jours à marcher de long en large, l'un devant le feu de bois, l'autre devant le tableau noir, serrant
80 leurs poings de désir comprimé, étaient parvenus à l'écœurer. Elle les haïssait. La meilleure astuce qu'elle avait trouvée pour parvenir à composer une bonne musique sentimentale tout en les oubliant consistait à remplacer le baron et la professeur par un papa campagnol et une maman campagnol[2], comme dans
85 ses livres d'enfant quand elle croyait encore à l'amour. Elle fermait les yeux, appelait à elle l'image du papa campagnol, fort et fier dans sa salopette de campagne, avec les deux petits campagnols qui apprenaient le grec en bondissant, couvant des yeux la maman campagnol en blouse rouge. Et ça marchait bien
90 mieux ainsi. Suspense, tension, disparitions inexpliquées des campagnols, émotions des retrouvailles. Jusqu'ici, les producteurs s'étaient déclarés très satisfaits des bandes qu'elle leur avait adressées. Ça collait au thème, ils avaient dit.

Depuis la mort de Suzanne, cela devenait une véritable
95 épreuve que de s'occuper de cette famille de campagnols qui n'avait de cesse de s'emmerder l'existence pour des broutilles.

Camille s'interrompait souvent, les doigts au repos sur le clavier. Ce qui, à son idée, choquait tellement Lawrence dans le

---

1. Acteurs, personnages.
2. Souris.

cas de Massart, au-delà de ces attaques d'épouvante, c'était qu'il
100 se serve d'un loup : Massart salissait les loups, il les diffamait[1],
il les dégradait. Il leur avait fait plus de mal en huit jours que
les pétitions des bergers en six ans. Et cela, Lawrence ne le par-
donnait pas à Massart.

Mais quoi qu'il arrive à présent, c'était l'impuissance.
105 Massart était sur les routes, les gendarmes cherchaient sa
dépouille sur le mont Vence, Lawrence était reparti dans le
Mercantour et elle, Camille, retrouvait son face à face avec le
quatuor de campagnols émotifs.

Il n'était qu'une heure du matin mais elle ôta son casque,
110 ferma sa partition, s'allongea sur le grand lit et ouvrit le
Catalogue, à la page des *Meuleuses 125mm 850 WPoignée bila-
térale Arrêt automatique en cas d'usure des balais.* Voilà qui aurait
résolu bien des soucis à la professeur de grec si seulement elle
s'était donné la peine de s'y intéresser.

115 On frappa doucement à la porte, deux coups. Camille sursauta et s'assit sur le lit. Elle ne bougea pas et attendit. Deux
coups à nouveau, et des frottements derrière le panneau de
bois. Pas de voix, pas d'appel. À nouveau une courte attente,
puis deux coups. Camille vit la poignée de la porte s'abaisser,
120 remonter. Elle descendit à bas du lit, le cœur cognant. Elle avait
donné un tour de clef à la serrure, mais qui le voulait entrerait
par la fenêtre d'un bon coup d'épaule. Massart ? Massart aurait
pu les voir entrer dans sa baraque. Dans la gendarmerie, même.

---

1. Salissait leur réputation.

Qui disait que Massart n'avait pas attendu le départ du
125 Canadien pour venir s'expliquer avec elle à la nuit, d'homme à
femme ? Avec le loup ?

Elle se força à respirer à fond et s'approcha sans un bruit de
sa sacoche à outils. Brave vieille sacoche bourrée de marteaux,
pinces multiprises de force et burette métal aspergeante remplie
130 d'huile de moteur. Elle prit la burette dans la main gauche, la
massette dans la droite, et se dirigea doucement vers le téléphone. Elle imaginait l'homme glabre derrière la porte, cherchant sans bruit un accès.

– Camille ? appela soudain la voix de Soliman. C'est toi ?

135 Camille laissa retomber ses bras et alla ouvrir. Dans l'ombre,
elle distingua la silhouette du jeune homme et son visage
étonné.

– Tu réparais quelque chose ? demanda-t-il. À cette heure-là ?

– Pourquoi n'as-tu pas dit que c'était toi ?

140 – Je ne savais pas si tu dormais. Pourquoi tu ne répondais
pas ?

Sol considéra la burette, la massette.

– Je t'ai fait peur, pas vrai ?

– C'est possible, dit Camille. Entre, maintenant.

145 – Je ne suis pas seul, dit Sol en hésitant. Le Veilleux est avec
moi.

Camille haussa son regard derrière le jeune homme et aper-
çut, quatre pas en arrière, la silhouette droite de l'antique berger. Que le Veilleux soit au village, hors de la bergerie, annon-
150 çait qu'un événement exceptionnel était en cours.

– Qu'est-ce qui s'est passé, bordel ? murmura-t-elle.

– Rien encore. On veut te voir.

Camille s'effaça pour laisser passer Sol et le Veilleux, qui entra tout raide et la salua d'un court mouvement de tête. Elle
155 reposa burette et massette, les mains encore tremblantes, et leur fit signe de s'asseoir. Le regard du vieux, posé sur elle, l'embarrassait. Elle sortit trois verres qu'elle remplit ras bord d'eau-de-vie sans raisins. Il n'y avait plus de raisins depuis la mort de Suzanne.

160 – Qui craignais-tu ? demanda Soliman.

Camille haussa les épaules.

– Rien. J'ai eu la trouille, c'est tout.

– Tu n'es pas très trouillarde.

– Ça m'arrive.

165 – De quoi t'avais peur ? insista Soliman.

– Des loups. J'avais peur des loups. Tu es satisfait ?

– Des loups qui frappent à ta porte en cognant deux fois ?

– Bon, Sol. Qu'est-ce que ça peut te foutre au juste ?

– Tu avais peur de Massart.

170 – Massart ? Le type du mont Vence ?

– C'est ça.

– Pourquoi j'aurais peur de ce type ? Il paraît qu'il s'est cassé la gueule dans la montagne et que les flics le recherchent.

– Tu avais peur de Massart, un point c'est tout.

175 Soliman avala une rasade d'alcool et Camille plissa les yeux.

– Comment es-tu au courant ? demanda-t-elle.

– On ne parle que de lui ce soir, sur la place, répondit Sol, d'une voix tendue. Paraît que tu es allée avec le trappeur à Puygiron pour raconter aux flics que Massart était un loup-garou, qu'il avait égorgé les brebis, qu'il avait égorgé ma mère et qu'il était en cavale.

Camille resta silencieuse. Elle et Lawrence avaient doublé les gens du pays et accusé l'un d'eux. Ça avait fui, évidemment. Ils allaient le payer. Elle but une gorgée d'eau-de-vie et leva les yeux vers Soliman.

– Ce n'était pas censé fuir.

– Ça a fui. Le genre de fuite que tu ne sais pas réparer.

– Eh bien tant pis, Soliman, dit-elle en se levant. C'est la vérité. Massart est un égorgeur. C'est lui qui a attiré Suzanne dans ce piège. J'en ai rien à foutre que ça te convienne ou pas. C'est la vérité.

– Ouais, dit soudain le Veilleux. C'est la vérité.

Il avait une voix sourde, bourdonnante.

– C'est la vérité, répéta Soliman, en se penchant vers Camille, qui se rassit, incertaine. Il a vu juste, le trappeur, reprit-il d'une voix rapide. Il connaît les bêtes et il connaît les hommes. Le loup n'aurait pas attaqué ma mère, ma mère n'aurait pas coincé le loup, et le dogue de Massart serait revenu de la montagne. Massart est parti avec son chien, parce que Massart a tué ma mère, parce qu'elle savait *qui* il était.

– Un loup-garou, dit le Veilleux en frappant du plat de la main sur la table.

– Et, continua Soliman en s'agitant, on dit que les flics n'ouvriront pas d'enquête, qu'ils n'ont pas cru un mot de ce qu'a dit
205 le trappeur. C'est vrai, Camille ?

Camille acquiesça.

– C'est certain ? Ils ne feront rien de rien ?

– Rien, confirma Camille. Ils cherchent son corps, mort ou blessé, sur le mont Vence et s'ils ne le trouvent pas d'ici
210 quelques jours, ils abandonneront.

– Et tu sais ce qu'il va faire, maintenant, Camille ?

– Je suppose qu'il va tuer quelques brebis sur sa route et qu'il va filer en Angleterre.

– Et moi, je suppose qu'il va tuer drôlement plus gros que
215 des brebis.

– Ah. Toi aussi ?

– Qui d'autre ?

– Lawrence le suppose.

– Lawrence a raison.

220 – Parce que Massart est un loup-garou, décréta le Veilleux en plaquant à nouveau sa main sur la table.

Soliman vida son verre.

– Est-ce que tu crois, Camille, dit-il, que j'ai la tête d'un type à laisser cavaler l'assassin de ma mère jusqu'en Angleterre ?
225 Camille considéra Soliman, ses yeux bruns et brillants, ses lèvres un peu tremblantes.

– Pas tout à fait, reconnut-elle.

– Tu sais ce qui arrive aux pauvres morts assassinés que personne n'a vengés ?

230   — Non, Sol, comment veux-tu que je le sache?

— Ils pourrissent dans le marigot puant aux crocodiles sans
que jamais leur esprit ne puisse se dépêtrer de la vase.

Le Veilleux posa sa main sur l'épaule du jeune homme.

— On n'en est pas sûr, de ça, observa-t-il à voix basse.

235   — Entendu, lui répondit Soliman. Je ne suis même pas certain que ce soit dans un marigot.

— N'invente pas d'histoire africaine, Sol, dit le Veilleux sur le
même ton. Ça va tout compliquer pour la jeune femme.

Le regard de Soliman revint vers Camille.

240   — Alors tu sais ce qu'on va faire, le Veilleux et moi? reprit-il.

Camille haussa les sourcils, attendit la suite. Elle n'était pas
exactement rassurée par le comportement fébrile de Soliman.
D'ordinaire, Sol était un garçon assez paisible. Elle l'avait laissé
dimanche dernier bouclé dans les toilettes, et elle le retrouvait
245   ce soir libéré mais presque hors de lui. La mort de Suzanne
avait déjanté le petit et secoué le vieux.

— On va partir à ses trousses, annonça Soliman. Puisque les
flics ne veulent pas le faire, on va partir à ses trousses.

— On va lui coller au cul, confirma le Veilleux.

250   — Et on le harponnera.

— Et après? questionna Camille, méfiante. Vous le remettrez
aux flics?

— Des queues, dit Soliman, digne héritier du fier langage de
Suzanne. Si on le rend aux flics, les flics le rendront à la nature
255   et il faudra remettre ça. Le Veilleux et moi, on ne va pas passer
notre existence à courser ce vampire. Tout ce qu'on veut, c'est

venger ma mère. Alors on le harponnera, et quand on l'aura harponné, on l'effacera.

– Effacera ? répéta Camille.

260 – On le zigouillera, quoi.

– Et après qu'il sera mort et bien mort, précisa le Veilleux, on lui ouvrira le bide depuis la gorge jusqu'aux couilles pour voir si les poils ils sont dedans. Il a déjà de la chance qu'on ne lui fasse pas vivant.

265 – C'est le progrès, murmura Camille.

Elle rencontra le regard du Veilleux, de beaux yeux qui avaient la teinte du whisky.

– Vous marchez dans cette histoire de poils ? lui demanda-t-elle. Vous marchez vraiment dans cette histoire ?

270 – Dans cette histoire de poils ? répéta le Veilleux de sa voix sourde.

Il fit une sorte de grimace et ne répondit pas.

– Massart est un loup-garou, gronda-t-il après un instant. Votre trappeur l'a dit aussi.

275 – Lawrence n'a jamais dit ça. Lawrence a dit que tous ceux qui croyaient au loup-garou étaient de vieux enculés arriérés. Lawrence a dit que tous ceux qui parleraient d'ouvrir un gars depuis la gorge jusqu'aux couilles le trouveraient sur leur route avec un fusil de chasse à l'ours. Lawrence a dit enfin que

280 Massart tuait avec un dogue, ou avec un grand loup, Crassus le Pelé, qu'on a perdu de vue depuis deux ans. Ce sont les dents de ce loup, et pas celles de Massart.

Le Veilleux plissa ses lèvres et raidit son dos, sans ajouter un mot.

285 — De toute façon, coupa Soliman, c'est l'assassin de ma mère. Alors, le Veilleux et moi, on va partir à ses trousses.

— On va lui coller au cul.

— Et quand on l'attrapera, on le tuera.

— Non, dit Camille.

290 — Et pourquoi non ? dit Soliman en se dressant.

— Parce qu'après vous ne vaudrez pas plus cher que lui. Mais de toute manière on s'en foutra parce que vous serez en tôle pour le reste de vos vies d'abrutis. Suzanne sera peut-être sortie du marigot[1] puant, c'est bien possible, et Massart aura son
295 compte, bide ouvert ou pas bide ouvert, poils dedans ou pas poils dedans, mais vous, vous aurez toutes vos vieilles vies d'assassins à cuver en tôle en comptant les moutons la nuit.

— On ne se fera pas prendre, dit Soliman en levant le menton d'un mouvement fier.

300 — Si. Vous vous ferez prendre. Mais ce n'est pas mon affaire, dit soudain Camille en les regardant tour à tour. Je ne sais pas pourquoi vous êtes venus me raconter ça mais je ne voulais pas le savoir et je ne discute pas avec les vengeurs, les assassins et les ouvreurs de bide.

305 Elle alla à la porte et l'ouvrit.

— Salut, dit-elle.

---

1. Marécage.

– Tu n'as pas compris, dit Soliman d'une voix redevenue hésitante. On s'est mal compris.

– M'en fous.

310 – On a du chagrin.

– Je sais.

– Il peut en tuer d'autres.

– C'est l'affaire des flics.

– Les flics ne bougent pas.

315 – Je sais. On a déjà dit tout ça.

– Alors, le Veilleux et moi...

– Vous allez lui coller au cul. J'ai bien saisi, Sol. J'ai bien saisi toute l'opération.

– Pas toute, Camille.

320 – Il manque une bricole ?

– Il manque toi. On ne t'a pas expliqué que tu faisais partie de l'opération. Tu pars avec nous.

– Enfin... ajouta poliment le Veilleux, si vous voulez bien.

– C'est une blague ? dit Camille.

325 – Explique-lui, commanda le Veilleux à Soliman.

– Camille, dit Soliman, tu ne veux pas lâcher cette foutue porte et venir t'asseoir ? T'asseoir là avec nous, entre amis ?

– On n'est pas entre amis. On est entre assassins et plombier.

– Mais tu ne veux pas venir t'asseoir ? Entre assassins et 330 plombier ?

– Vu comme ça, dit Camille.

Elle claqua la porte et s'assit sur un tabouret, face aux deux hommes, les coudes sur la table.

— Voilà, dit Soliman. Moi et le Veilleux, on va lui coller au cul.

335 — Bon, dit Camille.

— Mais pour ça, faudrait déjà pouvoir avancer. On ne va pas y aller à pied, pas vrai ?

— Allez-y comme vous voulez. À pied, à ski, à dos de mouton, qu'est-ce que tu veux que ça me foute ?

340 — Massart, continua Soliman, a sûrement pris une voiture.

— Pas la sienne en tous les cas, dit Camille. La fourgonnette est restée là-haut.

— Il est pas stupide, le vampire. Il a pris une autre voiture.

— Très bien. Il en a pris une autre.

345 — Alors nous, on le suit en voiture, tu saisis ?

— Je saisis. Tu lui colles au cul.

— Mais on n'a pas de voiture.

— Non, dit le Veilleux. On n'en a pas.

— Eh bien prends-en une. Celle de Massart par exemple.

350 — Mais on n'a pas de permis.

— Non, dit le Veilleux. On n'en a pas.

— Où veux-tu en venir, Sol ? Je n'ai pas de voiture non plus. Et Lawrence n'a qu'une moto.

— Mais nous, on a un camion, dit Soliman.

355 — Tu parles de la bétaillère ?

— Ouais. Tu le dirais peut-être pas, mais c'est un camion.

— Eh bien parfait, Sol, dit Camille en soupirant. Prends la bétaillère et colle-lui au cul et bon vent.

— Mais c'est comme je te le disais, Camille. On n'a pas le per-

360 mis.

– Non, dit le Veilleux.

– Tandis que toi, tu l'as, le permis. Et t'as déjà conduit des poids lourds.

Camille les regarda l'un et l'autre, incrédule.

365 – T'as mis du temps à me comprendre, dit Soliman.

– Je n'ai pas envie de te comprendre.

– Alors je t'explique plus à fond.

– Laisse le fond tranquille. Je ne veux pas en entendre plus.

– Écoute ça, écoute au moins ça : tu conduirais le camion, et 370 tu n'aurais à t'occuper de rien d'autre, tu comprends ? Juste conduire le camion. Moi et le Veilleux, on se chargerait de tout le reste. Conduire, Camille, on ne te demande que ça, conduire. Tu serais sourde et aveugle.

– Et abrutie.

375 – Aussi.

– Si j'ai bien saisi l'idée générale, récapitula Camille, je conduirais le camion, toi et le Veilleux seriez assis à mes côtés pour m'encourager, on rattraperait Massart, je lui roulerais dessus par mégarde, le Veilleux lui ouvrirait le ventre depuis la 380 gorge jusqu'aux couilles, manière d'avoir la conscience au net, on déposerait les bouts dans une gendarmerie et on rentrerait tous ici se restaurer avec un bon bol de soupe au lard ?

Soliman s'agita.

– Ce n'est pas exactement ça, Camille...

385 – Mais disons qu'il y a de ça, termina le Veilleux.

– Trouvez quelqu'un pour conduire la bétaillère, dit Camille. Qui la conduit d'habitude ?

– Buteil. Mais Buteil restera aux Écarts pour s'occuper des bêtes. Et Buteil a une femme et deux enfants.

390 – Tandis que moi j'ai rien.

– Si tu veux.

– Trouve quelqu'un d'autre pour ton road-movie[1] à la con.

– Ton quoi ? demanda le Veilleux.

– Ton roade-mouvie, expliqua Soliman. C'est de l'anglais.
395 Ça signifie une sorte de déplacement sur route.

– Bien, dit le Veilleux, perplexe. J'aime bien comprendre.

– Personne au village ne voudra nous donner un coup de main, Camille, reprit Soliman. Tout le monde s'en branle, de Suzanne. Mais toi tu l'aimais bien. Le gendarme Lemirail aussi,
400 mais on ne peut pas demander ça à Lemirail, pas vrai ?

– On ne peut pas, dit le Veilleux.

– Ne joue pas avec les sentiments, Sol, dit Camille.

– Avec quoi veux-tu que je joue ? Je suis honnête, Camille : je joue avec tes sentiments et je joue avec ton permis B. Si tu
405 ne nous aides pas, l'âme de Suzanne va rester coincée dans ce fichu marigot puant.

– Ne me casse pas la tête avec ce marigot, Sol. Ressers de l'eau-de-vie et laisse-moi réfléchir.

Camille se leva et alla se poster face à la cheminée éteinte,
410 tournant le dos aux deux hommes. L'âme de Suzanne dans le marigot, Massart en route avec sa folie glabre, les flics immobiles. Ramener Massart, lui ôter les crocs. Oui, pourquoi pas ?

---

1. « Film-poursuite ».

Conduire le camion, quelque quarante mètres cubes, sur les routes en lacet. Éventuellement.

415 – C'est un quoi, le camion ? demanda-t-elle en se retournant vers Soliman.

– Un 508 D, dit Sol, moins de trois tonnes cinq. T'as pas besoin du permis poids lourd.

Camille reporta son regard vers la cheminée, le silence se 420 réinstalla. Donc, conduire le camion. Sortir Soliman et le Veilleux de la tourmente, apaiser Lawrence et ses loups. Pousser le camion jusqu'aux basques de l'égorgeur. Ridicule. Aucune chance, une vraie foutaise. Alors quoi ? Rester ici, attendre les nouvelles, manger, boire, s'occuper des drames inexpliqués des 425 campagnols, attendre Lawrence. Attendre, attendre. S'emmerder. Craindre. Verrouiller le soir de peur de voir surgir Massart. Attendre.

Camille revint à la table, prit son verre, trempa ses lèvres.

– Le camion m'intéresse, dit-elle. Suzanne m'intéresse, 430 Massart m'intéresse, mais pas sa dépouille. Je le rapporte entier ou je ne le rapporte pas. À vous de voir. Si je prends le camion, Massart revient intact, en supposant qu'on ait la moindre chance de le retrouver. Sinon, vous le rapportez en bouillie de poils si ça peut vous détendre, mais sans moi.

435 – Tu veux dire qu'on le remet gentiment aux flics ? dit Soliman d'un air peiné.

– Ce serait légal. Fendre un type en deux morceaux dépasse le seuil de violence consenti entre voisins.

– Nous, on s'en branle du plafond légal, dit le jeune homme.

– Je suis au courant. C'est pas la question de la loi. C'est la question de la vie de Massart.

– Ça revient au même.

– En partie.

– Nous, on s'en branle de la vie de Massart.

– Pas moi.

– T'en demandes trop.

– C'est une question de goût. Massart au complet avec moi ou Massart en bouillie sans moi. Je ne suis pas portée sur la bouillie.

– On avait compris, dit Soliman.

– Bien sûr, dit Camille. Je vous laisse réfléchir.

Camille s'assit devant son synthétiseur et mit son casque. Elle pianota pour la forme, l'esprit surchauffé, à mille lieues des campagnols en blouse. Courir après Massart ? Tout seuls comme trois égarés ? Qu'est-ce qu'ils étaient d'autre que trois égarés ?

Soliman fit un signe de la main, Camille ôta son casque, revint à la table. C'est le Veilleux qui prit la parole.

– Jeune fille, dit-il, vous avez déjà écrabouillé des araignées ?

Camille serra le poing et le posa sur la table, entre Soliman et le Veilleux.

– J'ai écrabouillé des wagons d'araignées, dit-elle, j'ai bousillé des centaines de nids de guêpes et j'ai anéanti des fourmilières entières en les jetant dans le fleuve avec cinq kilos de ciment

465　prompt aux pieds. Et je ne discute pas de la peine de mort avec deux tarés comme vous. C'est non, ce sera toujours non, et mille ans après votre mort.

– Deux tarés, tu dis ? dit Soliman.

– C'est ce qu'elle dit, dit le Veilleux. Fais pas répéter.

470　– Répète, Camille ?

– Deux cons, deux tarés.

Sol allait se lever quand le Veilleux lui mit la main sur le bras.

– Respect, Sol. Cette jeune femme n'a pas tort. Considère bien qu'elle n'a pas tort. Marché conclu, dit-il en se retournant
475　vers Camille et en lui tendant la main.

– Pas de bouillie ? demanda Camille, méfiante, sans tendre sa main.

– Pas de bouillie, répondit le Veilleux de sa voix sourde, en reposant sa main.

480　– Pas de bouillie, répéta Soliman de mauvaise grâce.

Camille hocha la tête.

– Quand est-ce qu'on part ? demanda-t-elle.

– On enterre ma mère demain. On part dans l'après-midi. Buteil aura préparé le camion. Viens demain matin.

485　Les deux hommes se levèrent, Soliman en souplesse, le Veilleux tout en raideur.

– Un truc, dit Camille. Un détail du contrat à régler. Rien ne dit qu'on trouvera cet homme. Si après dix jours, trente jours, on n'est parvenus à rien, qu'est-ce qu'on fait ? On ne va pas lui
490　coller au cul toute la vie, si ?

– Toute la vie, jeune fille, dit le Veilleux.
– Ah bien, dit Camille.

15

Toute la nuit, Camille dormit d'un sommeil de surface, l'esprit en alerte, avec la conscience d'un petit truc qui clochait. Elle sut en ouvrant les yeux que c'était un gros truc qui clochait. Elle avait accepté la veille au soir de lancer la bétaillère de Suzanne
5 aux basques d'un assassin. Elle entrevoyait ce matin les défauts majeurs de l'entreprise : niaiserie du projet, danger de l'exécution, désagrément de la promiscuité[1] avec deux types presque inconnus qui n'avaient pas l'air au mieux de leur quiétude.

Mais étrangement, l'idée d'annuler tout bonnement son
10 engagement de la veille ne l'effleura même pas. Elle se prépara au contraire avec le sérieux et la vigilance de ceux qui préméditent un coup difficile. Le coup en question, dans sa simplicité balourde[2], présentait un avantage unique mais décisif, celui de bouger. Courir après Massart, même naïvement, était préfé-
15 rable à l'attendre ici sans remuer, même intelligemment. Cette attirance pour le mouvement – pour le mouvement raisonné, car Camille ne savait pas se déplacer sans but – avait la veille emporté sa décision. Sa station immobile à Saint-Victor commençait à nouer son esprit et à porter ses fruits, des fruits un
20 peu fades. Il y avait enfin cette histoire de marigot où s'était coincée l'âme de Suzanne. Camille n'y ajoutait pas plus foi que Soliman lui-même, mais le meurtre de Suzanne et la fuite de

---

1. Voisinage désagréable.
2. Grossière.

Massart faisaient siffler en elle, ainsi qu'entre deux portes ouvertes, un douloureux courant d'air. Et il lui semblait qu'en
25 lançant le camion sur les pas de l'homme et du loup, il y aurait moyen d'arrêter ce souffle.

Camille acheva de préparer son sac à dos, roula ses partitions dans le soufflet droit, le *Catalogue de l'Outillage Professionnel* dans le soufflet gauche et le chargea sur ses épaules. Elle attrapa
30 sa sacoche à outils, vérifia une dernière fois l'état des lieux et ferma la porte.

Il régnait aux Écarts cette vie ralentie qui précède les enterrements. Buteil et Soliman s'activaient autour du camion avec des gestes traînants. Camille les rejoignit, posa son sac auprès
35 d'eux. Vu de près, le camion avait en effet plus l'allure d'une bétaillère que de quoi que ce soit d'autre. À l'aide du jet d'eau, Buteil était en train d'en rincer le plancher et les claires-voies, projetant vers le sol des coulées noires et épaisses de paille et de crottin. Soliman dépliait les éléments de la bâche qui devait
40 recouvrir l'ossature du poids lourd. Car – et Camille réalisait seulement maintenant ce que cela signifiait – ce camion allait leur servir de chambre.

– Faut pas vous biler, lui cria Buteil, élevant la voix pour couvrir le sifflement du jet d'eau. Ce camion, c'est comme la Belle
45 et la Bête, ça se transforme. J'en fais un trois étoiles[1] en moins de deux heures.

---

1. Hôtel trois étoiles.

– Buteil, expliqua Soliman à Camille, a souvent pris la bétaillère pour se promener en famille. Fais-lui confiance, t'auras tout le confort et une chambre pour toi seule.

50 – Si tu le dis, dit Camille en hésitant.

– Le seul truc, c'est l'odeur, reconnut Soliman. On ne peut pas tout à fait s'en débarrasser. C'est incrusté dans le bois.

– Oui.

– Même dans le fer.

55 – Oui.

Soudain, le jet s'arrêta net. Soliman regarda sa montre. Dix heures trente.

– Faut se changer, dit-il d'une voix tremblée. Ça va être l'heure.

60 Les deux hommes croisèrent Lawrence qui remontait le chemin de terre à petite vitesse. Le Canadien, habillé de sombre, béquilla sa moto, enlaça Camille.

– T'ai pas trouvée à la maison, dit-il. Urgence aux Écarts?

– J'accompagne Soliman et le Veilleux après l'enterrement.
65 Ils veulent coller après Massart et ils n'ont pas le permis.

– Quel rapport? dit Lawrence en se reculant et en regardant Camille.

– Je sais conduire le camion.

Lawrence secoua la tête.

70 – Tu l'as fait exprès? demanda-t-il d'une voix un peu contenue. D'être camionneur? Tu ne pouvais pas t'en empêcher?

Camille haussa les épaules.

– Ça s'est fait comme ça, dit-elle. Pendant les tournées en
75 Allemagne, le régisseur de l'orchestre ne voulait pas conduire
jour et nuit. Il m'a appris sur le tas.

– God, camionneur, dit Lawrence, qui était contraint à cause
de Camille, rien qu'à cause de Camille, de tailler d'énormes
encoches dans ses idéaux.

80 – Ça n'a rien de dégradant, dit Camille.

– Ça n'a rien de surfin non plus.

– Non plus.

– Qu'est-ce que c'est que cette histoire de chauffeur avec
Soliman et le Veilleux ? Tu les déposes où ?

85 – C'est la question, Lawrence. Je ne les dépose pas, je les
conduis au bout du monde jusqu'à ce qu'ils agrippent Massart.

– Tu veux dire que ces deux types ont réellement décidé de
chercher Massart ? demanda Lawrence en commençant à s'alarmer.

90 – C'est cela.

– Et c'est toi qui vas les emmener ? Tu pars ?

– Oui. Pas longtemps, dit Camille, un peu hésitante.

Lawrence posa ses mains sur ses épaules.

– Tu pars ? répéta-t-il.

95 Camille leva les yeux. Une douleur fugitive passa sur le visage
du Canadien. Il secoua ses cheveux.

– Mais pas tout de suite, dit-il en serrant ses doigts sur son
épaule. Reste avec moi. Reste cette nuit.

– Sol veut partir après l'enterrement.

100 – Une nuit.

– Je reviens. Je t'appellerai.

– N'a pas de sens, murmura Lawrence.

– Les flics ne bougent pas et l'homme en tuera d'autres. Tu l'as dit toi-même.

105 – God. T'ai pas dit de partir.

– Ils ne savent pas conduire.

– J'ai envie que tu restes, insista Lawrence.

Camille secoua doucement la tête.

– Ils m'attendent, dit-elle à voix basse.

110 – Jesus Christ, dit Lawrence en s'éloignant. L'enfant, le vieillard et la femme aux trousses d'un type comme Massart. Vous vous figurez quoi tous les trois ?

– Je ne me figure rien, je conduis.

– Tu te figures quelque chose. Rattraper Massart ?

115 – Ça peut se faire.

– Tu rigoles. Pas un jeu d'enfant. Faut des éléments d'enquête.

– S'il égorge d'autres brebis, on le suivra à la trace.

– Suivre, ce n'est pas attraper.

120 – On peut se renseigner, savoir dans quelle bagnole il roule. Quand on saura ça, on aura une chance de le repérer. L'affaire de quelques jours peut-être.

– C'est tout ce qu'ils lui veulent ? demanda Lawrence, méfiant.

125   — Soliman devait le tuer et le Veilleux devait l'ouvrir depuis la gorge jusqu'aux couilles, après sa mort, par humanité. J'ai dit que je ne conduirais pas leur foutu camion si on ne ramenait pas Massart au grand complet.

    — Dangereux, dit Lawrence, que la privation rendait un peu
130 rageur. Grotesque[1] et dangereux.

    — Je le sais.

    — Alors pourquoi le fais-tu ?

    Camille hésita.

    — Ça s'est embringué[2] comme ça, dit-elle pour toute expli-
135 cation.

    Et en effet, sur le moment, elle n'en voyait pas de meilleure à proposer.

    — Bullshit, gronda Lawrence en revenant vers elle. Tu n'as qu'à le désembringuer.

140   Camille haussa les épaules.

    — Il y a des trucs qui s'embringuent pour des tas de mauvaises raisons et que tu ne peux plus désembringuer, même pour des tas de bonnes raisons.

    Lawrence baissa les bras, un peu accablé.

145   — Bon, dit-il d'un ton morne[3]. Avec quel camion partez-vous ?

    — Avec celui-là, dit Camille en désignant la bétaillère d'un mouvement de menton.

---

1. Grossier, comique et effrayant.
2. Engagé.
3. Triste.

— Ça, dit Lawrence fermement, c'est une bétaillère. C'est une
150 bétaillère qui pue la merde et le suint. Ce n'est pas un camion.

— Paraît que si, en fait. Buteil dit qu'une fois lessivé, torché,
bâché et installé, ce sera comme un palace ambulant.

— Ça va être cradingue, Camille. Tu y as réfléchi ?

— Oui.

155 — Et dormir avec ces deux types ? Tu y as réfléchi aussi ?

— Oui. Ça s'est embringué, c'est tout.

— Tu as pensé que Massart pouvait vous repérer ?

— Pas encore.

— Eh bien, il le peut. Et ce n'est pas cette foutue bâche qui
160 vous protégera la nuit.

— On l'entendra venir.

— Et après, Camille ? Vous ferez quoi vous trois, l'enfant, le
vieillard et la femme ?

— Je ne sais pas. On avisera, je suppose.

165 Lawrence écarta les bras en un geste d'impuissance.

BIEN LIRE

L. 110-111 : « L'enfant, le vieillard et la femme ». Pourquoi Lawrence
associe-t-il ces trois figures ?
Camille explique-t-elle vraiment son départ ?

16

Une réception aux Écarts suivit l'enterrement de Suzanne Rosselin. Il y avait beaucoup à commenter car l'inhumation s'était déroulée dans une sobriété déconcertante, suivant en cela les recommandations que Suzanne avait faites quatre années auparavant à son notaire, selon lesquelles « elle en avait rien à branler des fleurs et des poignées en or, qu'elle préférait que le petit conserve les économies pour aller voir la terre de ses ancêtres et qu'enfin, on enterre avec elle la vieille brebis Mauricette quand elle viendrait à décéder, car Mauricette avait été une amie certes pas très dégourdie mais aimante et fidèle, que le curé veuille bien en toucher un mot à la cérémonie ». Le notaire lui avait fait valoir que cette exigence païenne[1] n'avait aucune chance d'aboutir, et Suzanne avait dit qu'elle n'en avait rien à branler de l'orthodoxie[2] et qu'elle irait voir ce connard de curé elle-même pour régler le cas de Mauricette.

Le curé s'était apparemment souvenu des recommandations subies et avait évoqué un peu gauchement l'attachement de Suzanne à son cheptel[3].

Vers quatre heures, la dernière voiture du village quitta les Écarts. Camille, le front bourdonnant, rejoignit Buteil au camion. Plus elle y songeait, plus les préparatifs de la bétaillère l'inquiétaient.

---

1. Qui ne répond pas aux règles du christianisme.
2. Règle, loi.
3. Troupeau.

Buteil les attendait en fumant tristement, assis sur le marchepied à l'arrière du camion.

25   – C'est prêt, dit-il en voyant arriver la jeune femme.

Camille examina le véhicule, à présent entièrement bâché à
mi-hauteur sur les flancs et le toit. Sa carrosserie grise était en
partie décrassée.

Buteil tapota le flanc du camion du plat de la main et en fit
30   résonner les tôles, comme pour faire les présentations.

– Il a vingt ans, c'est le bel âge, annonça-t-il. Un 508, c'est
du costaud, mais il y a des inconvénients. Freins à tambour,
faut bien s'appliquer dans les descentes, direction non assistée,
faut en donner un vieux coup dans les tournants, sans compter
35   qu'il y a du jeu. Les pédales sont molles. C'est la seule chose qui
ait fait soumission dans ce camion.

Buteil se tourna vers Camille, l'examina des pieds à la tête,
jaugeant[1] son corps d'un œil de praticien, silhouette longue,
bras fins, poignets étroits.

40   – C'est peut-être très joli pour une femme, dit-il avec un cla-
quement de langue, mais ça va moins bien pour un camionneur. Je ne sais pas si vous pourrez le tenir.

– J'ai déjà conduit des engins de ce genre, dit Camille.

– C'est qu'ici, ça tourne dru. Va falloir tirer.

45   – On tirera.

– Montez, je vous fais visiter. Je l'ai toujours arrangé comme
ça quand je partais avec les gosses.

---

1. Examinant, mesurant.

Buteil ouvrit bruyamment les vantaux arrière et grimpa dans le camion. Il régnait dans la bétaillère une chaleur étouffante et
50 Camille fut saisie par l'odeur de suint.

– Quand ça roule, ça sent moins, expliqua Buteil. Elle a chauffé tout l'après-midi.

Camille hocha la tête et l'intendant, ragaillardi, lui présenta d'un geste ample son aménagement des lieux. La bétaillère fai-
55 sait plus de six mètres de longueur et Buteil y avait installé quatre lits d'appoint dans le sens de la longueur, deux au fond, deux devant, séparés par une bâche transversale.

– Ça fait deux chambres indépendantes avec fenêtre, commenta-t-il avec satisfaction. On peut relever les bâches devant
60 les claires-voies. Si on veut y voir dehors, ou si on veut y voir dedans, ça revient au même, on les lève, exactement comme on ferait avec un rideau. Quand on veut être tranquille, on les rabat.

Buteil remonta les bâches pour appuyer sa démonstration et
65 la lumière entra sur toute la longueur du camion à travers les claires-voies. « Ici, continua-t-il en se dirigeant vers le fond et en écartant une lourde toile grise, salle de bains. »

Camille examina la cabine de douche fabrication maison, surmontée d'un vieux chauffe-eau reconverti à usage de réser-
70 voir, capacité environ cent cinquante litres.

– La pompe ? demanda-t-elle.

– Là, dit Buteil. À réapprovisionner tous les deux jours. Et ici, enchaîna-t-il, toilettes. C'est le système du train à l'an-

cienne, on laisse tout derrière soi. À l'autre bout, dit-il en se
75 retournant, cuisinière à gaz, la bonbonne est pleine. Dans la
grande caisse, matériel de cuisine, linge, lampes de poche et
tout le fourbi. Ici, tabourets pliants. Sous chacun des lits, tiroir
pour ses affaires propres et privées. Tout est prévu. Tout est
pensé. Tout marche.
80 — Vu, dit Camille.

Elle s'assit sur un des deux lits du fond, à gauche. Son regard
parcourut les quelque treize mètres carrés surchauffés de la
bétaillère. Buteil avait posé sur les matelas des draps et des
oreillers blancs qui contrastaient avec le sol noir, l'armature
85 écaillée, les bâches délavées. Elle commençait doucement à
s'habituer à l'odeur. Elle commençait à établir sa propriété sur
le matelas mou sur lequel elle était assise, elle commençait à
posséder tout le camion. Buteil l'observait, fier et inquiet.

— Tout marche, répéta-t-il.
90 — C'est parfait, Buteil, dit Camille.

— Et vous bilez surtout pas pour l'odeur. Ça s'en va quand on
roule.

— Et quand on ne roule pas ? Quand on dort ?

— Eh bien quand on dort, on ne sent pas. Puisqu'on dort.
95 — Je ne me bile pas.

— Vous voulez l'essayer ?

Camille acquiesça et suivit Buteil jusqu'à la cabine. Elle
grimpa les deux marches et s'installa sur le siège du conducteur,
le régla, étendit les bras sur le large volant brûlant. Buteil lui

100 donna les clefs et se recula. Camille mit le contact, embraya et manœuvra lentement sur le chemin carrossable de la bergerie, avant, demi-tour, arrière, demi-tour, avant. Elle coupa le contact.

– Ça ira, dit-elle en descendant.

Comme convaincu par la manœuvre, Buteil lui tendit les
105 papiers. Soliman arriva à cet instant, le pas lent, le visage tiré, les yeux rouges et fixes.

– On file dès que tu es prête, dit-il.

– On ne bouffe même pas là ?

– On bouffera dans le camion. Plus on tarde, plus le vampire
110 s'éloigne.

– Je suis prête, dit Camille. Apporte tes affaires et amène le Veilleux.

Dix minutes plus tard, Camille, qui fumait à côté de Buteil à l'arrière du camion, vit monter Soliman avec un sac sur le dos
115 et un dictionnaire sous le bras.

– Tu prends le lit de devant, à gauche, ordonna Buteil.

– Bien, dit Soliman.

– Sol est un type soigneux, dit Buteil. Ça va lui prendre un sacré moment de ranger son tiroir.

120 – Buteil, appela Soliman depuis l'intérieur du camion, ça pue quand même dans cette bétaillère.

– Qu'est-ce que tu veux que j'y fasse ? dit l'intendant, un peu agressif. On fait pas de la courgette ici. On fait de la brebis.

– Ne t'énerve pas. Je te dis juste que ça pue.

125 – Ça s'en va quand on roule, intervint Camille.

– Précisément.

Lawrence arrivait vers eux, suivi du Veilleux.

– «Amour», annonça Soliman, appuyé au vantail du camion, les mains posées sur les hanches. «Affection vive pour quelqu'un ou pour quelque chose. Penchant dicté par les lois de la nature. Sentiment passionné pour une personne de l'autre sexe.»

Camille se retourna vers Soliman, un peu déconcertée.

– C'est le dictionnaire, expliqua Buteil. Il a tout là-dedans, ajouta-t-il en montrant son front.

– Je vais dire au revoir, dit Camille en se levant du marche-pied.

Le Veilleux monta à son tour dans la bétaillère, vida d'un coup le contenu de son sac dans le tiroir que lui indiqua Buteil, le premier en entrant à droite. Puis il attendit debout près du marchepied, à côté de Soliman, et se roula une cigarette avec du gros tabac. Le Veilleux avait remis aussitôt après la cérémonie son pantalon de velours avachi[1] et sa veste déformée, enfilé ses chaussures de montagne et posé sur sa tête son chapeau à ruban noir, fragilisé par l'âge et gris de poussière. Il s'était coiffé, rasé et avait passé sur son maillot de corps une chemise blanche et propre, un peu raide. Il se tenait droit, cigarette pendant aux lèvres, poing gauche calé sur son bâton. Son chien s'était couché sur ses pieds. Il sortit son canif et en lissa la lame sur sa cuisse.

---

1. Relâché.

– Quand est-ce qu'il va démarrer, ce déplacement sur route ? demanda-t-il de sa voix grave.

– Ce quoi ? dit Soliman.

– Ce roade-mouvie. Ce déplacement.

155 – Ah. Dès que Camille aura fini de dire au revoir au trappeur.

– De mon temps, les jeunes femmes n'embrassaient pas les hommes sous mes yeux dans les chemins de terre.

– C'est toi qui as eu l'idée de la faire venir.

160 – De mon temps, continua le Veilleux en rabattant la lame de son canif, les jeunes femmes ne conduisaient pas les camions.

– Si t'avais su le conduire, on n'en serait pas là.

– J'ai pas dit que j'étais contre, Sol. Et même, ça me plaît.

165 – Quoi ?

– Les bras de cette fille sur le volant du camion. Ça me plaît.

– Elle est jolie, dit Soliman.

– Elle est plus que ça.

Lawrence, les bras passés autour de Camille, les observait de
170 loin.

– Le vieux s'est mis en frais pour toi, dit-il. Chemise immaculée[1] rentrée dans son pantalon cradingue.

– Il n'est pas cradingue, dit Camille.

– Plus qu'à prier le Ciel qu'il n'emporte pas le chien. Il doit
175 puer, le chien.

---

1. Blanche, sans tache.

– C'est possible.

– God. Tu es sûre que tu veux partir ?

Camille regarda les deux hommes qui l'attendaient sur le marchepied, soucieux, tendus. Buteil mettait la dernière main
180 à son installation, suspendait une mobylette au flanc gauche, un vélo au flanc droit.

– Certaine, dit-elle.

Elle embrassa Lawrence qui la serra longuement contre lui, puis la laissa aller avec un signe. Du camion, elle le regarda
185 rejoindre sa moto, lancer le moteur, s'éloigner sur la route.

– Et maintenant ? dit-elle aux deux hommes.

– On lui colle au cul, dit le Veilleux en levant le menton, très raide, le regard impérieux.

– Vers où ? Il était à La Castille dans la nuit de lundi. Ça lui
190 fait presque quarante-huit heures d'avance.

– On démarre, dit Soliman. Je t'expliquerai l'idée en route.

Soliman était un jeune homme aérien, au profil net, élégant, toujours un peu levé vers le ciel, au dos cambré, aux membres allongés, aux mains légères. Il avait le visage lisse, encore enfantin,
195 presque limpide. Mais il flottait toujours sur ce visage une lueur d'ironie ou de simple amusement, celle d'un type qui contient à grand-peine une énorme blague ou une sagesse supérieure, celle d'un type qui se parle tout seul et qui se dit «Attendez-vous à en voir une bien bonne». Camille s'imagina que les influences
200 mêlées du dictionnaire et des histoires africaines avaient peut-être donné à Soliman ce sourire étrange de fin connaisseur, qui l'éclai-

rait de manière ambiguë, le teintant d'expressions contrastées, parfois dociles, bienveillantes, parfois ombrageuses[1], autoritaires. Elle se demanda quelle sorte de sourire finirait par lui donner la consultation assidue du *Catalogue de l'Outillage Professionnel*, peut-être pas quelque chose de très désirable.

Camille monta son propre sac dans le camion, en rangea le contenu dans le tiroir glissé sous son lit – celui du fond, à gauche, avait dit Buteil –, ferma les vantaux arrière, se hissa sur le siège du chauffeur, aux côtés des deux hommes déjà installés, Soliman au milieu, le berger contre la vitre.

– Il vaudrait mieux mettre le bâton au sol, conseilla-t-elle au Veilleux en se penchant vers lui. En cas de coup de frein brusque, il vous casserait le menton.

Le Veilleux hésita, réfléchit, puis coucha le bâton sous ses pieds.

– Et la ceinture, ajouta Camille d'une voix douce, se demandant si, au fond, le Veilleux était jamais monté dans une voiture. Il faut accrocher ce truc. En cas de coup de frein brusque.

– Ça va me coincer, dit le Veilleux. Je n'aime pas qu'on me coince.

– C'est le règlement, dit Camille. C'est obligatoire.

– Nous, dit Soliman, on s'en branle du règlement.

– Entendu, dit Camille en mettant le contact. Quelle direction générale ?

1. Méfiantes.

– Plein nord, vers le Mercantour.

– En passant par où ?

– La vallée de la Tinée.

– Bon. C'est ma direction aussi.

230 – Ah oui ? dit Sol.

– Oui. Je t'expliquerai l'idée en route.

La bétaillère sortit bruyamment du chemin de terre et de caillasse. Buteil, adossé à la vieille barrière de bois, leur fit un signe de main contraint, avec la mine soucieuse d'un gars qui

235 voit sa maison foutre le camp à travers les champs.

BIEN LIRE   **Quel sentiment réciproque soude les trois personnages ?**

17

Camille engagea lentement le camion sur la route.

– C'était obligé d'emmener le chien ? demanda-t-elle.

– Vous en faites pas, répondit le Veilleux, c'est un chien de troupeau. Il attaque les loups, les renards, les saletés de toutes sortes et les loups-garous mais il ne touche pas les femmes. Interlock respecte les femmes.

– Je ne m'en faisais pas, dit Camille doucement. C'est simplement qu'il sent fort.

– Il sent le chien.

– C'est ce que je disais.

– On ne peut pas empêcher un chien de sentir le chien. Interlock veillera sur nous. Comptez sur lui pour signaler cette vacherie de loup-garou à cinq kilomètres à la ronde. Personne n'est obligé de savoir qu'il a les dents limées.

– Limées ?

– C'est un chien de troupeau. Faut pas que ça abîme les bêtes. Et faut pas que ça prenne goût au sang, sinon faut l'abattre. Mais Interlock a du nez. Il a senti la baraque de Massart et il le trouvera.

Camille hocha la tête, sans cesser de surveiller la route. Elle avait passé la troisième et, pour le moment, elle tenait le camion. Ça faisait beaucoup de boucan en roulant. Les barres métalliques des claires-voies tremblaient à chaque cahot. Il fallait élever la voix pour se faire entendre. On avait baissé les vitres et levé les bâches pour donner de l'air.

– Interlock ? C'est son nom ? demanda-t-elle.

– Je l'ai tiré au hasard dans le dictionnaire quand il est né, expliqua Soliman. « Interlock. Nom masculin. Machine à tricoter un tissu à mailles. Sous-vêtement tricoté par cette
30 machine. »

– Ah bon, dit Camille. Quelle heure est-il ?

– Six heures passées.

– Donne ton idée, Sol.

– C'est aussi l'idée du Veilleux.

35 Le camion s'était à présent engagé sur la départementale et on longeait la rivière vers le nord. Camille conduisait sans forcer, prenant le temps de s'habituer aux commandes. Les virages n'étaient pas si faciles.

– Massart a laissé sa fourgonnette au mont Vence, com-
40 mença Soliman. Bien forcé, s'il voulait qu'on le croie perdu en montagne. En attendant, le vampire est à pied.

– Et à vélo, compléta le Veilleux.

– Demande-lui de parler plus fort, Soliman, je n'entends rien avec le boucan du camion.

45 – Parle plus fort, dit Soliman au berger.

– À vélo, répéta le Veilleux en haussant sa voix de basse.

– Il a un vélo ?

– Ouais, dit le Veilleux. En tout cas, il y a quelques années, il en avait un. Il le rangeait dans la cabane du chien. J'y ai été
50 cette nuit et il n'y a plus de vélo.

– Massart se promène à vélo, encadré d'un dogue et d'un loup ?

– Il ne se promène pas, jeune fille, dit le Veilleux. Il marche et il tue.

55 – Trop voyant, objecta Camille. Il se ferait remarquer cent fois avant d'atteindre une bergerie.

– C'est pour cela qu'il n'avance que la nuit, dit Soliman. Il se planque le jour et il marche la nuit, avec les bêtes.

– Même, dit Camille. Il n'ira pas loin avec un équipage 60 pareil.

– Il ne va pas loin, jeune fille. Il va à Loubas, à côté de Jausiers.

– Je n'entends pas, dit Camille.

– À Loubas, cria le Veilleux. C'est à quatre-vingts kilomètres, 65 de l'autre côté du Mercantour. C'est là qu'il va.

– Il y a quelque chose de particulier à Loubas ?

– Certainement.

Le Veilleux pencha sa tête par la portière et cracha avec bruit. Camille eut une pensée pour Lawrence.

70 – Il y a son cousin, reprit-il. Explique, Sol.

– Il lui faut une voiture, dit Soliman. Il ne peut pas traîner la campagne avec ses fauves. S'il a laissé sa fourgonnette, c'est qu'il a un plan. Massart a un cousin à Loubas, un type pourri qui tient un garage pourri et qui vend des voitures d'occasion. 75 Il est certain que le cousin la bouclera.

– Bien, dit Camille, concentrée sur les tournants serrés de la route étroite. Massart irait chercher une voiture à Loubas. Très bien. Pourquoi n'en loue-t-il pas une, tout bonnement ?

– Pour ne pas se faire repérer.

80   — Bon sang, il n'est pas recherché. Personne ne l'empêche d'aller où bon lui semble.

— Il n'est pas recherché mais ça peut venir. Et surtout, Massart veut passer pour mort.

— Pour faire son boulot de loup-garou tranquille, dit le
85 Veilleux.

— Exactement, dit Sol.

— Si c'est vrai, dit Camille, il aura besoin de faux papiers.

— Le cousin est pourri, dit le Veilleux. Le garage est une couverture.

90   — C'est ce qui se dit, confirma Soliman.

— Le cousin fait des faux papiers ?

— Il peut en avoir.

— Moyennant quoi ?

— Moyennant fric.

95   Camille ralentit et gara le camion sur un refuge en bord de route.

— On s'arrête déjà ? demanda le Veilleux.

— Je me détends les bras, dit Camille en descendant. La direction est dure et la route est difficile.

100   — Oui, dit Soliman. Je me rends compte.

— Je vais te chercher une carte, dit-elle. On l'a trouvée dans la maison de Massart, avec tout un itinéraire. Tu vas me montrer où est ce Loubas.

— À côté de Jausiers.

105   — Alors tu vas me montrer où est ce Jausiers.

— Tu ne sais pas où est Jausiers ? s'étonna Soliman.

– Non, répondit Camille en s'appuyant à la portière. Je ne sais pas où est Jausiers. Je ne suis jamais venue dans ce pays bouillant avant cette année, je n'ai jamais conduit un trois tonnes sur une foutue petite route de montagne, je ne sais pas à quoi ressemble le Mercantour. Je sais juste que la Méditerranée est en bas et que c'est une mer qui n'avance pas et qui ne recule pas.

– Bon, dit Soliman, épaté. Où as-tu vécu pour ignorer tout ça ?

Camille alla fouiller dans son tiroir, referma les portes du camion et se hissa à nouveau aux côtés de Soliman, avec la carte en main.

– Écoute, Sol, dit Camille, est-ce que tu sais qu'il y a des endroits, des milliers d'endroits dans le monde où il n'y a pas de cigales ?

– J'ai entendu parler de ça, dit Soliman avec une moue sceptique.

– Eh bien, c'est là que j'étais.

Soliman secoua la tête, mi-admiratif, mi-apitoyé.

– Donc, continua Camille en dépliant la carte de Massart, montre-moi où est ce Loubas.

Soliman posa son doigt sur la carte.

– Qu'est-ce que c'est que cette ligne rouge ? demanda-t-il.

– Ce que je t'ai dit, l'itinéraire de Massart. Toutes les croix correspondent aux bergeries où il a tué, sauf Andelle et Anélias où il ne s'est rien passé. À mon avis, il est parti en cavale avant d'avoir eu le temps de les attaquer. C'est trop à l'est. À présent,

il suit cette route vers le nord. Il longe la Tinée, il traverse le
135 Mercantour et il passe à Loubas.

– Ensuite ? demanda Soliman, sourcils froncés.

– Regarde. Il zigzague sur les petites routes jusqu'à Calais et
il passe en Angleterre.

– Quel intérêt ?

140 – Il a un demi-frère aux abattoirs de Manchester.

Soliman secoua la tête.

– Non, dit-il. Massart ne cherche pas à se faire une nouvelle
vie, comme un quelconque type en cavale. Massart est sorti de
la vie. Il est sorti du jour et il est entré dans la nuit. Il est mort
145 pour les flics, pour les gens de Saint-Victor, pour tous et pour
lui-même aussi. Il ne veut pas une autre existence, il veut un
autre état.

– Tu sais des tas de trucs, dit Camille.

– Il veut une autre peau, ajouta Soliman.

150 – Avec des poils, dit le Veilleux.

– C'est ça, dit Soliman. À présent que l'homme est mort, le
loup peut tuer à sa guise. Je ne le vois pas du tout se chercher
un bon boulot à Manchester.

– Alors pourquoi traverser la Manche ? Pour quoi faire un iti-
155 néraire si c'est pour aller nulle part ?

Soliman appuya sa tête sur sa main, réfléchit, un œil sur la
carte.

– C'est une ligne de fuite. Il avance, il ne peut pas rester sur
place. Il passera en Angleterre, il cherchera peut-être un coup

160 de main là-bas. Mais là-bas aussi, il continuera d'avancer, tout autour de la terre. Tu sais ce que signifie « loup-garou » ?

– Lawrence dit que je ne suis pas fortiche sur le sujet.

– C'est un loup qui vagabonde. Massart ne se cachera pas dans un trou, il bougera sans cesse, une nuit ici, une nuit là. Il 165 connaît toutes ces petites routes sur le bout des griffes. Il sait où se planquer.

– Mais Massart n'est pas un loup-garou, dit Camille.

Il y eut un court silence dans la cabine du camion. Camille sentait que le Veilleux faisait un effort pour ne pas répondre.

170 – Il se croit loup, au moins, dit Soliman. C'est déjà assez.

– Sans doute.

– Le trappeur a montré cette carte aux flics ?

– Évidemment. Ils y voient un voyage ordinaire à Manchester.

175 – Et pour les croix ?

– Simple question de boulot, d'après eux. Ça se tient, si tu es convaincu que Suzanne a été attaquée par un loup, juste par un loup. Et les flics en sont convaincus.

– Des imbéciles, dit le Veilleux d'une voix ferme. Un loup 180 n'attaque pas l'homme.

Il y eut un nouveau silence. L'image de Suzanne égorgée repassa devant les yeux de Camille.

– Non, murmura Camille.

– On lui colle au cul, dit le Veilleux.

185 Camille mit le contact et dégagea le camion du refuge. Elle

roula pendant plusieurs minutes en silence, les bras tendus sur le volant.

– J'ai calculé, dit Soliman. Massart peut faire quinze à vingt kilomètres par nuit sans fatiguer les bêtes. Il doit être à présent tout au nord du Mercantour, disons à la hauteur du col de la Bonette. Cette nuit, il va se laisser descendre sur Jausiers, vingt-cinq kilomètres. C'est là qu'on l'attendra à l'aube, si on ne le croise pas avant dans la montagne.

– Tu veux qu'on coure toute la nuit dans le Mercantour ?

– Je propose simplement de jeter l'ancre au col. On se relaiera cette nuit pour surveiller la route, mais je n'en attends rien. Il connaît les passes et les sentiers. À cinq heures et demie du matin, on descend sur Loubas et c'est là qu'on le saisit.

– Qu'entends-tu par « saisir » ? demanda Camille. Tu as déjà essayé de saisir un type comme Massart, bordé d'un dogue et d'un loup ?

– On va se préparer. On repérera sa voiture et on le suivra jusqu'à ce qu'il massacre un troupeau. Flagrant délit. Là, on le serrera.

– Avec quoi, Sol ?

– On avisera. C'est embêtant que tu ne connaisses pas Jausiers.

– Pourquoi cela ?

– Parce que cela veut dire que tu ne connais pas la route. Ça va grimper en lacets à flanc de montagne jusqu'à presque trois mille mètres. Étroit comme mon bras, avec un ravin d'un côté et un muret de protection défoncé tous les deux mètres. Ce qu'on vient de faire, c'est de la rigolade à côté.

– Bon, dit Camille, pensive. Je ne voyais pas le Mercantour comme ça.

215 – Tu le voyais comment ?

– Je voyais quelque chose de chaud et de modérément montagneux. Avec des oliviers. Un truc comme ça.

– Eh bien c'est froid et exagérément montagneux. Il y a des mélèzes[1], et quand c'est trop haut pour subsister, il n'y a plus 220 rien du tout, que nous trois, avec le camion.

– C'est gai, dit Camille.

– Tu ne sais pas que les oliviers s'arrêtent à six cents mètres ?

– À six cents mètres de quoi ?

– D'altitude, bon sang. Les oliviers s'arrêtent à six cents 225 mètres, tout le monde sait cela.

– Dans les régions d'où je viens, il n'y a pas d'oliviers.

– Ouais. Vous bouffez quoi, alors ?

– Des betteraves. C'est courageux la betterave. Ça ne s'arrête pas, ça fait le tour du monde.

230 – Si tu plantes ta betterave en haut du Mercantour, eh bien, elle crèvera.

– Bon. Ce n'est pas ce que je voulais faire, de toute façon. Combien de kilomètres pour atteindre ce foutu col ?

– Une cinquantaine. Les vingt derniers sont les plus terribles. 235 Tu crois que tu vas y arriver ?

– Aucune idée.

– T'as les bras qui tirent ?

---

1. Conifères.

– Oui, j'ai les bras qui tirent.

– Tu crois que tu peux t'en sortir ?

240   – Fous-lui la paix, Sol, gronda le Veilleux. Laisse-la tranquille.

18

Il était sept heures du soir et la chaleur baissait lentement. Agrippée au volant du 508, Camille ne lâchait plus la route des yeux. On pouvait encore y croiser un véhicule sans trop de peine mais les tournants incessants et difficiles lui mettaient les
5 bras en bouillie. C'est qu'il ne s'agissait pas d'y aller à l'à-peu-près.

Ça montait. Camille ne parlait plus et Soliman et le Veilleux s'étaient tus après elle, le regard rivé sur la montagne. On avait quitté les feuillages rassurants des noisetiers et des chênes. Les
10 sombres pins sylvestres[1] se serraient à perte de vue sur les pentes rocheuses. Camille les trouvait sinistres, aussi inquiétants que des coulées de soldats en uniformes noirs. Au loin se profilaient la zone des mélèzes, un peu plus claire, tout aussi régulière et martiale, puis le gris-vert des alpages du Mercantour et, plus
15 haut encore, les pics rocheux dénudés. On allait vers l'austérité. Elle souffla un peu en se laissant descendre sur Saint-Étienne, dernier village avant de quitter la vallée et d'entamer l'ascension du Massif. Dernier poste habité, où l'on ferait mieux de s'in-cruster, pensa Camille. Deux mille mètres à grimper en
20 bétaillère en vingt-cinq kilomètres, ça n'allait pas être une par-tie de plaisir.

Camille s'arrêta à la sortie de Saint-Étienne, attrapa la bou-teille d'eau, but lentement puis laissa pendre ses bras pour les

---

1. Des forêts.

reposer. Elle n'était pas sûre de pouvoir tenir le camion dans des
25 conditions pareilles. Elle n'aimait pas beaucoup les précipices et
se sentait en limite de ses capacités physiques.

Ni Soliman ni le Veilleux ne parlaient. Ils épiaient la montagne, et elle ne savait pas s'ils y cherchaient la silhouette torse[1]
du loup-garou ou s'ils s'inquiétaient d'y voir tomber la
30 bétaillère. Ils avaient l'air plutôt confiants et Camille en dédui-
sit qu'ils guettaient Massart.

Elle jeta un regard à Soliman, qui lui sourit.

– « Obstination », dit-il. « Action de s'attacher avec ténacité à
quelque chose. Entêtement. »

35 Camille démarra et la bétaillère quitta le village. Un panneau
leur signala qu'ils abordaient la plus haute route d'Europe, un
autre recommanda la prudence. Camille respira à fond. Ça
puait le chien, le suint et la sueur, mais cet écœurant mélange
domestique la réconforta.

40 Deux kilomètres plus loin, le camion s'engageait dans le
Mercantour. La route fut à peu près comme Camille le redoutait,
étroite et serpentine, mince filet incisé[2] au flanc de la montagne
comme une légère cicatrice. La bétaillère se glissait lentement sur
cet escarpement, dans un grand bruit de ferraille, soufflant dans
45 les reprises des tournants en épingle à cheveux. Camille frôlait de
l'aile droite la paroi rocheuse, presque verticale, et de l'autre, elle
dominait tout l'à-pic. Elle détournait son regard du vide, guet-

---

1. Tordue.
2. Coupé dans le flanc.

tant les bornes d'altitude sur le bas-côté de la route. À deux mille
mètres, les arbres commencèrent à se clairsemer et le moteur à
50 chauffer, faute d'oxygène. Camille, mâchoires serrées sous l'effort, surveillait l'indicateur de température. Il n'était pas dit que
le camion tienne. Du costaud, avait assuré Buteil, qui baladait
sans peine la bétaillère d'alpage[1] en alpage. Elle n'aurait pas refusé
son coup de main pour achever la montée vers le col.

55   Deux mille deux cents mètres, extinction des derniers
mélèzes rachitiques[2], début des pâturages tendus comme des
tapis sur les pentes grises. Âpre beauté bien sûr, mais monde
désertique de géants et de silence, où l'homme, pire encore son
mouton, semblait hors de proportion. De loin en loin appa-
60 raissaient de vieilles bergeries aux toits de tôle, isolées sur les
flancs des herbages. Camille jeta un coup d'œil au Veilleux. Il
était presque somnolent, sous l'ombre de son chapeau clair,
aussi tranquille qu'un marin sur le pont d'un bateau. Elle l'ad-
mira. Ça l'épatait qu'il ait pu passer sa vie dans ces lieux
65 immensément vides, cinquante ans durant, pas plus gros qu'un
pou courant sur le dos d'un mammouth, sans plus s'en faire
que cela. On disait toujours d'un ton mauvais que Massart
n'avait pas eu de femme, mais le Veilleux non plus n'en avait
pas eu, et personne n'en parlait. Toujours tout seul dans les
70 montagnes. Deux mille six cent vingt-deux mètres. Camille
dépassa en douceur deux cyclistes à bout de forces, personne ne

1. Pâturage de montagne.
2. Très maigres.

les oblige, et passa en première pour une ultime série de virages montant vers le col. Les muscles lui brûlaient la poitrine.

– « Sommet », annonça alors Soliman, rompant le silence. « Le haut, la partie la plus élevée. Degré suprême, perfection, point culminant. » Gare-toi à la cime, Camille, ajouta-t-il. Il y a un parking.

Camille hocha la tête.

Elle amena le camion jusqu'à l'ombre, coupa le moteur, laissa tomber les bras, ferma les yeux.

– « Relâche », dit Soliman au Veilleux. « Interruption dans un travail, un exercice. Repos, intermittence. Suspension momentanée des représentations. » Descends, on va faire à dîner pendant qu'elle souffle un peu.

Ce n'était pas si facile de se sortir du camion et Soliman donna un coup de main au berger, le portant presque pour lui faire descendre les deux marches.

– Ne me traite pas comme un vieillard hors d'usage, dit le Veilleux d'un ton sec.

– T'es pas hors d'usage. T'es un type très vieux, très raide et pas mal bousillé et si je ne t'aide pas, tu vas te casser la gueule. Après, on t'aura sur le dos tout le voyage.

– Tu m'emmerdes, Sol. Lâche-moi maintenant.

Une heure plus tard, Camille rejoignit les deux hommes qui dînaient dehors, assis sur les pliants, de part et d'autre de la caisse en bois. Le jour commençait à baisser. Elle jeta un regard circulaire aux environs, cimes et pins jusqu'au bout des points de fuite. Pas un hameau, pas une baraque, pas un homme qui

bouge dans ce domaine des loups. Les deux cyclistes passèrent
à cet instant sur la route du col.

– Voilà, dit-elle, on est tout seuls.

– On est trois, dit Soliman en lui tendant une assiette.

– Plus Ingerbold, ajouta Camille.

– Interlock, corrigea Soliman. Machine à tricoter un tissu à
mailles.

– Oui, dit Camille. Excuse-moi.

– On est quatre, rectifia le Veilleux.

Assis tout droit sur son tabouret, il étendit un bras vers les
alpages.

– Nous, et lui, dit-il. Il est par là. Il se terre, il attend. Dans
une heure, dès qu'il fera sombre, il se mettra en route avec ses
bêtes. Il cherchera de la viande, pour elles et pour lui.

– Tu crois qu'il mange aussi la viande des brebis tuées ?
demanda Soliman.

– Forcément qu'il boit au moins le sang, affirma le Veilleux.
On a oublié de sortir le pinard, ajouta-t-il aussitôt. Va le chercher, Sol. J'en ai apporté toute une caisse, derrière la bâche des
toilettes.

Soliman revint avec une bouteille de blanc sans étiquette. Le
Veilleux la présenta sous les yeux de Camille.

– Le vin du village, expliqua-t-il en sortant un tire-bouchon
de sa poche, le blanc de Saint-Victor. Intransportable. Ça vous
tient en vie, une sorte de miracle. Bon pied, bon cul, bon œil.
Il nous faut rien d'autre.

Le Veilleux porta la bouteille à ses lèvres.

– T'es pas un vieux berger solitaire, ici, dit Sol en lui retenant le bras. T'as de la compagnie. Bois pas comme un dégueulasse. À partir de ce soir, on boit dans des verres.

– J'aurais partagé, de toute façon, dit le Veilleux.

130 – Il s'agit pas de ça, dit Soliman. On boit dans des verres.

Le jeune homme en donna un à Camille qui le tendit au Veilleux.

– Gaffe, dit le Veilleux en versant le vin, il est piégeux.

C'était un vin au goût inhabituel, sucré, un peu pétillant, qui
135 avait chauffé dur dans le camion. Camille ne put décider si ça les raviverait tout au long de la route ou si ça les tuerait en trois jours. Elle tendit son verre pour en avoir une seconde ration.

– Piégeux, répéta le Veilleux en levant un doigt.

– On va s'installer là à tour de rôle, dit Soliman en montrant
140 du bras un pic rocheux sur leur droite. On voit toute la montagne. Camille prend la première garde jusqu'à minuit et demi, puis moi. Je vous réveille à cinq heures moins le quart.

– La jeune fille devrait dormir, dit le Veilleux. Elle a toute la montagne à descendre, demain.

145 – C'est juste, dit Soliman.

– Ça ira, dit Camille.

– On n'a pas le fusil, dit le Veilleux en jetant un regard de rancune à Camille. Qu'est-ce qu'on fait si on le voit ?

– Il ne passera pas par la route du col, dit Soliman, il passera
150 par un sentier à l'écart. Tout ce qu'on peut espérer, c'est l'apercevoir ou l'entendre. En ce cas, on saura à une heure près quand l'attendre à Loubas.

Le Veilleux se leva en s'appuyant sur son grand bâton, plia son tabouret de toile, le glissa sous son bras.

155 — Je vous laisse le chien, jeune fille, dit-il à Camille. Interlock défend les femmes.

Il lui serra la main, très droit, comme un partenaire se séparant après un match, et grimpa dans le camion. Soliman lui jeta un regard soupçonneux, et le suivit.

160 — Eh, dit-il en montant derrière lui. Dors pas à poil. T'as pensé à ça ? Dors pas à poil.

— Je fais ce que je veux dans mon lit, Sol. Merde.

— Tu ne seras pas dans ton lit, tu seras sur ton lit, tellement on étouffe dans cette foutue bétaillère.

165 — Et après ?

— Après, elle traversera le camion pour aller dormir. Elle est pas obligée de te voir à poil.

— Et toi ? demanda le Veilleux, méfiant.

— Moi pareil, dit Soliman avec hauteur. Je mettrai un truc.

170 Le Veilleux soupira, s'assit sur le lit.

— Si ça peut te faire plaisir, dit-il. T'es un gars drôlement compliqué, Sol. On se demande où c'est que tu as pris ces manières.

— « Civilisation », dit Sol.

175 Le Veilleux le coupa d'un geste.

— Ferme-la deux minutes avec ce putain de dictionnaire.

Soliman descendit du camion. À quelques mètres, Camille, debout, scrutait l'horizon qui s'obscurcissait. Elle était de profil, les mains coincées dans les poches arrière de son pantalon.

180 Ligne du visage limpide, menton net, cou dégagé, cheveux sombres taillés sur la nuque. Il avait toujours trouvé Camille délicate, pure, presque parfaite. L'idée de dormir si près d'elle le troublait. Il n'y avait pas pensé avant le départ. Camille serait chauffeur, et Soliman n'avait pas songé une seconde à coucher
185 avec le chauffeur. Mais une fois le camion à l'arrêt, Camille cessait d'être chauffeur pour être juste une femme qui s'endort sur le drap à deux mètres de vous, séparée par une simple bâche, et ce n'est pas grand-chose, une bâche. Alors qu'une femme comme Camille sur un lit à deux mètres de vous, c'est
190 immense.

Camille tourna la tête.

– Tu sais s'il y a de l'eau ou quelque chose d'approchant, dans le coin ? demanda-t-elle.

– Autant que tu veux, dit Soliman. À cinquante mètres à
195 gauche, tu as une source et une retenue. On s'y est lavés pendant que tu dormais. Vas-y avant que le froid n'arrive vraiment.

L'idée soudaine que Camille puisse ôter cette veste, ce jeans et ces bottes lui serra le ventre. Il l'imagina se rinçant dans cette rivière, à cinquante mètres de là, pâle dans l'obscurité, affaiblie
200 par la nudité. Sans bottes, sans veste, sans tee-shirt et sans camion, Camille lui semblait devenir aussi vulnérable[1] que si un roc la protégeant se déplaçait brusquement. Désarmée, donc accessible. Ce n'est pas grand-chose, cinquante mètres.

Presque accessible. Tout, toujours, est dans ce presque. Si on

---

1. Fragile ; qui peut être blessée.

205 parcourait ces cinquante mètres qui vous séparent de la fille nue
à la rivière sans se soucier de rien, et que la fille nue soit
contente de vous voir, pas mal des problèmes de la planète
seraient simplifiés. Mais ça ne marche pas comme ça. Jamais.
Ces cinquante derniers mètres sont d'une inconcevable com-
210 plication, au départ, à l'arrivée, au milieu. Rien ne va.

Camille passa devant lui, une serviette autour des épaules.
Soliman, assis en tailleur au sol, serra ses bras autour de ses
genoux.

Presque accessible. Les cinquante derniers mètres les plus
215 compliqués du monde.

19

Arrivé la veille au soir en Avignon, Jean-Baptiste Adamsberg avait trouvé un recoin idéal, de l'autre côté du Rhône, pour aller faire tanguer[1] ses pensées. Où qu'il soit, une sorte de maître-instinct lui permettait de repérer en quelques heures les recoins nécessaires à sa survie. Il ne s'en faisait donc jamais, quand il voyageait, sur l'endroit où il allait atterrir. Il savait qu'il trouverait. Ces recoins de survie se ressemblaient un peu tous, quels que soient le relief, le climat, la végétation de l'endroit, que ce fût ici, en Avignon, ou à l'autre bout du monde. Il s'agissait de trouver un lieu assez vide, assez sauvage, assez dissimulé pour que son esprit puisse se distendre[2] sans contrainte, mais assez modeste aussi pour qu'on ne soit pas obligé de regarder ce lieu, de lui dire qu'il est beau. Les paysages à vous couper le souffle sont très gênants pour la pensée. On est obligé de s'occuper d'eux, on n'ose pas s'asseoir dessus sans un minimum d'égards.

Adamsberg avait passé la journée entière dans les locaux du commissariat d'Avignon, à encercler cet homme d'affaires résistant, le beau-frère du jeune garçon assassiné rue Gay-Lussac. Le commissaire n'avait pas encore abattu son jeu, c'était trop tôt. Il avait mené le gars dans une conversation fluide, onctueuse[3], qui avait fait dériver le type bien plus loin qu'il ne l'aurait sou-

---

1. Balancer.
2. Se développer.
3. Douce, mielleuse.

haité, comme un canot s'éloigne insensiblement du rivage,
vague après vague. Et quand le type regarde, c'est trop tard,
25 c'est trop loin, il ne peut plus revenir à la grève[1]. Adamsberg
procédait souvent de la sorte lors d'interrogatoires difficiles,
appliquant cette méthode enveloppante qu'il n'avait jamais su
exposer, ni même nommer, même quand un collègue aussi cher
que Danglard lui en avait demandé les rudiments.

30   Il ne savait pas. Il l'appliquait, c'est tout, parce que avec certains types, il n'y avait pas d'autres méthodes envisageables.
Quels types? Eh bien, des types dans le genre de ce type
d'Avignon par exemple.

Pour le moment, l'homme se rendait encore vaguement
35 compte que le commissaire l'emmenait là où il ne devait surtout pas aller, dans des eaux dangereuses où il n'avait plus pied.
Il réagissait. Il se défilait par à-coups. Adamsberg estimait avoir
encore besoin d'une douzaine d'heures pour pouvoir le déséquilibrer et le vaincre. Quand il l'entendrait avouer le meurtre
40 du jeune homme, il éprouverait cette joie brève qui naissait en
lui chaque fois que l'intuition[2] entrait en contact avec la raison.
Adamsberg sourit. Il doutait souvent, mais pas sur cette affaire.
Le type boirait la tasse, c'était une question de temps.

Assis dans l'herbe au bord du Rhône, à l'écart d'une petite
45 route qui longeait la berge, dans une sorte de clairière à l'horizon bouché par des haies de saules, Adamsberg plongeait dans

---

1. Bord.
2. Connaissance qui n'utilise pas la raison.

la rivière une longue branche et luttait du bout de cette branche contre le courant. Le flux se rompait avant l'obstacle, se reconstituait après, des feuilles mortes passaient en courant dessus ou
50 dessous la branche. Bien sûr, cela n'allait pas l'occuper toute la vie.

Il avait appelé Paris. Sabrina Monge n'avait encore rien tenté pour connaître son refuge. N'ayant pas vu le commissaire rentrer chez lui la veille, elle avait laissé une de ses jeunes esclaves
55 à son poste et établi son campement non loin de la seconde sortie, par les caves. L'autre esclave les ravitaillait toutes deux. Mais, avait dit Danglard, Adamsberg n'étant apparu ce matin ni par l'un ni par l'autre de ces deux accès, elle avait l'air de commencer à s'en faire.

60   – Elle se fait même un sacré souci, avait dit Danglard. On ne sait plus, à force, si elle veut vous tuer ou vous épouser.

Adamsberg, lui, ne se faisait aucun souci. Sabrina Monge voulait le tuer.

Il leva la branche hors du fleuve, consulta sa montre inté-
65 rieure. Entre huit heures vingt et la demie. Il avait oublié d'écouter la radio à huit heures.

Il était donc sans nouvelles du grand loup.

Il déposa la branche le long de la berge, un peu dissimulée dans l'herbe. Il serait peut-être content de la revoir demain, qui
70 sait, qui peut dire. C'était une longue et solide branche, très pratique pour discuter paisiblement avec les fleuves. Il se leva, frotta vaguement son pantalon froissé pour le débarrasser des

herbes. Il irait manger quelque chose en ville, retrouver du bruit, du monde, peut-être une tablée d'Anglais, avec de la

75 chance.

Il secoua la tête. Il était un peu désolé d'avoir raté le grand loup.

BIEN LIRE

L. 44-71 : Que peut représenter la branche ?

20

Assise jambes croisées sur un méplat de la roche, le chien couché sur ses bottes, Camille regardait la nuit envelopper le Mercantour. Partout où cherchait son regard, les montagnes opposaient leurs masses noires et compactes, somptueuses et
5 sans espoir.

Tôt ou tard, il faut sortir de la montagne. Tôt ou tard, Massart serait hors de sa protection. Sans doute. L'hypothèse du garage de Loubas était intéressante. Mais peut-être se trompaient-ils tous. Peut-être Massart ne suivrait-il aucune route, ni
10 ne chercherait aucune voiture. Peut-être resterait-il enfoui à jamais dans le Mercantour. Maintenant que Camille avait sous les yeux ce vaste territoire aussi désert qu'aux premiers temps du monde, elle croyait cela possible. Soixante-dix kilomètres de roches et de forêts presque vierges, mais combien en en comp-
15 tant toutes les montées et les descentes, et tous les flancs et toutes les facettes ? Cent fois plus, mille fois plus. Il y avait là pour Massart un pays immense et vide, où il n'aurait qu'à tendre les crocs pour puiser de l'eau, de la viande et des victimes en abondance.

20 Mais il y avait le froid. Camille se serra dans sa veste. À présent que la nuit était tombée, il ne faisait plus que dix degrés, et il en ferait six vers quatre heures du matin, avait annoncé le Veilleux. Et on était fin juin. Elle tendit le bras vers la bouteille de blanc de Saint-Victor, s'en versa un fond de verre. Massart

₂₅ pouvait-il tenir avec le froid ? Des mois entiers sous la neige ?
Sans autre habitat que la fourrure des loups ? Il pourrait faire du
feu, mais le feu le ferait repérer.

Donc, il aurait froid. Donc, il sortirait du Mercantour, tôt ou
tard. Mais pas forcément demain, à Loubas, comme le Veilleux
₃₀ et Soliman en avaient l'air convaincu. Leur assurance surprenait
Camille. Ils ne semblaient douter ni de leur réussite ni de la
qualité de leur entreprise. Alors qu'à ses yeux, cette poursuite
paraissait par moments sensée, défendable, et parfois bancale et
sans esprit.

₃₅ Massart ne sortirait peut-être du Massif qu'au moment des
premiers froids, en octobre. D'ici là, quatre mois, est-ce qu'ils
camperaient dans la bétaillère aux portes de Loubas ? Personne
n'en parlait, personne n'évoquait l'incertitude de cette traque.
On aurait suivi un loup équipé d'un émetteur qu'on n'aurait
₄₀ pas été plus assuré. Camille secoua la tête dans la nuit, remonta
le col de sa veste, avala une gorgée de vin piégeux. Elle n'était
pas du tout assurée, elle. Elle ne voyait pas venir l'histoire de la
manière aisée avec laquelle le vieillard et l'enfant la déroulaient.
Elle voyait quelque chose de plus sombre, de plus chaotique[1],
₄₅ quelque chose de plus terrible au fond que ce pistage prédéter-
miné auquel ils s'accrochaient tous, carte en main.

Et quelque chose de dangereux. Camille porta les jumelles à
ses yeux. On ne voyait rien, dans ce noir d'encre des pentes
rocheuses. Massart pouvait se glisser à dix pas d'elle, avec le

---

1. Terriblement désordonné.

50 loup, sans même qu'elle l'aperçoive. Le chien la rassurait. Il sentirait l'approche du groupe bien avant qu'il ne soit sur elle. Camille passa ses doigts dans son pelage. C'était un chien qui puait le chien, bien sûr, mais elle lui était reconnaissante d'être vautré sur ses bottes. Comment s'appelait ce chien, au fait ?
55 Inberbolt ? Instertock ? C'était étrange, cette manie qu'il avait de se coucher sur les chaussures des gens.

Elle alluma la lampe, jeta un coup d'œil à sa montre, l'éteignit. Dans un quart d'heure, elle réveillerait Soliman.

La main gauche autour du chien, la main droite autour du
60 verre, elle fixa la montagne, droit dans les yeux. La montagne, elle, ne prenait pas la peine de la regarder. Elle l'ignorait, superbement.

BIEN LIRE | **L. 42-49 :** Quels différents sens donner au verbe « voir » ?

21

La descente du Mercantour, dans le demi-jour de l'aube, ne fut pas plus facile que l'ascension, et presque aussi longue. Un peu avant six heures du matin, Camille, les bras et le dos douloureux, arrêta la bétaillère à trente mètres du garage du cousin, à Loubas. Il n'y avait plus qu'à attendre que Massart émerge.

Personne n'avait aperçu sa silhouette dans la montagne, le chien n'avait pas grondé de la nuit. Massart était sans doute passé très au large, avait suggéré le Veilleux.

Camille descendit pour préparer du café à l'arrière. Les yeux lui piquaient un peu. Le Veilleux avait, lui semblait-il, beaucoup ronflé pendant les cinq heures de sommeil commun, mais ça ne l'avait pas tellement gênée. Elle n'avait pas mal dormi, tout compte fait, sur ce vieux lit à ressorts, dans ce camion entièrement graissé au suint de mouton. À la fraîche, l'odeur n'était pas partie pour autant. Cette histoire d'odeur qui s'envole, c'était tout simplement un rêve de Buteil, une fable, comme celle des tapis volants. Elle gardait de la nuit le souvenir d'un rêve menaçant, et de chocs autour du camion. Quelqu'un qui touchait au camion. Mais rien n'avait bougé dans la bétaillère et Soliman, qui avait fait la garde à vingt pas de là, n'avait rien vu. Irvektor non plus, ou quel que soit son nom. Peut-être le Veilleux qui s'était levé, victime d'une insomnie. Il avait dit que certaines nuits, il lui arrivait de rester debout jusqu'à l'aube, au milieu de ses moutons. Camille emporta la cafetière pleine, du sucre et trois tasses en fer.

– Qu'est-ce qu'on entend, au juste, par « suint » de mouton ? demanda-t-elle en remontant dans la cabine. De la sueur ? Du suif ?

– « Suint », répondit aussitôt Soliman. « Humeur onctueuse qui suinte du corps des bêtes à laine. »

– Ah. Merci, dit Camille.

Soliman ferma la bouche comme on ferme un livre et tous trois, tasse en main, fixèrent à nouveau leur regard sur la porte en tôle du garage. Soliman voulait que six yeux veillent plutôt que deux. Si une voiture s'éjectait rapidement, ils ne seraient pas de trop pour capter les détails essentiels. Soliman avait distribué les parts : Camille devait regarder le visage du conducteur, et rien d'autre, le Veilleux devait relever la marque et la couleur de la voiture, et lui-même le numéro de la plaque. Ensuite, on ajusterait les éléments ensemble.

– Au début du monde, commença Soliman, l'homme avait trois yeux.

– Merde, dit le Veilleux. Nous assomme pas avec tes histoires. Tiens-toi tranquille.

– Il voyait tout, continua Soliman, imperturbable. Il voyait très loin, très clair, il voyait la nuit, et il voyait les couleurs qui sont en dessous du rouge et par-dessus le violet. Mais il ne voyait rien dans les pensées de sa femme, et cela rendait l'homme très mélancolique, et parfois fou. Alors l'homme alla supplier le dieu du marais. Celui-ci le mit en garde mais l'homme le supplia tant que le dieu, lassé, accéda à son désir. De ce jour, l'homme n'eut plus que deux yeux et vit dans les

pensées de sa femme. Et ce qu'il y découvrit l'étonna tellement
qu'il n'y vit plus clair dans le reste de l'univers. C'est pour cela
qu'aujourd'hui, les hommes voient mal.

Camille se retourna vers Soliman, un peu déconcertée.

– Il les invente, dit le Veilleux d'un ton hostile et las. Il
invente des foutues histoires africaines pour expliquer le
monde. Et ça explique rien du tout.

– On ne sait jamais, dit Camille.

– Rien du tout, répéta le Veilleux. Au lieu de ça, ça le complique.

– Ne quitte pas le garage des yeux, Camille, dit Soliman. Ça
ne complique pas, ajouta-t-il en se tournant vers le Veilleux. Ça
dit juste pourquoi on doit se mettre à trois pour ne voir qu'une
seule chose. C'est pour clarifier.

– Tu penses, dit le Veilleux.

À dix heures, aucune voiture n'était apparue. Camille, le dos
fatigué, avait pris la liberté d'aller faire quelques pas sur la petite
route. À midi, le Veilleux lui-même commença à se décourager.

– On l'a raté, dit Soliman d'une voix sombre.

– Il est déjà passé, dit le Veilleux. Ou il est encore là-haut.

– Il peut rester des semaines là-haut, dit Camille.

– Non, dit Soliman. Il va bouger.

– S'il a une voiture, il n'est plus forcé de se déplacer de nuit.
Il peut rouler de jour. Il peut sortir de ce garage à cinq heures
du soir comme il peut en sortir à l'automne.

– Non, répéta Soliman. Il se déplacera de nuit et il dormira

le jour. On pourrait entendre ses bêtes, le loup qui hurle. C'est
80 trop risqué. Et puis c'est un homme de la nuit.

– Alors qu'est-ce qu'on attend ici, en plein midi? dit
Camille.

Soliman haussa les épaules.

– «Espérance», dit-il.

85 – Allume la radio, coupa Camille. Il n'a pas attaqué dans la
nuit de mardi à mercredi, il l'a peut-être fait cette nuit. Cherche
une station régionale.

Soliman manœuvra le bouton de la radio pendant un bon
moment. Le son allait et venait, l'émission crépitait[1].

90 – Putain de montagnes, dit-il.

– Respecte les montagnes, dit le Veilleux.

– Oui, dit Soliman.

Il capta une station, écouta en sourdine, puis monta le son.

– C'est pour nous, murmura-t-il.

95 *... térinaire qui avait examiné les précédentes victimes s'estime*
fondé à croire qu'il s'agirait du même animal, un loup de taille peu
commune. L'animal avait, on s'en souvient, attaqué plusieurs ber-
geries au cours des jours passés et causé la mort de Suzanne
Rosselin, une habitante de Saint-Victor-du-Mont qui avait tenté
100 *de l'abattre. Cette fois, c'est à la Tête du Cavalier, dans le canton*
de Fours, Alpes-de-Haute-Provence, que le loup aurait, au cours de
la nuit dernière, renouvelé ses méfaits, s'en prenant à cinq des bre-
bis du troupeau. Les gardes du Parc naturel du Mercantour s'ac-

---

1. Faisait entendre des bruits secs.

cordent à croire qu'il s'agirait d'un jeune mâle en quête de terri-
105 *toire et escomptent que d'ici...*

Camille tendit vivement le bras pour attraper la carte.

— Montre-moi où est cette Tête du Cavalier, dit-elle à Soliman.

— De l'autre côté du Mercantour, tout au nord. Il a passé le
110 Massif.

Soliman déplia la carte avec de grands gestes, la posa sur les genoux de Camille.

— Là, dit-il, dans les alpages. C'est sur la route rouge, celle qu'il a tracée, à deux kilomètres en retrait de la départementale.

115 — Il est devant nous, dit Camille. Bon sang, il est huit kilomètres devant nous.

— Merde, dit le Veilleux.

— Qu'est-ce qu'on fait ? dit Soliman.

— On lui colle au cul, dit le Veilleux.

120 — Une seconde, coupa Camille.

Sourcils froncés, elle monta à nouveau le son de la radio qui grésillait en sourdine. Soliman voulut parler mais Camille étendit la main.

— Une seconde, répéta-t-elle.

125 *... qui, ne le voyant pas revenir, a alerté la gendarmerie. La vic-time, Jacques-Jean Sernot, retraité de l'Éducation nationale, âgé de soixante-six ans, a été retrouvée à l'aube, terriblement mutilée, dans un chemin de campagne à proximité du village de Sautrey, dans l'Isère. Son assassin lui aurait ouvert la gorge. Selon sa famille*

130 *et ses connaissances, Jacques-Jean Sernot était un homme paisible*
et les circonstances du drame sont pour l'instant inexpliquées. Une
enquête a été ouverte par le Parquet de Grenoble qui estime que les
éléments perm...

– Ce n'est pas pour nous, dit Soliman en sautant à bas du
135 camion. Sautrey, c'est un petit bled au bout du monde, au sud
de Grenoble.

– Comment fais-tu pour connaître tout le pays ?

– Le dictionnaire, dit Soliman en soulevant et décrochant
sans effort la lourde mobylette suspendue au flanc du camion.

140 – Montre-moi ça sur la carte, dit Camille.

– Là, dit Soliman en pointant son doigt. Ce n'est pas pour
nous, Camille. On ne va pas endosser tous les meurtres du
pays. C'est au moins à cent vingt bornes d'ici.

– Peut-être bien. C'est tout de même sur la route de Massart
145 et le type a été égorgé.

– Et après ? Égorgé, étranglé, c'est encore la meilleure
méthode quand tu n'as pas de flingue. Laisse tomber ce Sernot,
ne te disperse pas, ce sont les brebis qui nous intéressent. C'est
à la Tête du Cavalier qu'il est passé. Ils ont peut-être vu sa voi-
150 ture, là-bas.

Soliman poussa la mobylette sur quelques mètres pour la
faire démarrer.

– Prenez-moi à la sortie du village, dit-il, je vais faire trois
courses. Eau, huile, bouffe. On mangera en route.

155 « Prévoyance », dit-il en s'éloignant. « Faculté de voir
d'avance. Action en conséquence. »

À une heure trente, Camille laissa la bétaillère à l'entrée du Plaisse, le hameau le plus proche des pâturages de la Tête du Cavalier, en bordure de la départementale 900. Le Plaisse comp-
160 tait une vieille église au toit couvert de tôles, un café et une ving-taine de maisons déglinguées, faites de pierres, de planches et de réparations en parpaings. Le café survivait grâce aux dons des habitants, les habitants survivaient grâce à la présence magné-tique du café. Camille espéra qu'une voiture s'arrêtant la nuit en
165 bord de route avait de bonnes chances d'être aperçue.

Le Veilleux poussa la porte du café, la mine hautaine. Il était aux limites de son territoire depuis qu'on avait passé le col de la Bonette et la cordialité n'était pas de mise. Il convenait, avant tout contact éventuel, de tenir l'étranger à distance et de s'en
170 méfier. Il salua le patron d'un signe et son regard balaya la petite pièce sombre où six ou sept hommes déjeunaient. Il s'ar-rêta dans l'angle sur un homme aux cheveux aussi blancs que les siens, coiffé d'une casquette, voûté, les yeux fixes, le poing serré sur un verre de vin.

175 — Va chercher du blanc dans le camion, dit le Veilleux à Sol avec un signe de tête. Je connais ce type-là. C'est Michelet, le berger du Seignol, il transhume[1] souvent à la Tête du Cavalier.

Le Veilleux ôta son chapeau avec dignité, prit Camille par la main — la première fois qu'il la touchait — et, un peu altier[2], se
180 dirigea vers la table du berger.

---

1. Mène les troupeaux paître en montagne.
2. Fier ; qui prend de haut.

– Un berger qu'a eu une bête égorgée, dit-il à Camille sans la
lâcher, c'est plus le même homme. Il sera plus jamais le même
homme. Il est changé, et on peut rien y faire. Ça le rend mauvais à l'intérieur.

185   Le Veilleux s'assit à la table du berger voûté, tout en lui tendant la main.

– Cinq bêtes, hein ? dit-il.

Michelet lui lança un regard vide et bleu, où Camille lut un
vrai désespoir. Il leva simplement les cinq doigts de sa main
190 gauche, comme pour confirmer, pendant que ses lèvres for-
maient des mots silencieux. Le Veilleux lui posa la main sur
l'épaule.

– Des brebis ?

Le berger hocha la tête, serra les lèvres.

195   – Coup rude, dit le Veilleux.

Soliman entra à cet instant et posa la bouteille sur la table.
Sans un mot, le Veilleux prit le verre de Michelet, en vida le
contenu par la fenêtre ouverte d'un geste autoritaire et ouvrit sa
bouteille de blanc.

200   – Tu vas en avaler deux verres, dit-il. On causera après.

– Parce que tu veux causer ?

– Ouais.

– C'est pas tous les jours.

– Non. C'est pas tous les jours. Bois.

205   – C'est du Saint-Victor ?

– Ouais. Bois.

Le berger avala deux verres ballons et le Veilleux lui en remplit un troisième.

— Celui-là, tu le bois lentement, dit-il. Va chercher des verres pour nous, Sol.

Michelet suivit Soliman d'un regard désapprobateur. Il était de ceux qui n'avaient pas encore digéré qu'un Noir se mêlât de la Provence et des moutons. Si c'était ça, la relève, ça allait être propre. Mais il était assez avisé pour la boucler devant le Veilleux, parce qu'à cinquante kilomètres à la ronde, on savait que qui critiquerait Soliman goûterait du couteau du Veilleux.

Le Veilleux acheva de servir la tournée et posa la bouteille sur la table, aussi droite que lui.

— T'as vu quelque chose ? demanda-t-il.

— Que ce matin. Quand je suis remonté à l'alpage, je les ai trouvées par terre. Ce salopard les a même pas mangées. Il les a égorgées, voilà tout. Comme si ça l'amusait. C'est une bête cruelle, le Veilleux, très cruelle.

— Je sais, dit le Veilleux. Elle a eu Suzanne. C'était elle ? Tu le jurerais ?

— Sur ma tête. Des blessures comme mon bras, dit le berger en remontant sa manche.

— À quelle heure t'es descendu de l'alpage, hier ?

— Dix heures.

— T'as vu quelqu'un au village ? Une voiture ?

— D'étranger, tu veux dire ?

– Ouais.

– Personne, le Veilleux.

235　– Rien sur la route ?

– Rien.

– Tu connais Massart ?

– Le tordu du mont Vence ?

– Ouais.

240　– Je le vois par-ci par-là, à des messes. Il va pas à l'église par chez vous. Et il vient toujours à la procession de Saint-Jean.

– Bigot[1] ?

Michelet détourna le regard.

– Aux Écarts, vous respectez rien, ni Ève ni Adam. Pourquoi
245　tu cherches après Massart ?

– Il a disparu depuis cinq jours.

– Il y a un rapport ?

Le Veilleux hocha la tête.

– Tu veux dire ? La bête ? dit Michelet.

250　– On sait pas, justement. On cherche.

Michelet avala une gorgée de blanc, siffla entre ses lèvres.

– Tu l'as pas vu par ici ? demanda le Veilleux.

– Pas depuis la messe de l'autre dimanche.

– Raconte pour les processions. C'est un bigot ?

255　Michelet fit une grimace.

– Disons pis que ça. Superstitieux, quoi. Des salamalecs[2],
quoi. On se comprend.

---

1. Exagérément religieux.
2. Politesses forcées.

– On se comprend pas tant que ça. Mais je sais ce qu'on dit. Que c'est la viande qui lui aurait monté à la tête. Que son bou-
260 lot aux abattoirs, ça l'aurait tellement rongé qu'il serait tombé en dévotion[1].

– Ce que je peux te dire, c'est que le gars aurait mieux fait d'être moine. On dit qu'il a jamais touché une femme.

Le Veilleux resservit une tournée.

265 – Je l'ai pas vu rater une messe, continua Michelet. Quinze francs de cierges toutes les semaines.

– Ça fait beaucoup, en cierges ?

– Cinq, dit Michelet en levant les doigts de la main comme pour les brebis tuées. Il les dispose en M, comme ça, ajouta-t-
270 il en dessinant le motif sur la table. M comme « Massart », « Mon Dieu », « Miséricorde », je sais pas après tout, je lui ai pas demandé. Je m'en cogne. Des salamalecs, quoi. Il fait des pas compliqués dans le déambulatoire[2], en avant, en arrière, va savoir ce qui se trafique dans sa tête, quelque chose de pas très
275 chrétien, tu peux me croire, et puis il tripatouille le bénitier. Des salamalecs à en plus finir. On se comprend.

– Tu dirais qu'il est cinglé ?

– Pas cinglé, mais quand même touché. Quand même touché. Mais gentil. Jamais fait de mal à une mouche.

280 – Jamais fait de bien non plus, hein ?

– Non plus, admit Michelet. Il ne cause à personne, de toute manière. Qu'est-ce que t'en as à foutre qu'il soit perdu ?

---

1. Adoration.
2. Galerie qui tourne autour du chœur d'une église.

– On s'en branle qu'il soit perdu.

– Ben alors ? Pourquoi tu le cherches ?

285 – C'est lui qu'a bouffé tes brebis.

Michelet ouvrit grands les yeux et le Veilleux lui posa une main ferme sur le bras.

– Garde ça pour toi. Ça reste entre bergers.

– Tu veux dire ? Un garou ? murmura Michelet.

290 Le Veilleux fit un signe de la tête.

– Ouais. T'avais rien remarqué ?

– Un truc.

– Quoi ?

– Il a pas de poils.

295 Un silence s'établit entre les deux hommes, le temps que Michelet assimile l'information. Camille soupira et vida son verre de blanc.

– Et t'es après lui ?

– Ouais.

300 – Avec eux deux ?

– Ouais.

– Je connais pas la fille, dit Michelet d'un air de réprobation[1].

– C'est une étrangère, expliqua le Veilleux. Elle vient du nord.

305 Michelet adressa à Camille un signe distant avec sa casquette.

– Elle conduit la bétaillère, ajouta le Veilleux.

Michelet regarda Camille puis Soliman, méditatif. Il trouvait

---

1. Refus, condamnation.

le Veilleux singulièrement entouré. Mais il ne pouvait rien dire. Personne ne disait rien au Veilleux, ni à propos de Soliman, de
310 Suzanne, des femmes ou de quoi que ce soit d'autre. À cause du couteau.

Michelet le regarda remettre son chapeau en place, se lever.

– Merci, lui dit le Veilleux avec un bref sourire. Préviens les bergers. Dis-leur que le loup file vers l'est, sur Gap et Veynes,
315 puis qu'il remontera au nord, sur Grenoble. Qu'ils restent la nuit avec les bêtes. Et qu'ils prennent le fusil.

– On se comprend.

– Peut-être bien.

– Comment t'en sais autant sur lui ?

320 Le Veilleux négligea de répondre et se dirigea vers le bar. Soliman sortit pour aller faire de l'eau à la fontaine. Il était deux heures. Camille regagna le camion, s'installa sur son siège, alluma la radio.

Un quart d'heure plus tard, elle entendit Soliman enrouler le
325 tuyau de la pompe à l'arrière du camion, et le Veilleux fourgonner dans les bouteilles de blanc. Elle quitta la cabine, grimpa dans le camion, s'assit sur le lit de Soliman.

– On quitte ce patelin, dit le Veilleux en s'asseyant en face de Camille. Personne a vu personne. Pas de Massart, pas de voi-
330 ture, pas de loup.

– Que dalle, confirma Soliman en s'asseyant à son tour aux côtés de Camille.

La chaleur montait dans la bétaillère. Les bâches étaient relevées au-dessus des claires-voies, laissant passer un faible courant

335 d'air. Soliman regardait les mèches de cheveux se soulever sur le cou de Camille, comme une respiration.

– Il y aurait bien un truc, dit Soliman. Ce qu'a dit Michelet.

– Michelet est un rustre, dit le Veilleux avec hauteur. Il a été discourtois avec la jeune femme.

340 Il sortit son tabac, prépara trois cigarettes. Il lécha plusieurs fois le papier, colla, et en tendit une à Camille. Camille la porta à ses lèvres, avec une pensée pour Lawrence.

– Ce qu'il a dit de la bigoterie de Massart, reprit Soliman, son affaire de cierges. Possible que Massart ne puisse pas se pas-
345 ser des églises ni des cierges, surtout quand il a tué. Possible qu'il en ait planté quelque part en expiation[1].

– Comment tu saurais que c'est ses cierges ?

– Michelet dit qu'il les plante par cinq, en forme de M.

– Tu comptes faire toutes les églises sur la route ?

350 – Ce serait un moyen de le localiser. Il ne doit pas être très loin d'ici. Dix, quinze kilomètres à tout casser.

Camille réfléchit en silence, les bras sur les genoux, tirant sur sa cigarette.

– Moi, dit-elle, je crois qu'il est loin. Je crois que c'est lui qui
355 a tué le retraité dans ce village de Sautrey.

– Bon sang, dit Soliman, ce n'est pas le seul cinglé du pays. Qu'est-ce que tu veux qu'il ait à faire de ce retraité ?

– Ce qu'il a eu à faire de Suzanne.

– Suzanne l'avait percé, et il l'a piégée. Pourquoi veux-tu
360 qu'un retraité de l'Isère ait percé le loup-garou ?

---

1. Pour se repentir.

– Il a pu le surprendre.

– Le vampire ne tue que des femelles, bougonna le Veilleux. Massart ne s'intéresserait pas à des vieux types. Pas du tout, jeune fille.

365 – Oui. C'est ce que dit Lawrence aussi.

– Alors c'est réglé, dit Soliman. On va fouiller les églises.

– Moi, je vais à Sautrey, dit Camille, en écrasant sa cigarette sur le sol noir de la bétaillère.

– Eh, dit Soliman. Pas par terre.

370 Camille ramassa le mégot et le balança par la claire-voie.

– On ne va pas à Sautrey, dit Soliman.

– On y va, parce que c'est moi qui conduis. J'ai pris les informations de deux heures. Sernot a été égorgé d'une manière particulière, déchiré à la gorge avec on ne sait quoi. Ils parlent d'un 375 chien errant. Ils n'ont pas encore fait de lien avec le loup du Mercantour.

– Ça change pas mal de choses, murmura le Veilleux.

– Quelle heure c'était ? demanda Soliman en se levant. Ça ne peut pas être avant trois heures. Les brebis ont été égorgées ici 380 vers deux heures du matin, parole du vétérinaire.

– Ils n'ont pas précisé.

– Et le type ? Qu'est-ce qu'il faisait dehors ?

– On va aller demander, dit Camille.

22

Pour atteindre Sautrey, Camille dut faire grimper la bétaillère vers un nouveau col. Mais la route était moins ardue, plus large, plus droite, les tournants plus amples. La montagne avait perdu ses derniers lambeaux de Provence et, dix kilomètres avant le col de la Croix-Haute, ils étaient entrés dans une zone de brume froide et cotonneuse. Soliman et le Veilleux pénétraient en terre étrangère et ils l'examinaient avec intérêt et hostilité. La visibilité était réduite, le camion progressait lentement. Le Veilleux jetait des coups d'œil hautains aux maisons basses et longues, aplaties sur les versants sombres. Camille passa le col à quatre heures et atteignit Sautrey une demi-heure plus tard.

– Des tas de bois, des tas de bois, marmonna le Veilleux. Qu'est-ce qu'ils foutent avec tout ce bois ?

– Ils se chauffent presque toute l'année, dit Camille.

Le Veilleux secoua la tête, avec pitié et incompréhension.

Un peu avant huit heures du soir, le cafetier de Sautrey donna un tour de clef à sa porte. Un gros chien à poil ras lui courait dans les jambes. On allait bouffer.

– Tu vois, le chien, dit le cafetier, c'est pas ordinaire qu'une fille comme ça conduise un camion. Et ça peut rien amener de bon. Et les deux autres manches qui sont avec elle, tu crois pas qu'ils pourraient conduire, non ? C'est quand même une misère de voir ça. Hein, le chien ? Elle est pourrie cette bétaillère, c'est

inimaginable. Et la femme qui dort là-dedans, avec un Noir et
25 un vieux.

Le cafetier soupira, suspendit son chiffon sur le vaisselier.

– Hein le chien? reprit-il. Avec lequel tu crois qu'elle
couche? Parce que tu ne vas pas me dire qu'elle couche pas, je
le croirai pas. Avec le Noir peut-être bien. Elle est pas dégoûtée.
30 Le Noir, il la regarde comme si c'était une déesse. Qu'est-ce
qu'ils foutent ici tous les trois à emmerder le monde toute la
sainte journée avec leurs questions? En quoi ça les regarde, le
père Sernot? Tu sais pas? Eh ben moi non plus.

Il éteignit la dernière lumière et sortit en boutonnant sa
35 veste. La température était tombée sous les dix degrés.

– Hein le chien? C'est pas naturel, des gens qui posent
autant de questions sur un mort.

À cause du froid et du vent, Soliman avait dressé la table
dans le camion, sur la caisse qu'on avait coincée entre les deux
40 lits. Camille laissait Soliman se charger de la cuisine. C'était lui
qui s'occupait de la mobylette, du ravitaillement, de l'eau. Elle
tendit son assiette.

– Viande, tomates, oignons, annonça Soliman.

Le Veilleux déboucha une bouteille de blanc.

45 – Avant, commença Soliman, aux commencements du
monde, les hommes ne faisaient pas leur cuisine.

– Ah merde, dit le Veilleux.

– Et c'était comme ça pour toutes les bêtes de la terre.

– Oui, coupa le Veilleux en versant le vin. Adam et Ève ont
50 couché ensemble, et ensuite ils ont dû trimer et se faire à manger toute la vie.

– Pas du tout, dit Soliman. Ce n'est pas ça l'histoire.

– Tu les inventes, tes histoires.

– Et alors ? Tu connais un moyen de faire autrement ?

55 Camille frissonna, alla chercher un pull à l'arrière du
camion. Il ne pleuvait pas, mais la brume poissait le corps
comme un linge mouillé.

– Partout, la nourriture était à portée de leur main, conti-
nuait Soliman. Mais l'homme prenait tout pour lui et les cro-
60 codiles se plaignaient de sa voracité égoïste. Pour en avoir le
cœur net, le dieu du marais puant prit la forme d'un crocodile
et s'en alla contrôler la situation par lui-même. Après avoir
souffert la faim pendant trois jours, le dieu du marais convoqua
l'homme et lui dit : « Dorénavant, l'Homme, tu seras parta-
65 geux. » « Que dalle », lui répondit l'Homme. « J'en ai rien à
branler des autres. » Alors le dieu du marais entra dans une terrible colère et ôta à l'homme le goût du sang, de la chair fraîche
et de la viande crue. À dater de ce jour, l'homme dut faire cuire
tout ce qu'il portait à sa bouche. Ça lui prit beaucoup de temps
70 et les crocodiles eurent la paix dans leur royaume de la viande
crue.

– Pourquoi pas, dit Camille.

– Alors l'homme, humilié d'être devenu la seule créature à
manger cuit, repassa tout le boulot à la femme. Sauf moi,

75 Soliman Melchior, parce que je suis resté bon, parce que je suis resté noir, et ensuite parce que je n'ai pas de femme.

– Si tu veux, dit Camille.

Soliman retomba dans le silence, vida son assiette.

– Pas causants, les gens d'ici, observa-t-il.

80 Il tendit son verre au Veilleux.

– C'est parce qu'ils sont mouillés, dit le Veilleux en lui versant à boire.

– Ils ont pas lâché un mot.

– C'est parce qu'ils n'ont rien à dire, dit Camille. Ils n'en

85 savent pas plus que nous. Ils ont écouté la radio, rien de plus. S'ils savaient quelque chose, ils le diraient. Tu connais un être humain qui sait quelque chose et qui ne le dit pas ? Rien qu'un seul ?

– Non.

90 – Alors tu vois. Tout ce qu'ils savent, ils l'ont dit. Que le type avait été professeur à Grenoble, qu'il avait pris sa retraite ici depuis trois ans.

– Sa retraite ici, répéta le Veilleux, pensif.

– C'est le village de sa femme.

95 – Ça n'excuse pas.

– Tout s'enraye, dit Soliman. On croupit[1] ici comme une figue en bas de son arbre. Pas vrai ?

– On va pas rester coincés dans ces tas de bois, dit le Veilleux. On continue le roade-mouvie. On lui colle au cul.

---

1. Stagne ; pourrit.

100   – Dis pas tant de conneries ! cria Soliman. On sait même pas
où il est, le cul de Massart, bon sang ! S'il est ici, s'il est devant,
s'il est derrière ou à l'église !

   – T'énerve pas, mon gars.

   – Mais comprends, au moins ! Tu vois pas qu'on perd le fil ?
105 Qu'on n'a même pas de pelote ? Qu'on n'a pas moyen de savoir
si c'est Massart, oui ou merde, qu'a égorgé Sernot ? Si ça se
trouve, les flics savent déjà qui c'est, c'est peut-être son fils, c'est
peut-être sa femme ? Et qu'est-ce qu'on fait, nous, dans ce
camion ?

110 – On mange et on boit, dit Camille.

   Le Veilleux lui remplit son verre.

   – Attention, dit-il. Il est piégeux.

   – On ignore ! dit Soliman en s'échauffant. On ignore avec
patience et persévérance. On passe des paquets d'heures à igno-
115 rer. Et toute la nuit qui vient sera une longue nuit d'ignorance.

   – Calme-toi, dit le Veilleux.

   Soliman hésita, puis laissa retomber ses bras sur ses genoux.

   – « Ignorance », dit-il d'une voix plus posée. « Défaut général
de connaissance, manque de savoir. »

120 – C'est cela, dit Camille.

   Le Veilleux entreprit de rouler, lécher et coller trois cigarettes.

   – Faut lever le camp, dit-il. Il n'y a qu'à aller voir les flics qui
s'occupent de ce Sernot. Ils sont où ?

125 – À Villard-de-Lans.

   Soliman haussa les épaules.

– Tu te figures peut-être que les flics vont se grouiller de nous passer leur dossier ? Qu'ils vont se grouiller de nous raconter ce qu'a dit le médecin ? À moi ? À toi ? À elle ?

130 – Non, dit le Veilleux avec une grimace. Je pense qu'ils se grouilleront de nous demander nos papiers et qu'ils nous foutront dehors.

Il tendit une cigarette à Camille, une à Soliman.

– Et on ne peut pas leur dire qu'on court après Massart, pas

135 vrai ? continua Soliman. Qu'est-ce que tu crois que les flics font à un Noir, à un vieux et à une camionneur qui courent après un innocent pour lui dire trois mots ?

– Ils les bouclent.

– Exactement.

140 Soliman se tut à nouveau, aspirant la fumée.

– Trois ignorants, dit-il en secouant la tête, après quelques minutes. Les trois ignorants de la fable.

– Quelle fable ? demanda Camille.

– Une fable que je vais inventer et qui s'appellerait « Les trois

145 ignorants ».

– Ah oui.

Soliman se leva, marcha dans le camion, les mains dans le dos.

– Ce qu'il nous faudrait au fond, reprit-il, c'est un flic spé-

150 cial. Un flic extrêmement spécial. Un flic qui nous refile toute l'information sans nous emmerder et sans nous empêcher de courir après le vampire.

– Rêve pas tout debout, dit le Veilleux.

– Chimère, dit Soliman. « Idée fausse. Imagination vaine. »

155 – Ouais.

– Mais sans la chimère[1], on est foutus. Sans la chimère, on est bons à rien.

Le jeune homme alla ouvrir la porte du camion, jeta son mégot dehors. Camille ramassa le sien, le lança par la claire-160 voie.

– Je connais une chimère, dit-elle.

Camille avait parlé à voix presque basse. Soliman se retourna, la regarda. Penchée en avant, les coudes sur les genoux, elle faisait tourner son verre entre ses doigts.

165 – Non, dit-il. Je parlais d'un flic.

– Moi aussi.

– D'un flic spécial. De connaître un flic spécial.

– Je connais un flic spécial.

– Sans blague ?

170 – Sans aucune espèce de blague.

Soliman revint vers la caisse qui tenait lieu de table, la débarrassa, souleva le couvercle. À genoux, il en fouilla le contenu et en sortit un paquet de bougies.

– On n'y voit plus rien dans ce camion, dit-il.

175 Il fit couler de la cire dans une assiette, y planta trois bougies. Camille faisait toujours tourner le vin au fond de son verre.

La lumière des bougies allait bien à Camille. Son profil se découpait en ombre sur la bâche grise, à la tête du lit de

---

1. Monstre de la mythologie.

Soliman. Avec la nuit approchant, et la perspective de nouvelles
180 heures étendus de part et d'autre de la cloison de toile, Soliman
vacillait un peu. Il s'assit en face d'elle, à côté du Veilleux.

– Tu le connais depuis longtemps ?

Camille leva les yeux vers le jeune homme.

– Dix ans peut-être.

185 – Ennemi ou ami ?

– Ami, je suppose. Je n'en sais rien. Je ne l'ai pas vu depuis
des années.

– Spécial comment ?

Camille haussa les épaules.

190 – Différent, dit-elle.

– Pas vraiment comme les autres flics ?

– Pire. Pas vraiment comme les autres types.

– Ah bon, dit Soliman, un peu interloqué[1]. Comment il est
alors, comme flic ? Pas de scrupules ?

195 – Beaucoup de scrupules[2] et pas beaucoup de principes.

– Tu veux dire qu'il est pourri ?

– Non, pas du tout pourri.

– Alors quoi ?

– Alors spécial, je te dis.

200 – Fais pas répéter, dit le Veilleux.

– Et ils gardent ça, dans la police ?

– Il est doué.

– Comment il s'appelle ?

---

1. Surpris.
2. Hésitations.

– Jean-Baptiste Adamsberg.

205 – Vieux ?

– Qu'est-ce que ça vient faire ? interrompit le Veilleux.

Camille réfléchit, compta vaguement sur ses doigts.

– Dans les quarante-cinq.

– Il est où, ce flic spécial ?

210 – Au commissariat du 5e, à Paris.

– Inspecteur ?

– Commissaire.

– Carrément ?

– Carrément.

215 – Ce type, Adamsberg, il pourrait nous décoincer ? Il est puissant ?

– Il est doué, je t'ai dit.

– Tu pourrais l'appeler ? Tu sais comment le joindre ?

– Je n'ai pas l'intention de le joindre.

220 Soliman fixa Camille, surpris.

– Alors pourquoi tu me parles de ce flic ?

– Parce que tu me poses des questions.

– Et pourquoi tu ne veux pas le joindre ?

– Parce que je n'ai pas envie de l'entendre.

225 – Ah bon ? Pourquoi non ? C'est un salaud ?

– Non.

– C'est un con ?

Camille haussa une nouvelle fois les épaules. Elle passait et repassait le doigt à travers la flamme des bougies.

230 – Et alors ? dit Soliman. Pourquoi tu ne veux pas l'entendre ?

– Je t'ai dit. Parce qu'il est spécial.

– Fais pas répéter, dit le Veilleux.

Soliman se leva, exaspéré.

235 – C'est elle qui décide, rappela le Veilleux en touchant Soliman à l'épaule du bout de son bâton. Si elle veut pas voir le gars, elle veut pas voir le gars, c'est tout.

– Merde ! cria Soliman. Mais on s'en branle qu'il soit spécial ! Et l'âme de Suzanne, Camille ? dit-il en se tournant vers elle. Tu y penses, à l'âme de Suzanne ? Coincée pour l'éternité dans ce 240 fichu marigot puant avec les crocodiles ? Tu ne crois pas qu'elle est dans une position spéciale, Suzanne ?

– On n'est certain de rien, au sujet de ce marigot, observa le Veilleux. Je ne vais pas te le redire cent fois.

– Tu ne crois pas qu'elle compte sur nous, Suzanne ? conti-245 nua Soliman. Qu'à l'heure qu'il est, elle doit se demander ce qu'on est bien en train de trafiquer ? Si on l'oublie ou quoi ? Si on est pas en train de se remplir de vin en s'en fichant pas mal ?

– Non, Sol, je ne crois pas ça.

– Non, Camille ? Alors pourquoi t'es là ?

250 – Tu ne te souviens pas ? Pour conduire.

Soliman se redressa, s'essuya le front. Il s'énervait. Il s'énervait beaucoup trop contre elle. Peut-être parce qu'il la désirait et qu'il ne voyait pas comment parcourir ces fichus cinquante derniers mètres qui la séparaient d'elle. À moins que Camille ne fasse un 255 geste, mais elle n'en faisait aucun. Camille avait presque tous pouvoirs dans ce camion et c'était éreintant[1]. Le pouvoir de

---

1. Épuisant.

séduire, le pouvoir de conduire et le pouvoir de poursuivre, si seulement elle voulait bien appeler ce type spécial.

Un peu vaincu, Soliman se rassit.

260 – Ce n'est pas vrai que tu n'es là que pour conduire.

– Non.

– Tu es là pour Suzanne, tu es là pour Lawrence, tu es là pour Massart, pour le serrer avant qu'il en démolisse d'autres.

– Ça se peut, dit Camille en vidant son verre.

265 – Il en a peut-être déjà démoli un autre, dit Soliman avec insistance. Mais ça, on ne peut même pas le savoir. On ne peut même pas avoir le premier renseignement sur un vampire qu'on est seuls à connaître. Qu'on est seuls à pouvoir bloquer.

Camille se leva.

270 – Sauf si tu appelles ce flic, bien sûr.

– Je vais dormir, dit-elle. Donne-moi ton portable.

– Tu vas l'appeler ? demanda le jeune homme en s'éclairant.

– Non, je voudrais joindre Lawrence.

– Mais on s'en fout, du trappeur.

275 – Pas moi.

– Réfléchis quand même, Camille. L'hésitation est le luxe des sages. Tu veux connaître l'histoire de l'homme qui n'avait pas voulu hésiter ?

– Non, dit le Veilleux.

280 – Non, dit Camille. La sagesse m'ennuie.

– Alors, ne réfléchis pas. Agis. L'audace est le luxe des esprits forts.

Camille sourit, embrassa Soliman. Elle hésita devant le Veilleux, lui serra la main et disparut derrière la bâche.

285 – Merde, gronda Soliman.

– Résistante, commenta le Veilleux.

23

Camille se réveilla spontanément vers sept heures, signe majeur de tensions et de contradictions. Signe de vin piégeux aussi, c'était possible.

La veille au soir, elle avait pu joindre Lawrence et cela lui
5 avait plu d'entendre la voix du Canadien, quand bien même ce n'était que des fragments de voix. Au téléphone, Lawrence était plus monosyllabique[1] que jamais. Là-bas, dans le Mercantour, Crassus le Pelé restait introuvable. Presque tous les autres loups connus avaient été recensés sur leurs territoires mais le grand
10 Crassus manquait toujours à l'appel. Augustus dévorait toujours son comptant de garennes et Mercier s'étonnait que le vieux, avec les dents toutes foutues qu'il avait, tienne le coup aussi bien. « Tu vois, disait-il à Lawrence, quand on veut, on peut. » Et Lawrence acquiesçait[2] en silence. Le Canadien avait
15 appris avec inquiétude l'égorgement de Jacques-Jean Sernot. Oui, il avait pensé à Massart. Mais il n'aimait pas la tournure sauvage que prenait cette course à travers la montagne. Il n'aimait pas savoir Camille à quelques foulées de Massart, isolée dans ce camion, exposée. Il n'aimait pas, de toute façon, savoir
20 Camille enfermée dans ce camion puant avec ces deux types. Avec n'importe quel type et dans n'importe quel camion. Non, il n'était pas contre qu'un flic s'en mêle, au contraire. Tout ce

---

1. Qui n'emploie que des mots d'une syllabe.
2. Approuvait.

qu'on voulait depuis le début, c'était qu'un flic s'en mêle, non ?
Alors, si elle en connaissait un, qu'elle l'appelle, spécial ou pas
25 spécial, qu'est-ce que ça pouvait faire, tant qu'il était flic. Il
serait plus efficace qu'eux trois, si seulement il voulait bien s'intéresser à ce loup-garou. Si seulement. Et Lawrence était per-
suadé que l'ingérence[1] d'un flic mettrait un terme immédiat à
l'équipée de la femme, du vieillard et de l'enfant. Et c'était ce
30 qu'il souhaitait le plus. Il essaierait de les rejoindre demain soir
au camion, parler avec elle, dormir avec elle, qu'elle le pré-
vienne s'ils bougeaient.

Allongée sur le dos, Camille regardait le jour passer entre les
barres de la claire-voie et la poussière trembler dans les rayons
35 obliques. Dans cette poussière, il devait y avoir un tas d'autres
choses que les éléments ordinaires. Des micro-particules de foin,
de suint et de crottin en suspension, jouant dans la lumière de
l'aube. Ça faisait sûrement une poussière très consistante, un
mélange rare. Camille remonta la couverture sous son menton.
40 Il n'avait pas fait chaud cette nuit, dans ce village brumeux, il
avait fallu sortir les plaids[2] préparés par Buteil. Ça lui coûterait
quoi, d'appeler Adamsberg ? Que dalle, comme disait Soliman.
Elle se foutait d'Adamsberg, il avait disparu dans les trappes de
la mémoire, là où tout se pulvérise, se carbonise et se recycle,
45 comme dans les usines de traitement des matériaux, où on peut
fabriquer une chaise en rotin toute neuve avec un vieux tracteur.

---

1. Intervention.
2. Couvertures.

Au fond, Adamsberg avait été recyclé. Pas en chaise en rotin, non, sans doute pas, car Camille n'en avait pas l'usage. Mais en voyages, en partitions, en vis de 5/80, en Canadien, pourquoi
50 pas. La mémoire fait ce qu'elle veut avec les matériaux qu'on lui donne à la casse, ça la regarde, on n'a pas à fourrer son nez dans ses affaires. En tous les cas, de Jean-Baptiste Adamsberg, qu'elle avait tant aimé, il ne restait rien. Pas une vibration, pas un écho, pas un regret. Quelques images bien sûr, plates, désactivées.
55 Cette capacité de la mémoire à broyer sans merci êtres et sentiments avait, un moment, atterré Camille. Avoir passé tant de temps à se préoccuper d'un type qui se retrouvait transformé en vis de 5/80 avait de quoi laisser songeur. Et Camille avait été songeuse. Bien sûr, sa mémoire avait mis du temps à faire tout
60 ce boulot. Ça avait été incontestablement un très gros boulot. Des mois interminables de broyage et de concassage. Puis une songerie. Puis plus rien. Pas un sursaut, pas un cillement[1]. Quelques souvenirs d'un autre monde.

Alors, qu'est-ce que ça pouvait bien faire d'appeler
65 Adamsberg ? Rien. Sauf de l'ennui anticipé, de la lassitude à l'idée de remuer les loques inertes d'un passé étranger. De cette lassitude que l'on ressent lorsqu'il faut rebrousser chemin pour un truc aussi suant qu'un robinet de gaz à vérifier. Des détours, du temps perdu, du temps mort. La fatigue d'un inutile crochet
70 par les champs carbonisés de sa mémoire.

---

1. Battement de cil.

Mais Soliman, avec sa douleur affleurante[1], avec son regard persuasif, avec ses fables, ses contes et ses définitions, avait entamé les défenses de son égoïsme et, toute la nuit, Camille avait connu l'hésitation, le luxe des sages. Et toute la nuit, Massart et ses crocs, la grosse Suzanne, son nourrisson noir et son Veilleux étaient venus harceler[2] sa mauvaise volonté boudeuse.

Au matin, elle se retrouvait en impasse, vacillante sur la ligne de crête de l'hésitation, partagée en deux moitiés égales entre son refus de retourner vaincue aux Écarts et sa résistance maussade à l'idée de faire appel à Jean-Baptiste Adamsberg.

De l'autre côté de la bâche, Soliman et le Veilleux étaient levés. Elle entendit le jeune homme décrocher la mobylette, en quête de pain frais, sûrement. Puis le Veilleux qui passait sa chemise, son pantalon. Puis une odeur de café, et la mobylette qui revenait. Camille enfila sa veste, son jeans, et mit ses bottes avant de toucher le sol – on ne pouvait pas marcher pieds nus dans la bétaillère.

Soliman sourit en voyant Camille et le Veilleux lui désigna un tabouret du bout de son bâton. Le jeune homme lui emplit son bol, y laissa tomber deux sucres, lui coupa des tartines.

– Je vais me débrouiller maintenant, dit Camille.

– On a pensé, jeune fille, dit le Veilleux.

– On rentre, annonça Soliman. « Retour. Action de se dépla-

---

1. Qui fait surface.
2. Attaquer sans cesse.

⁹⁵ cer, de se mouvoir en sens inverse du mouvement précédent. »
Un retour n'est pas une défaite. Le dictionnaire est formel là-
dessus : il ne parle pas de défaite.

Camille fronça les sourcils.

– Ça ne peut pas attendre ? dit-elle. D'ici un jour ou deux, il
¹⁰⁰ y aura peut-être de nouvelles brebis. On saura où aller.

– Et alors ? dit Soliman. On aura toujours un temps de
retard. On est derrière lui. On ne pourra jamais le surprendre
si on reste derrière, pas vrai ? Faudrait être devant. Et pour être
devant, faudrait en savoir beaucoup plus long. On ne sert à
¹⁰⁵ rien. On le suit, on rampe, mais on ne peut pas le toucher. On
rentre, Camille.

– Quand ?

– Aujourd'hui, si tu te sens capable de repasser les cols. On
pourrait être ce soir aux Écarts.

¹¹⁰ – Au moins les bêtes seront contentes, murmura le Veilleux.
Elles ne mangent pas correctement quand je ne suis pas là.

Camille but son café, se passa la main dans les cheveux.

– Je n'aime pas ça, dit-elle.

– C'est comme ça, dit Soliman. Remets ton orgueil dans tes
¹¹⁵ bottes. Tu connais l'histoire des trois ignorants qui voulaient
percer le mystère de l'arbre aux cent vingt branches ?

– Si j'appelle ? dit Camille. Si j'appelle ce flic ?

– Si t'appelles ce flic, ce sera l'histoire des trois ignorants et
du type doué qui voulaient percer le mystère de l'homme sans
¹²⁰ poils.

Camille hocha la tête, resta songeuse pendant quelques minutes. Soliman mastiquait en tâchant de ne pas faire de bruit, le Veilleux, droit, les mains sur les genoux, observait Camille.

125   – J'appelle ce flic, dit-elle en se levant.

    – C'est toi qui conduis, dit Soliman.

BIEN LIRE

Quel constat Camille fait-elle à propos de son passé avec Adamsberg ?

Quelle est la vraie raison de sa décision d'appeler Adamsberg ?

24

– C'est moi qui le remplace, répéta le lieutenant Adrien Danglard pour la troisième fois au téléphone. C'est pour une plainte ? Vol ? Menace ? Agression ?

– C'est personnel, expliqua Camille. Strictement personnel.

Elle avait hésité sur le mot. Cela lui déplaisait de dire « personnel », comme si ce terme outrepassait[1] ses droits, créait un lien là où elle n'en souhaitait pas. Il y a des mots comme cela, des insoumis[2] qui empiètent sans cesse sur des terres qui ne leur appartiennent pas.

– Je le remplace, dit Danglard d'un ton neutre. Précisez-moi l'objet de votre appel.

– Je ne veux pas préciser l'objet de mon appel, dit tranquillement Camille. Je veux parler au commissaire Adamsberg.

– Personnel, hein ?

– C'est ce que j'ai dit.

– Vous êtes dans le 5ᵉ ? Vous appelez d'où ?

– D'un bord de route dans l'Isère, nationale 75.

– Ce n'est pas de notre ressort, dit Danglard. Faudrait contacter la gendarmerie locale.

Il attrapa une feuille de papier, y inscrivit un nom en grandes lettres, *Sabrina Monge*, et la tendit avec un signe de tête à son collègue, assis à sa droite. Du bout du crayon, il enclencha le haut-parleur.

---

1. Allait au-delà.
2. Révoltés.

Camille songea à raccrocher. L'occasion était offerte, l'inspecteur faisait blocus, le sort était contraire. On ne voulait pas lui
passer Adamsberg, elle n'allait pas se battre pour lui parler. Mais
Camille, pour peu qu'un combat fût engagé, était assez peu
douée pour le renoncement, léger défaut d'humilité[1] qui lui
avait souvent coûté de grosses dépenses d'énergie en pure perte.

— Je crois que vous ne me comprenez pas, dit-elle patiemment.

— Très bien, dit Danglard. Vous voulez parler au commissaire
Adamsberg. Mais on ne peut pas parler au commissaire
Adamsberg.

— Il est absent ?

— Il est injoignable.

— C'est important, dit Camille. Dites-moi où je peux le
trouver.

Danglard échangea un nouveau signe de tête avec son collègue. La fille Monge dévoilait ses batteries avec une impen-
sable naïveté. Elle prenait vraiment les flics pour des abrutis.

— Injoignable, répéta Danglard. Envolé, pulvérisé. Il n'y a
plus de commissaire Adamsberg. C'est moi qui le remplace.

Il y eut un silence au téléphone.

— Mort ? demanda Camille d'une voix incertaine.

Le lieutenant fronça les sourcils. Sabrina Monge n'aurait pas
eu cette intonation. Danglard était un homme fin. Il n'avait
entendu ni la méfiance ni la colère qu'il attendait de Sabrina.

---

1. Excès de modestie.

La fille qu'il avait en ligne était simplement incrédule[1] et
50 décontenancée.

Camille attendait, tendue, plus stupéfaite qu'anxieuse,
comme si elle apprenait que l'éternel roseau a fini par se
rompre. Impossible. Elle l'aurait lu dans la presse, elle l'aurait
su, Adamsberg était un type connu.

55 — Simplement absent, rectifia Danglard en changeant de ton.
Laissez-moi votre nom et vos coordonnées. Je lui ferai parvenir
un message et il vous rappellera.

— Ça ne marchera pas, dit Camille, dont la tension se relâcha. Le portable est en fin de charge et je suis en bord de route.

60 — Votre nom ? insista Danglard.

— Camille Forestier.

Le lieutenant se redressa sur sa chaise, congédia son collègue
d'un geste et éteignit le haut-parleur. Camille Forestier, la fille
de Mathilde, la fille unique de la Reine Mathilde. La fille
65 qu'Adamsberg tentait parfois, par moments, par périodes, de
localiser à la surface du globe, comme on cherche un nuage, et
puis qu'il oubliait. Il attrapa une nouvelle feuille, avec la ner-
vosité d'un gars parti à la pêche au gros depuis des jours et qui
sent brusquement la ligne tirer.

70 — Je vous écoute, dit-il.

Prudent, Danglard questionna Camille pendant près de
quinze minutes avant d'être convaincu de son identité. Il ne
l'avait jamais rencontrée mais il avait assez connu la mère pour

---

1. Qui ne croit pas.

pouvoir tester Camille sur quantité de détails que Sabrina
75 Monge, même très informée, n'aurait jamais pu obtenir. Et
Dieu que la mère était belle.

Camille raccrocha, saoulée par le flux[1] des questions de
Danglard. Adamsberg était protégé comme s'il avait une
colonne de tueurs aux fesses. Il lui semblait que le souvenir de
80 sa mère avait beaucoup fait pour briser le tir de barrage du lieutenant. Elle sourit. La Reine Mathilde était à elle seule un lais-
sez-passer, il en avait toujours été ainsi. Adamsberg était en
Avignon, elle avait le nom de l'hôtel et son numéro d'appel.

Pensive, Camille arpenta un long moment le bord de la
85 nationale. Elle discernait confusément Avignon sur la carte de
France, et cela ne lui semblait pas très loin. Aborder Adamsberg
de vive voix plutôt qu'au téléphone lui paraissait soudain hau-
tement préférable. Elle redoutait cet engin, inapte à véhiculer
toute situation un peu fine. Le téléphone était conçu pour la
90 conversation de gros et de demi-gros, en aucun cas pour le
détail. Et appeler un type qu'on n'a pas vu depuis des années,
un type sans doute aux abris, pour demander son aide dans une
hypothétique affaire de loup-garou qui n'intéressait personne,
semblait soudain une entreprise aléatoire, presque inepte[2]. Le
95 rencontrer offrait de meilleurs espoirs.

Soliman et le Veilleux l'attendaient à l'arrière du camion,
dans leur pose devenue coutumière, le jeune homme assis sur

---

1. Flot.
2. Qui n'a pas de sens, de but.

les marches métalliques, le berger droit debout à ses côtés, le chien calé sur ses pieds.

100 — Il est en Avignon, dit Camille. Je ne l'ai pas eu. J'imagine qu'on doit pouvoir y aller.

— Tu ne sais pas non plus où est Avignon ? dit Soliman.

— Je le sais par moments. C'est loin ?

Soliman consulta sa montre.

105 — On rejoint l'autoroute au sud de Valence, dit-il, et on se laisse couler le long du Rhône. On peut y être vers une heure. Tu ne veux pas appeler ?

— C'est mieux de le voir.

— Pourquoi cela ?

110 — Spécial, dit Camille en haussant les épaules.

Le Veilleux tendit la main vers Camille pour lui demander le portable.

— Il est presque cuit, dit Camille. Faudra le recharger.

— Ça ne durera pas longtemps, marmonna le Veilleux en 115 s'éloignant.

— Qui appelle-t-il ? demanda Camille à Soliman.

— Le troupeau. Il passe un petit coup de fil au troupeau.

Camille haussa les sourcils.

— Et qui décroche ? demanda-t-elle. Une brebis ? Mauricette ?

120 Soliman secoua la tête, agacé.

— Buteil, évidemment. Mais ensuite... Enfin... Buteil lui passe quelques bêtes. Il l'a déjà fait hier. Il appelle tous les jours.

— Tu veux dire qu'il parle aux moutons ?

– Évidemment. À qui d'autre ? Il leur dit de ne pas se faire
125 de mouron, de bien manger, de ne pas s'alanguir[1]. C'est surtout
à la brebis de tête qu'il cause. C'est normal.

– Tu veux dire que Buteil fourre l'écouteur dans l'oreille de
la brebis de tête ?

– Oh merde, oui, dit Soliman. Comment veux-tu qu'il fasse
130 autrement ?

– Ça va, dit Camille. Je n'essaie pas de t'énerver. Je me renseigne.

Elle observa le Veilleux, qui, sur le bord de la route, allait et
venait avec l'appareil, le visage attentif, accompagnant ses
135 paroles de gestes apaisants. Sa voix grave résonnait jusqu'à elle,
elle percevait des morceaux de phrases plus sonores comme
« Écoute ce que je te dis, ma vieille ». Soliman suivait le regard
de Camille.

– Tu crois qu'un flic pourra s'intéresser à tout ça ? demanda-
140 t-il avec un geste vague, semblant englober tout à la fois les
montagnes, eux trois et la bétaillère.

– Je me demande, murmura Camille. Ce n'est pas gagné.

– Je comprends, dit Soliman.

---

1. S'affaiblir.

BIEN LIRE

**À quel autre personnage le qualificatif « spécial »
pourrait-il s'appliquer ?**
**Pourquoi, alors, l'inquiétude de Soliman est-elle
vaine ?**

25

Camille était passée sur la rive droite du Rhône, laissant les remparts d'Avignon de l'autre côté du fleuve. Depuis trois heures de l'après-midi, elle longeait la berge vers le sud, sous un soleil brûlant, à la recherche d'Adamsberg. Personne n'avait pu ⁵ lui indiquer précisément où le trouver, ni à l'hôtel ni au commissariat central où il avait passé la moitié de la nuit et qu'il avait quitté vers deux heures de l'après-midi. On savait seulement que le commissaire traînait sur l'autre berge.

Camille le repéra après presque une heure de marche, dans ¹⁰ une clairière étroite et silencieuse, isolée au milieu des saules. Elle s'arrêta à une vingtaine de pas. Adamsberg s'était assis tout au bord de la berge, les pieds touchant l'eau. Il ne faisait rien, selon toute apparence, mais pour Adamsberg, être assis dehors constituait une occupation en soi. À dire vrai, constata Camille en l'ob-¹⁵ servant mieux, il faisait quelque chose. Il plongeait une longue branche dans le fleuve et son regard n'en quittait pas l'extrémité, attentif aux mouvements du flux qui se brisait contre le faible obstacle. Fait assez inhabituel, il avait gardé sur sa chemise le harnachement de son holster, ceinturage de cuir toujours un peu ²⁰ impressionnant, qui contrastait avec sa tenue négligée, la chemise fripée, le pantalon de toile fatigué, les pieds nus.

Camille le voyait de trois quarts dos, presque de profil. Il n'avait pas changé en ces quelques années et cela ne l'étonna pas. Non pas que le temps l'ait évité plus qu'un autre, mais ses

25 signes n'étaient guère visibles, tout simplement parce que Adamsberg avait un visage bien trop mouvementé pour cela. Sur une figure lisse et régulière, tout désordre du temps aurait laissé sa trace. Mais le visage d'Adamsberg était en désordre depuis l'enfance. Aussi, sur ces traits inégaux et tumultueux, les
30 fines marques de l'âge étaient-elles largement submergées par le chaos[1] général de l'ensemble.

Camille s'obligea, à titre de simple précaution, à regarder ce visage qu'elle avait en un temps placé au-delà de tous les autres. Le nez, les lèvres, au fond tout tenait là-dedans. Le nez grand
35 et assez busqué, les lèvres rêveuses et bien dessinées. Pas d'harmonie, pas de mesure, aucune sobriété. Pour le reste, un teint brun, des joues maigres, un menton presque inexistant, des cheveux sombres et ordinaires, rejetés en arrière à la hâte. Des yeux bruns, rarement fixes et souvent vagues, enfoncés sous des
40 sourcils embrouillés. Tout allait de travers dans ce visage. Comment il en résultait cette séduction insolite, c'est ce que l'esprit rigoureux de Camille n'avait pas pu élucider. Peut-être était-ce affaire d'intensité. Trop chargé, trop précis, le visage d'Adamsberg était pour ainsi dire saturé[2].

45 Camille revit tout cela, et elle en fit l'inventaire avec désintérêt. Avant, la lumière de ce visage lui apportait tiédeur et clarté. Aujourd'hui, elle considérait cet éclat avec flegme[3], comme elle aurait vérifié le bon état de marche d'une lampe. Ce visage ne

---

1. Désordre.
2. Trop rempli.
3. Sang-froid.

s'adressait plus à elle et rien, dans sa mémoire, n'était en mesure
50 de lui donner la réplique.

Elle s'approcha d'un pas tranquille, presque alourdi d'indifférence. Adamsberg l'entendait sans doute mais il ne bougeait
pas, surveillant toujours devant lui la branche qui freinait l'eau
du Rhône. Quand elle fut à dix pas de lui, elle s'arrêta net. De
55 sa main gauche, et sans détourner son regard du fleuve, il poin-
tait sur elle le canon d'un pistolet.

– N'avance plus, dit-il doucement. N'avance vraiment plus.

Camille, immobile, ne dit pas un mot.

– Tu sais que je tire beaucoup plus vite que toi, continua-t-
60 il sans quitter la branche des yeux. Comment m'as-tu trouvé ?

– Danglard, dit Camille.

Au son de cette voix inattendue, Adamsberg tourna lentement le visage vers elle. Camille se rappelait très bien cette lenteur, teintée de grâce et d'un peu de nonchalance[1]. Il la regarda,
65 stupéfait. Doucement, il recula le pistolet, le posa dans l'herbe
à sa gauche, comme honteux.

– Pardonne-moi, dit-il. Ce n'est pas toi que j'attendais.

Camille hocha la tête, mal à l'aise.

– Oublie cette arme, continua-t-il. Une fille qui s'est mis en
70 tête de me tuer.

– Ah bon, dit Camille poliment.

– Assieds-toi, dit Adamsberg en montrant l'herbe.

Camille hésita.

---

1. Paresse.

– Mais assieds-toi, insista-t-il. Tu es venue jusqu'ici, tu peux
75 bien t'asseoir.

Il sourit.

– C'est une fille dont j'ai tué l'ami. Mon pistolet l'a atteint,
dans une chute. Elle veut me mettre une balle ici.

Il indiqua son ventre avec le doigt.

80 – Et voilà pourquoi cette fille me talonne inlassablement.
Tout le contraire de toi, Camille, qui me fuis, qui m'évites, qui
t'échappes, qui me glisses entre les mains.

Camille avait fini par s'asseoir en tailleur à quatre mètres de
lui et le laissait se débrouiller avec la conversation. Elle atten-
85 dait ses questions. Adamsberg savait bien qu'elle n'était pas
venue jusqu'à lui par désir, mais par nécessité.

Il l'observa un court moment. Cette veste grise, trop longue
pour elle, dont les manches tombaient sur les doigts, ce jean
clair et ces bottes noires ne laissaient aucun doute. Camille était
90 bien la fille de la télévision, la fille de la place de Saint-Victor-
du-Mont, appuyée contre le vieux platane. Il détourna le
regard.

– Qui me glisses entre les mains, répéta-t-il, en plongeant à
nouveau sa branche dans l'eau. Il faudrait une bien terrible exi-
95 gence pour te décider à venir jusqu'à moi. Une sorte d'intérêt
supérieur.

Camille ne répondit pas.

– Que t'arrive-t-il ? demanda-t-il doucement.

Camille passa ses doigts entre les brins d'herbe sèche, freinée
100 par la gêne, tentée par la fuite.

– J'ai besoin d'aide.

Adamsberg leva la branche hors de l'eau, changea de position et se plaça face à elle, jambes croisées. Puis, avec des gestes attentifs et précis, il déposa la branche devant ses genoux, entre
105 eux deux. Elle n'était pas droite et, d'une main, il rectifia sa position. Adamsberg avait de très belles mains, solides et équilibrées, grandes pour sa taille.

– Quelqu'un qui te veut du mal ? dit-il.

– Non.

110 La perspective de déverser toute cette longue histoire de brebis, d'homme sans poils, de Soliman, de marigot puant, de bétaillère, de poursuite et de ratages la désolait par avance. Elle cherchait l'entrée la moins absurde.

– Reste cette affaire de moutons, dit Adamsberg. La bête du
115 Mercantour.

Camille leva les yeux, stupéfaite.

– Quelque chose a mal tourné, continua-t-il, quelque chose qui ne t'a pas plu. Tu t'es lancée là-dedans sans prévenir personne. La gendarmerie locale n'est pas au courant. Tu travailles
120 en franc-tireur[1] et à présent, tu bloques. Tu cherches un flic pour te tirer de là, un flic qui ne t'enverra pas au diable. De guerre lasse, et parce que tu n'en connais vraiment pas d'autre, tu me cherches, mal décidée. Et tu me trouves. Et tout d'un coup, tu ne sais plus comment tu en es arrivée là. Tu te fous de ces brebis. Ce
125 que tu voudrais, au fond, c'est repartir. Marcher et fuir.

---

1. Indépendant.

Camille eut un bref sourire. Adamsberg avait toujours su des choses que les autres ignoraient. À l'inverse, il existait des quantités de trucs que tous les autres connaissaient et qui lui étaient totalement étrangères.

130 — Comment sais-tu cela ?

— Sur toi, une légère odeur de montagne, de laine.

Camille baissa les yeux vers sa veste, en frotta machinalement les manches.

— Oui, dit-elle. Ça reste sur les vêtements.

135 Elle releva le regard.

— Comment sais-tu cela ? répéta-t-elle.

— Je t'ai aperçue aux informations, filmée sur la place de ce village.

— Tu te souviens de l'histoire des brebis ?

140 — Assez bien. Des crocs gigantesques plantés dans trente et une bêtes, à Ventebrune, Pierrefort, Saint-Victor-du-Mont, Guillos, La Castille et tout dernièrement, à la Tête du Cavalier près du hameau du Plaisse. Et surtout, une femme à Saint-Victor, égorgée comme les brebis. Je suppose donc que tu

145 connaissais cette femme. C'est ce qui t'a propulsée dans cette histoire.

Camille le regarda, incrédule.

— Est-ce que les flics s'intéresseraient à cela ? demanda-t-elle.

— Ça n'intéresse aucun flic, dit Adamsberg d'un ton léger.

150 Mais moi oui.

— À cause des loups ? Les loups de ton grand-père ?

– Peut-être. Et puis cette bête énorme, cette chose surgie d'une anfractuosité[1] du temps. Et autour d'elle, toute cette nuit, ça m'a intéressé.

155   – Quelle nuit ? demanda Camille sans comprendre.

– Partout autour de cette affaire. Quelque chose de sombre, de nocturne, que le regard ne perce pas mais que la pensée appréhende[2]. De la nuit, quoi.

– Et quoi d'autre ?

160   – Je ne sais pas. Je me suis demandé si quelqu'un ne guidait pas les pas de la bête. Elle tue beaucoup, sauvagement, sans nécessité de survie. Comme une enragée, et au fond, comme un homme. Et puis Suzanne Rosselin. Je ne comprends pas que l'animal l'ait attaquée. À moins que la bête ne soit folle, possé-

165 dée. Et ce que je ne saisis pas non plus, c'est qu'on ne l'ait toujours pas trouvée. Beaucoup de nuit.

Adamsberg regarda Camille, laissa passer un nouveau silence. Les silences, même longs, ne l'avaient jamais embarrassé.

– Dis-moi ce que tu fais là-dedans, dit-il doucement. Dis-

170 moi ce qui a dérapé. Dis-moi ce que tu attends de moi.

Camille réexpliqua toute l'histoire, depuis son tout début, depuis les premières brebis de Ventebrune, la battue, Massart avec son torse large et glabre planté sur ses jambes tordues, le dogue allemand, la profondeur de l'impact des dents, la dispari-

175 tion de Crassus le Pelé, l'égorgement de Suzanne, Soliman dans

---

1. Creux, trou.
2. Comprend avec crainte.

les toilettes, le Veilleux momifié, la fuite de Massart, le tracé sur
la carte, le loup-garou avec les poils en dedans, les abattoirs de
Manchester, l'aménagement de la bétaillère, le chien Insaktor, ou
quel que soit son nom, le dictionnaire de Soliman, les cinq
180 cierges en forme de M, le meurtre du retraité de Sautrey, l'impasse, l'échec, le marigot où s'était coincée Suzanne.

À la différence d'Adamsberg, Camille avait l'esprit précis,
structuré et rapide. Le tout lui prit moins d'un quart d'heure.

– Sautrey, dis-tu ? Je n'ai pas suivi ça. Où est-ce ?

185 – Un peu après le col de la Croix-Haute, sous Villard-de-
Lans.

– Qu'est-ce que vous avez su de ce meurtre ?

– Justement rien. C'est un professeur à la retraite. Il a été
égorgé à la nuit, pas loin de son village. On ne sait rien sur la
190 blessure, mais ils parlent d'un chien errant, un Pyrénées
échappé ou je ne sais quoi. Soliman a voulu faire toutes les
églises sur la route, puis il a lâché prise. Il a dit qu'on aurait toujours un train de retard.

– Et ensuite ? Qu'est-ce que vous avez fait ?

195 – On a pensé qu'il nous faudrait un flic.

– Et ensuite ?

– J'ai dit que j'en connaissais un.

– Pourquoi pas les flics de Villard-de-Lans ?

– Pas un flic n'écouterait cette histoire jusqu'au bout. On n'a
200 rien de tangible[1].

---

1. Concret.

– J'aime bien les histoires intangibles[1].

– C'est ce que j'ai pensé.

Adamsberg hocha la tête et resta plusieurs minutes sans parler. Camille attendait. Elle avait expliqué les choses de son mieux. La décision n'était plus de son ressort. Depuis longtemps, elle avait renoncé à convaincre les autres.

– Ça t'a beaucoup coûté de venir me trouver ? demanda finalement Adamsberg en relevant la tête.

– Je dois dire la vérité ?

– Si possible.

– Ça m'a emmerdée.

– Bon, dit Adamsberg après un nouveau silence. Alors l'affaire te tient à cœur. Les loups, ou bien cette Suzanne, ou ce Soliman, ou ce vieux berger ?

– Un peu tout ensemble.

– Qu'est-ce que tu fais ces derniers temps ? demanda-t-il en changeant brusquement de sujet.

– Je répare des chaudières et des tuyauteries.

– Ta musique ?

– Je compose pour un feuilleton.

– Drame ? Aventure ?

– Histoire d'amour. Une grosse embrouille dans une famille de campagnols.

– Ah bien.

Adamsberg fit une nouvelle pause.

---

1. Insaisissables.

– Tu fais tout cela dans ce village, à Saint-Victor ?

– Oui.

– Ce Lawrence dont tu as parlé ? Le garde du Mercantour qui a examiné les premières blessures ?

230 Adamsberg prononçait « Laurence », il n'avait jamais pu reproduire un son anglais.

– Il n'est pas garde, dit Camille, sur la défensive. C'est un type en mission de reportage et d'étude.

– Oui. Eh bien cet homme, ce Canadien.

235 – Eh bien quoi ?

– Eh bien parle-m'en.

– C'est un Canadien. Un type en mission de reportage et d'étude.

– Oui, tu m'as déjà dit ça. Parle-m'en.

240 – Pourquoi faudrait-il en parler ?

– J'ai besoin de bien saisir le contexte[1].

– C'est un Canadien. Je n'ai pas grand-chose d'autre à dire sur lui.

– Ce n'est pas un grand type taillé pour l'aventure ? Un beau type, un beau type taillé avec des cheveux longs et blonds ?

– Oui, dit Camille avec méfiance. Comment sais-tu cela aussi ?

– Tous les Canadiens sont ainsi. Non ?

– Peut-être.

250 – Alors parle-m'en.

---

1. Entourage.

Camille regarda Adamsberg qui l'observait calmement, un peu souriant.

– Tu veux bien saisir le contexte, c'est ça ? demanda-t-elle.

– C'est ça.

255 – Tu veux savoir si je couche avec lui, par exemple ?

– Oui. Je veux savoir si tu couches avec lui, par exemple.

– Est-ce que cela te concerne ?

– Non. Les loups non plus ne me concernent pas. Ni les assassins. Ni les flics. Ni rien ni personne. Cette branche de 260 saule, peut-être, dit-il en effleurant la baguette de bois placée entre eux deux. Et moi, de temps à autre.

– Bien, dit Camille en soupirant. Je vis avec lui.

– On comprend mieux comme ça, dit Adamsberg.

Il se leva, ramassa la branche de saule et fit quelques pas dans 265 la clairière.

– Où t'es-tu garée ? demanda-t-il.

– Au camping de la Brèvalte, à l'entrée d'Avignon.

– Tu te sens prête à rouler ce soir jusqu'à Sautrey ?

Camille acquiesça.

270 Adamsberg reprit sa marche lente. Cette nuit, à cinq heures du matin, l'assassin de la rue Gay-Lussac avait rompu ses digues, libérant un flot d'aveux. Restait à dicter le rapport, appeler Danglard, appeler la P.J. Passer à l'hôtel, appeler le Parquet de Grenoble, appeler Villard-de-Lans. Il connaissait le 275 capitaine de gendarmerie de Villard-de-Lans. Adamsberg s'arrêta, chercha son nom. Montvailland, Maurice Montvailland. Un type terriblement logique.

Il compta sur ses doigts, alla jusqu'à la rive récupérer son pistolet, le rengaina dans le holster, enfila ses chaussures.

280 – Vers huit heures trente ce soir, dit-il. Vous m'attendrez ?

Camille fit un signe de tête et se leva à son tour.

– Tu pars avec nous ? demanda-t-elle. Jusqu'à Sautrey ?

– Jusqu'à Sautrey ou ailleurs. Je dois remonter sur Paris, j'en
ai terminé pour Avignon. Rien ne m'empêche de passer par
285 Sautrey, n'est-ce pas ? C'est comment ?

– Brumeux.

– Bon. On s'arrangera.

– Pourquoi viens-tu ? demanda Camille.

– Je dois dire la vérité ?

290 – Si possible.

– Parce que je préfère rester à couvert en ce moment, à cause
de cette fille à mes trousses. J'attends un renseignement.

Camille hocha la tête.

– Parce que ce loup m'intéresse, continua-t-il.

295 Adamsberg marqua une pause.

– Et parce que tu me l'as demandé.

BIEN LIRE

**Le désintérêt de Camille pour le visage d'Adamsberg est-il si
évident ? À quels détails se trahit-elle ?**

L. 152-166 : Quels sens Adamsberg donne-t-il au mot « nuit » ?

Donnez un titre à ce chapitre qui réunit Adamsberg et Camille.

26

À partir de vingt heures, Soliman et le Veilleux s'étaient postés à l'arrière du camion pour guetter l'arrivée du flic doué. Ils avaient manqué être refoulés à l'entrée du camping de la Brèvalte, tant la bétaillère faisait contraste au milieu des tentes
5 et des caravanes blanches. Ils s'étaient installés à l'écart, pour que personne ne vienne se plaindre de l'odeur.

Soliman avait passé l'après-midi à se doucher, se raser, à sillonner Avignon en mobylette, à recharger le portable et à rapporter toutes sortes de marchandises essentielles ou futiles[1]. Le
10 Veilleux n'avait pas ce problème de mobilité et d'action. Voir dix hommes, c'est en voir cent mille. Rester en poste devant le camion, les poings plantés sur son bâton, à observer le monde remuer avec un vague mépris, Interlock vautré sur ses pieds, semblait suffire, non pas à son bonheur, mais à son calme. Alors
15 que Soliman devenait chaque heure plus curieux, plus vorace. L'agitation d'Avignon le captivait. Cet intérêt nouveau pour une chose autre que les Écarts, cette tendance à la fugue, ce plaisir à disparaître avec la mobylette, de jour ou de nuit, alarmaient le Veilleux. Plus tôt on aurait mis la main sur le vam
20 pire, plus tôt on lui aurait ouvert le bide et plus tôt Soliman rentrerait se calmer à la bergerie.

Un peu plus loin, assise à l'ombre sur un tabouret de toile, Camille achevait de dîner, avalant à la cuiller à soupe une por

---

1. Sans importance.

tion de riz mouillé à l'huile d'olive. Elle aussi attendait
Adamsberg, sans plaisir et sans ennui. Le revoir avait été moins
harassant qu'elle ne l'avait craint. Et le convaincre ne lui avait
coûté aucun effort. Il avait paru prêt à s'occuper de cette affaire
de loup avant même qu'elle n'en parle. Il l'avait devancée
comme s'il l'avait toujours attendue, pieds nus, sur ce bord du
Rhône. Soliman, lui, surveillait l'apparition du flic avec une
sorte de ferveur[1], ne lâchant pas des yeux l'entrée du camping,
tandis que le Veilleux, silencieux, restait sur ses gardes.

Adamsberg les rejoignit à l'heure dite, au volant d'une voiture de fonction en limite d'âge. Peu de mots furent échangés,
des poignées de main, des présentations brèves. Le commissaire
ne sembla pas même remarquer la distance affichée du Veilleux.
Les embarras sociaux ne l'avaient jamais affecté. Inapte à se
plier aux contraintes collectives, ignorant des principes de défé-
rence[2] et des rituels d'usage, Adamsberg gérait les relations
humaines à sa manière un peu nue, exempte de réserve mais
aussi de pouvoir. Peu lui importait qui dominait qui, tant qu'on
voulait bien le laisser en paix sur son chemin.

La seule chose qu'il demanda fut la carte routière de Massart.
Il l'étala sur le sol poussiéreux et l'examina longtemps, l'air
vaguement soucieux. Tout était vague chez Adamsberg, et on
n'était jamais assuré de lire sur son visage le reflet de la réalité.

– Il est étrange, cet itinéraire, dit-il. Toutes ces petites routes,
ces bifurcations. C'est bien compliqué.

---

1. Chaleur.
2. Respect.

— Le type est compliqué, dit Soliman. La folie est compli-
quée.

— Il voudrait traîner et se faire prendre qu'il n'agirait pas
autrement. Alors qu'il pouvait traverser la France en un jour et
quitter le pays.

— On ne l'a toujours pas pris, observa Soliman.

— Parce qu'il n'est pas recherché, dit Adamsberg en repliant
la carte.

— Nous, on le recherche.

— Sans doute, dit Adamsberg en souriant. Mais quand il aura
tous les flics à ses basques, il ne pourra plus se payer le luxe de
s'éterniser dans les chemins creux et les églises. Je ne comprends
pas qu'il ne prenne pas l'autoroute.

— Il a sillonné pendant vingt ans tous les chemins du pays,
dit Camille, quand il était rempailleur. Il connaît les routes dis-
crètes, les planques, les coins à moutons aussi. Il tient à se faire
passer pour mort. Et surtout, il cache un loup.

— Il rôde la nuit, intervint le Veilleux, il massacre hommes et
bêtes et il dort le jour. Voilà pourquoi il roule si peu. Il peut pas
montrer sa figure parce que c'est son instinct. Et il se cache loin
des hommes parce que c'est sa nature.

Un peu avant une heure du matin, la bétaillère atteignit
Sautrey. Adamsberg les avait devancés et les guettait dans le
brouillard à l'entrée du village, sans impatience. Il laissait flot-
ter ses pensées, passant du loup à la carte, à Soliman, à la

bétaillère, à Camille. Il était reconnaissant au hasard d'avoir
75 mené Camille sur son chemin, le mettant sur la route du grand
loup. Mais il ne s'en étonnait pas trop. Il trouvait naturel, légitime, de se retrouver aux prises avec cet animal qui était entré
dans son existence dès son premier carnage. Naturel aussi de se
retrouver face à Camille. La voir surgir au bord du fleuve l'avait
80 un peu saisi, bien sûr, mais pas tant que ça. C'était comme si
une part de lui-même, infime mais efficace, la guettait en per-
manence sur la frange de ses yeux. Aussi, quand elle entrait
dans son champ de vision, il était prêt, en quelque sorte.

   Il y avait ce type taillé pour l'aventure, bien sûr, forcément,
85 pourquoi pas. Il n'avait rien contre. Bien sûr il y avait un type.
Pourquoi n'y en aurait-il pas eu ? Un beau type, sûrement, pour
ce qu'il en avait vu. Très bien, tant mieux, vis ta vie camarade.
Camille avait été un peu tendue au début, près du fleuve, puis
ça s'était passé. Elle était à présent paisible, indifférente. Ni
90 amicale ni hostile, pas même fuyante. Pacifique, lointaine.
Bien. C'était normal. Elle l'avait effacé. C'était comme ça.
C'était ce qu'il avait voulu. Et c'était bien. Ce grand type aussi,
pourquoi pas, il en fallait bien un, pourquoi non. Autant que
Camille le prenne beau, elle méritait ça. Est-ce que Camille
95 irait au Canada, c'était une autre affaire.

   Il vit apparaître la masse sombre de la bétaillère, ouvrit sa
voiture et fit deux appels de phares. Le camion se rangea avec
fracas sur le bas-côté, ses lumières s'éteignirent. Soliman et le
Veilleux dormaient à l'avant. Camille secoua le jeune homme et

100 sauta sur la route. Soliman descendit à son tour, un peu hébété[1], et aida le Veilleux à passer les marches.

– Ne me porte pas comme ça, merde, gronda le Veilleux.

– Je ne veux pas que tu tombes, vieillard, dit Soliman.

– Vous n'aviez rien d'autre que cette bétaillère ? demanda 105 Adamsberg à Camille. Pour voyager ?

Camille secoua la tête.

– Je m'y suis habituée.

– Je comprends, dit Adamsberg. J'aime bien cette odeur. Ça sent comme ça, dans les Pyrénées. C'est le suint qui fait ça.

110 – Je sais, dit Camille.

Le berger plissa les yeux dans l'obscurité, s'attarda sur la silhouette du flic. Voilà au moins un gars, un seul, qui ne râlait pas contre le suint de la bétaillère. Ce type-là, avec son visage modelé sans finasserie[2], valait peut-être la peine qu'on lui cause. 115 Il contourna le camion, appela Adamsberg d'un geste impérieux[3].

– Il te convoque, commenta Camille.

Adamsberg se rapprocha du berger, qui ajusta son chapeau et croisa les poings sur son bâton.

120 – Écoutez-moi, mon gars, dit le Veilleux.

– Il est commissaire, dit Soliman. Commissaire. Et en aucun cas ce n'est ton gars.

1. Hagard, perdu.
2. Ruse.
3. D'autorité.

– Il y a une chose au sujet de Massart, continua le Veilleux, que la petite a sûrement pas dite. C'est un loup-garou. Pas un
125 poil sur le corps, vous pigez?

– Très bien.

– Tout est au-dedans. Pas de pitié quand vous serez dessus. Le garou a la force de vingt hommes.

– Bien.

130 – Autre chose, mon gars. Reste un lit au fond à droite. On vous l'offre.

– Merci.

– Attention, continua le Veilleux en jetant un regard à Soliman. On partage le camion avec la jeune femme. Faut la
135 respecter et se respecter soi-même.

Sur un bref signe de tête, il quitta Adamsberg et grimpa dans la bétaillère.

– « Hospitalité », dit Soliman. « Bienveillance, cordialité dans la manière d'accueillir et de traiter ses hôtes. »

140 Allongée sur son lit, fatiguée par les neuf heures de route, Camille écoutait le ronflement du Veilleux, par-delà la bâche. On avait baissé les toiles sur les claires-voies et l'obscurité dans le camion était presque totale. La bétaillère avait chauffé sur la route d'Avignon et il faisait au moins cinq degrés de plus que
145 dehors. À ses côtés, Adamsberg dormait aussi. Ou peut-être pas. Elle n'entendait pas Soliman non plus. Les ronflements du Veilleux couvraient leurs respirations. Adamsberg n'avait montré aucun embarras à l'idée de dormir sur ce quatrième lit, que

le Veilleux lui avait offert avec sa bénédiction et ses mises en
150 garde. Le Veilleux faisait un peu office de curé dans la bétaillère,
ce qu'il tolérait ou ne tolérait pas faisait loi, et on feignait[1] d'appliquer cette loi. Adamsberg s'était couché aussitôt, sans autre
complication. À présent, il était étendu là, séparé d'elle par une
ruelle de cinquante centimètres de large. Ce n'est pas beaucoup.
155 Mais mieux valait encore avoir Adamsberg dans cette proximité
délicate que le Veilleux ou Soliman, qui semblait à Camille
assez chancelant depuis qu'ils avaient quitté les Écarts.

Mieux valait encore Adamsberg, car le rien est toujours plus
simple que le quelque chose. Plus triste aussi, mais plus simple.
160 En allongeant le bras, elle aurait pu le toucher à l'épaule. Elle
avait dormi des centaines d'heures la tête posée sur lui, y trou-
vant un oubli presque idéal. Si bien qu'elle avait cru
qu'Adamsberg lui était assorti comme par magie et qu'il n'y
avait rien à faire contre. Mais aujourd'hui, sa présence ne l'em-
165 barrassait même pas. Elle aurait aimé que Lawrence dorme ici.
Avec le Canadien, le paysage sentimental était tout différent de
l'évidence passionnelle qui avait présidé à sa fusion ancienne
avec Adamsberg. Plus modeste en quelque sorte, semé parfois
d'arrière-pensées ordinaires et de réticences[2] mineures. Mais
170 Camille ne s'intéressait plus aux idéaux. Une dure à cuire, voilà
ce qu'elle était devenue.

Le Veilleux avait dû basculer sur le côté et s'était arrêté de

---

1. Faisait semblant.
2. Résistances.

ronfler. On bénéficiait d'un répit. Dans le silence, elle entendit
le souffle régulier d'Adamsberg. Lui aussi s'était endormi sans
175 histoire. Vis ta vie, camarade. Voilà tout ce qui demeure de
toute foi, de toute grandeur : un souffle impassible.

Tenue en éveil par ces pensées austères, Camille s'endormit
tard et ne s'éveilla que vers neuf heures. Elle attrapa ses bottes
avant de mettre pied à terre, et passa de l'autre côté de la bâche.
180 Soliman était accoudé sur son lit, avec le dictionnaire.

– Où sont-ils ? demanda Camille en préparant son café.
Pousse-toi, Tricot à mailles, dit-elle au chien en s'asseyant sur le
lit du Veilleux.

– Interlock, corrigea Soliman.

185 – Oui, excuse-moi. Où sont-ils ?

– Le Veilleux téléphone au troupeau. Paraît que la brebis de
tête n'était pas en forme hier soir, une patte enflée.
Psychosomatique[1]. Le vieux est en train de lui remonter le
moral. Une brebis de tête qui boite, c'est tout le troupeau qui
190 va de travers.

– Elle a un nom ?

– Elle s'appelle George Gershwin, dit Soliman avec une grimace. C'est le Veilleux qui a voulu tirer dans le dictionnaire,
mais il a ouvert aux pages des noms propres. Après, c'est trop
195 tard pour rectifier, ce qui est dit est dit. On l'appelle George.
En tout cas, elle a une patte enflée.

---

1. Qui relève de l'influence du psychique sur le physique.

— Et Jean-Baptiste ?

— Il est parti très tôt voir les gendarmes de Sautrey, puis il a pris sa voiture et il a filé chez les flics de Villard-de-Lans. Il a dit que c'est à eux que le Parquet a confié l'enquête, quelque chose comme ça. Il a dit de bouffer sans l'attendre.

Adamsberg revint vers trois heures. Soliman lavait du linge dans une bassine bleue, Camille composait, installée dans la cabine du conducteur, et le Veilleux chantonnait, calé sur un tabouret, en grattant la tête du chien. Adamsberg les regarda tous les trois, dans ces postures un peu nomades[1]. Cela lui fit plaisir de retrouver le camion.

Il sortit de la bétaillère un de ces tabourets de toile pliants, de ces trucs rouillés qui vous arrachent les doigts, l'installa au milieu du rectangle d'herbe rase qui longeait le camion. Soliman le rejoignit le premier. Sa ferveur de la veille s'était accrue. Tout lui plaisait dans ce flic, son visage hétéroclite[2], sa voix apaisante, ses gestes passés au ralenti. Il avait saisi ce matin qu'en dépit des facultés manifestes de douceur et d'ouverture du commissaire, nul ne pouvait avoir barre[3] sur lui, ni homme, ni ordre, ni convenance. Et cela, dans un tout autre registre, lui rappelait la minérale indépendance de sa mère. Il l'avait accompagné à sa voiture et il lui avait longtemps parlé de Suzanne.

Soliman posa sa bassine aux pieds d'Adamsberg. Le Veilleux, à dix pas de là, interrompit sa rengaine.

---

1. Se dit des peuples qui se déplacent.
2. Fait d'éléments différents.
3. Le diriger.

– Parle mon gars, dit-il. C'est quoi qu'a égorgé Sernot ?

– Un très grand chien, ou un loup, dit Adamsberg.

Le Veilleux donna un coup de bâton dans le sol, comme pour marquer d'un choc sourd le bien-fondé de leur clairvoyance.

225 – J'ai vu Montvailland, continua Adamsberg, je l'ai informé au sujet de Massart et de la bête du Mercantour. Je connais ce flic. Il est très bon, mais il est rationnel[1], et ça le freine. L'histoire lui a plu, mais à peu près autant qu'une poésie. Et encore, Montvailland ne supporte la poésie qu'en alexandrins, par 230 paquets de quatre. C'est notre handicap : l'épopée de Massart ne peut encore entrer dans une tête trop carrée. Montvailland admet l'hypothèse d'un loup. Ils ont eu une alerte l'an dernier, au sud de Grenoble, près du Massif des Écrins. Mais il est contre l'idée d'un homme. J'ai dit que ça faisait beaucoup de chemin 235 et beaucoup de victimes pour un loup seul en quelques jours, mais il croit qu'une telle escapade est possible si le loup a la rage, par exemple. Ou simplement s'il est déboussolé. Il va demander une battue et un hélico. Il y a autre chose.

Le Veilleux leva la main, demanda une interruption.

240 – T'as mangé, mon gars ?

– Non, dit Adamsberg. Je n'y ai plus pensé.

– Sol, va chercher la bouffe. Apporte aussi le blanc.

Soliman déposa un cageot auprès d'Adamsberg et tendit la bouteille au Veilleux. Nul autre que le Veilleux n'avait le droit 245 de servir le blanc de Saint-Victor, c'était ce qu'on avait enseigné

---

1. Qui obéit à la raison.

avec ménagements à Camille le lendemain de sa garde au col de la Bonette.

— «Impérialisme», dit Soliman en regardant le Veilleux. «Volonté d'expansion et de domination, collective ou indivi-
250 duelle.»

— Respect, dit le Veilleux.

Il remplit un verre pour Adamsberg et le lui tendit.

— Bon pied, bon cul, bon œil, dit-il. Attention, il est piégeux.

Adamsberg remercia d'un signe.

255 — Sernot a une contusion[1] au crâne, reprit-il, comme si on l'avait frappé avant de l'égorger. Est-ce qu'on a noté quelque chose de semblable sur Suzanne Rosselin ?

Il y eut un silence.

— On n'en sait rien, dit Soliman d'une voix un peu tremblée.
260 C'est-à-dire, à ce moment-là, on a vraiment cru à un loup. Personne ne pensait encore à Massart. On n'a pas examiné son crâne.

Soliman s'arrêta net.

— Je comprends, dit Adamsberg. J'ai insisté là-dessus auprès
265 de Montvailland. Mais selon lui, Sernot s'est blessé en luttant avec la bête. C'est rationnel. Montvailland ne veut pas aller au-delà. J'ai au moins obtenu qu'il fasse examiner le corps, à la recherche de poils.

— Massart n'a pas de poils, gronda le Veilleux. Et ceux qui lui
270 sortent la nuit sont pas près de tomber.

---

1. Blessure.

– De poils animaux, précisa Adamsberg. Pour qu'on sache s'il s'agit d'un chien ou d'un loup.

– Ils connaissent l'heure de l'attaque ? demanda Soliman.

– Aux alentours de quatre heures du matin.

275 – Il aurait donc eu le temps de franchir la distance entre la Tête du Cavalier et Sautrey. Qu'est-ce que Sernot faisait dehors à quatre heures du matin ? Ils ont une idée ?

– Ça ne pose pas de problème à Montvailland. Sernot était un varappeur, un randonneur, de ces types amateurs des 280 longues marches exténuantes, et un insomniaque[1]. Il lui arrivait de se réveiller vers trois heures et de ne plus se rendormir. Quand il en avait assez, il partait marcher. Montvailland pense qu'il a croisé la bête dans sa chasse nocturne.

– C'est rationnel, dit Camille.

285 – Pourquoi l'animal lui aurait sauté dessus ? demanda Soliman.

– Déboussolé.

– Ça s'est passé où ? demanda Camille.

– Au carrefour de deux chemins de terre, à la Croisée du 290 Calvaire. Il y a une grande croix de bois plantée sur un tertre. Le corps était au pied de la croix.

– Les cierges, murmura Soliman.

– Bigot, compléta le Veilleux.

– J'en ai aussi parlé à Montvailland.

295 – Tu lui as parlé de nous ? dit Camille.

---

1. Qui ne dort pas.

– C'est la seule chose dont je n'ai surtout pas parlé.

– Il n'y a pas de honte, dit le Veilleux avec une certaine hauteur.

Adamsberg leva les yeux vers le berger.

300 – Harceler[1] un homme est interdit, dit-il. Ça tombe sous le coup de la loi.

– Nous, on s'en branle du coup de la loi, dit Soliman.

– On ne le harcèle pas, ajouta le Veilleux. On lui colle au cul. Ce n'est pas interdit.

305 – Si.

Adamsberg tendit son verre au Veilleux.

– Montvailland sait que je suis à couvert[2], continua-t-il, que personne ne doit prononcer mon nom. Il croit que j'ai ramassé ces informations au cours de mon vagabondage.

310 – Tu te planques, mon gars ? demanda le Veilleux.

Adamsberg hocha la tête.

– Une fille qui me cherche, question de vie ou de mort. Si les journaux annoncent ma présence, elle arrivera dans la minute qui suit pour me tirer une bonne petite balle dans le bide. Elle 315 n'a pas d'autre idée.

– Qu'est-ce que tu vas faire ? demanda le Veilleux. Tu vas la tuer ?

– Non.

Le Veilleux fronça les sourcils.

---

1. Poursuivre pour faire souffrir.
2. À l'abri.

320   — Alors quoi, tu vas cavaler toute ta vie ?

— Je lui fabrique une autre idée. Je lui prépare un aiguillage.

— Malin, ça, un aiguillage, dit le Veilleux en plissant les yeux.

— Mais long. Il me manque une pièce.

Adamsberg rangea lentement le pain et les fruits dans le
325 cageot, se leva, déposa le tout dans le camion.

— On va à Grenoble, annonça-t-il. J'ai rendez-vous avec le
préfet, à titre officieux[1]. Je veux l'informer que j'ai fourré l'idée
de Massart dans le crâne de Montvailland. Je veux tenter de lui
faire orienter l'enquête dans notre sens.

330   — C'est par où ? demanda Camille en se levant.

— Tu ne sais pas non plus où est Grenoble ? lui demanda
Soliman.

— Merde, Sol. Contente-toi de me montrer la carte.

— C'est elle qui conduit, dit le Veilleux en touchant Soliman
335 à l'épaule du bout de son bâton.

Dix kilomètres avant Grenoble, après l'embranchement sur
l'autoroute, la voiture d'Adamsberg se laissa dépasser par la
bétaillère. Camille le vit passer dans son rétroviseur et lui adresser des appels de phares répétés.

340   — On s'arrête, dit Camille. Il y a un pépin.

— Tu as un refuge dans deux kilomètres, dit Soliman.

— Elle a vu, dit le Veilleux.

---

1. Non officiel.

Camille gara le camion, alluma les feux de détresse et rejoignit la voiture d'Adamsberg.

345   – Tu es en panne ? demanda-t-elle en se penchant par la vitre.

Et soudain elle se trouva trop près, bien trop près de ce visage. Elle lâcha la vitre et recula.

– Je viens de prendre les informations, cria Adamsberg par la fenêtre, pour couvrir le vacarme de l'autoroute. Quatorze bêtes 350 égorgées cette nuit au nord-ouest de Grenoble.

– Où ça ? cria Camille à son tour.

Adamsberg secoua la tête, sortit de la voiture.

– Quatorze bêtes, répéta-t-il, à Tiennes, au nord-ouest de Grenoble. Toujours sur l'itinéraire de Massart. Mais cette fois-355 ci, le loup est sorti de la montagne. On le tient, tu comprends ?

– Tu veux dire qu'on est sortis des terres à loups ?

Adamsberg acquiesça.

– Aucun flic ne pourra plus croire à l'errance d'un loup solitaire. La bête monte vers le nord, elle suit le tracé rouge, elle 360 s'éloigne des zones sauvages. C'est un homme qui la mène. C'est forcément un homme. J'appelle Montvailland.

Adamsberg retourna à sa voiture pendant que Camille allait informer Soliman et le Veilleux.

– Tiennes, dit Camille. Montre-moi la carte. Quatorze bêtes. 365   – Nom de Dieu, gronda le Veilleux.

Camille repéra le lieu, passa la carte au Veilleux.

– Il y a de grosses bergeries par là ? demanda-t-elle.

– Il y a des bergeries partout où il y a des hommes de bien.

Adamsberg revenait vers eux.

370 — Montvailland commence à douter, dit-il. Ils n'ont trouvé aucun poil animal sur le corps de Sernot.

Du fond du camion, le Veilleux bougonna quelque chose d'inaudible.

— Je passe à Grenoble comme prévu, dit Adamsberg. Ce ne
375 devrait plus être si difficile de convaincre le préfet.

— Tu vas demander à être officiellement en charge ? interrogea Camille.

— Je n'ai pas de compétence territoriale[1]. Et il y a cette fille, je ne veux pas qu'elle me repère. Toi, Camille, tu files sur
380 Tiennes. Je vous rejoindrai là-bas.

— Où cela ?

— Gare le camion avant l'entrée du village, où tu pourras, sur le bas-côté de la départementale.

— Et si je peux pas ?

385 — Eh bien, disons que si vous n'êtes pas là, c'est que vous êtes ailleurs.

— D'accord. Disons comme ça.

— Vous arriverez à temps pour passer à l'église. Va voir s'il nous a laissé un mot.

390 — Des cierges ?

— Par exemple.

— Tu penses qu'il souhaite qu'on le remarque ?

---

1. Pouvoir sur ce territoire.

– Je pense surtout qu'il nous mène où il veut. On va devoir doubler.

395   Camille remonta dans la cabine. C'était souvent comme cela avec Adamsberg, on n'était pas toujours certain d'avoir compris.

BIEN LIRE

Qu'est-ce qui, dans les manières d'Adamsberg, l'intègre parfaitement au trio ? En quoi est-il un « flic spécial » ?
Sur quels rebondissements se clôt le chapitre ?

27

Un peu après Grenoble, la montagne disparut brusquement. On entrait dans des terres ouvertes et, après une demi-année passée dans les Alpes, Camille eut l'impression que des pans de mur s'effondraient de toutes parts, qu'elle perdait brutalement
5 ses appuis et ses repères. Dans le rétroviseur, elle regarda s'éloigner ce barrage protecteur, avec la sensation de pénétrer dans un monde béant, dépourvu de toute espèce de cadre, où les menaces et les comportements n'étaient plus prévisibles, pas même le sien. Il lui semblait qu'elle n'était plus étayée[1] par rien
10 de solide. Dès son arrivée à Tiennes, elle appellerait le Canadien. La voix de Lawrence lui rappellerait l'enserrement réconfortant des montagnes.

Tout cela pour une plaine. Elle jeta un coup d'œil vers Soliman et le Veilleux. Le berger fixait d'une mine maussade
15 cette étendue sans grandeur et sans limites, qui le dépouillait du soutien de toute sa vie.

– C'est plat, hein ? dit Camille.

La route était déformée, le camion résonnait de toutes ses tôles et il fallait élever le ton pour se faire entendre.
20 – C'est étouffant, dit le Veilleux de sa voix sourde.

– C'est comme ça jusqu'au pôle Nord à présent. Il va falloir l'accepter.

– On n'ira pas jusque-là, dit Soliman.

---

1. Soutenue.

– On ira jusque-là si le vampire va jusque-là, dit le Veilleux.

25 – On l'aura avant. On a Adamsberg.

– Personne *n'a* Adamsberg, Sol, dit Camille. Tu n'as pas déjà pigé ça ?

– Si, dit Soliman d'un ton morne. Est-ce que tu connais, ajouta-t-il, l'histoire de l'homme qui voulait enfermer les yeux

30 de son épouse dans une boîte pour les contempler quand il partait chasser ?

– Merde, Sol, dit le Veilleux en frappant la vitre avec son poing.

– On arrive, dit Camille.

35 Soliman décrocha la mobylette et partit inspecter les églises. Le Veilleux rejoignit – avec sa propre bouteille de blanc – le café central de Tiennes, où frémissaient la peur et la révolte. Quatorze bêtes, bon sang. On n'était pas censés avoir des loups dans la vallée. Mais maintenant, disait une voix aiguë, à cause

40 de ces abrutis du Mercantour qui s'étaient amusés à laisser faire, ils proliféraient et se répandaient comme une épidémie. Et bientôt les loups couvriraient le pays comme un manteau sanglant. Voilà ce qu'il en coûte de réveiller le sauvage. Une voix plus rude s'éleva par-dessus celle-ci. Quand on n'est pas

45 informé, on la ferme, dit la voix rude. Ce n'était pas une épidémie, ce n'était pas des loups, c'était *un* loup. Un seul grand loup, une bête gigantesque qui montait vers le nord-ouest depuis maintenant trois cents kilomètres. Un loup, un seul

loup, la Bête du Mercantour. Le médecin avait vu les blessures.
50 C'était la Bête, avec des crocs comme ça. Ils venaient de le dire
aux informations. Que ce crétin se renseigne avant de parler. Le
Veilleux se fraya un chemin jusqu'au bar. Il voulait savoir quel
était le berger, et s'il avait aperçu une voiture près du pâturage,
à la nuit. Tant qu'on n'aurait pas la voiture, on n'aurait pas
55 Massart. Et cette saleté de voiture restait introuvable.

Soliman revint vers cinq heures, assez exalté[1]. Dans une cha-
pelle toute proche de Tiennes, il avait trouvé cinq tronçons de
cierges consumés, isolés des autres, disposés en forme de M. La
serrure de la porte était disloquée et ne fermait plus la nuit.
60 Soliman voulait prélever les trognons de cierges pour avoir les
empreintes. Dans la cire, c'est tout de même l'idéal.

– Attends-le, dit Camille.

Elle consultait le *Catalogue de l'Outillage Professionnel* tandis
que Soliman, torse nu, avait repris son lavage dans la bassine
65 bleue. Le Veilleux somnolait dans le camion. On attendait le
flic.

Il s'écoula une petite heure dans le silence.

Dans un fracas de pots d'échappement, quatre motards sur-
girent brusquement sur la départementale, obliquèrent vers le
70 camion et coupèrent les moteurs à quelques mètres de Soliman.
Surpris, le jeune homme les vit ôter leur casque sans dire un
mot et le dévisager en souriant. Camille s'immobilisa.

---

1. Agité.

– Eh bien quoi, le négro, dit l'un d'eux, on se paye une femme blanche ?

75   – T'as pas peur de la salir, avec tes pattes ? demanda l'autre.

Soliman se redressa, serrant à deux poings le linge qu'il tordait dans la bassine, le visage frémissant de colère.

– Tout doux, le singe, reprit le premier en descendant de sa moto. On va te fignoler. On va t'arranger si bien que ça te pas-
80   sera le goût de l'amour jusqu'à ta retraite.

– Et toi, la fille, dit le second, un homme maigre et roux qui mit pied à terre à son tour, on va te faire une beauté. Après ça, il n'y aura plus que des Blacks pour vouloir de toi. Ça sera ta pénitence[1].

85   Les quatre hommes s'étaient rapprochés du couple, torses nus et blancs sous des gilets de cuir noir, chaînes de moto aux mains, bagues cloutées aux doigts. Celui qui parlait le plus était blond et gras.

Soliman se plia pour se préparer à l'attaque, passant devant
90   Camille pour la protéger. Le jeune homme n'avait plus rien de cristallin ou d'enfantin. La rage courbait ses lèvres et fermait ses yeux, le rendant presque laid.

– T'as un nom, le singe ? demanda le premier type en maniant sa chaîne. J'aime bien savoir ce que je frappe.

95   – Melchior, lui cracha Soliman.

Le type gras ricana et fit un pas vers lui, tandis que les autres se déployaient pour bloquer toute échappée.

---

1. Punition, châtiment.

– Celui qui touche au Roi Mage[1] est mort, dit soudain la
voix du Veilleux dans le silence.

100   Le vieux berger se tenait droit sur les marches arrière de la
bétaillère, un fusil de chasse pointé vers les motards, le regard
haineux, le geste inflexible.

– Mort, répéta le vieux en lâchant un coup de fusil dans le
réservoir de l'une des motos noires. C'est de la cartouche à san-
105 glier, je vous conseille pas de remuer.

Les quatre motards s'étaient immobilisés, indécis. Le
Veilleux leva le menton.

– On se découvre devant les princes, dit-il. Jetez les cas-
quettes. Et les vestes. Et les chaînes. Et les bagues. Et les bottes.

110   Les motards obéirent, lâchèrent leur équipement à leurs pieds.

– Surtout, gardez les frocs, reprit le Veilleux d'une voix cas-
sante. Il y a une femme ici. Je voudrais pas la dégoûter à vie.

Les quatre hommes restèrent face au Veilleux, torses nus, en
chaussettes, muets d'humiliation.

115   – Et maintenant à genoux, ordonna le berger. Comme les
larves. Mains au sol et front à terre. Culs bas. Comme les
hyènes. Voilà. C'est mieux. C'est comme ça qu'on salue les
princes.

Le Veilleux les regarda s'allonger et ricana.

120   – Maintenant, écoutez-moi les gars, reprit-il. J'ai passé l'âge de
dormir. Toute la nuit, je veille. Je veille au salut du jeune
Melchior. C'est mon boulot. Si vous revenez, je vous tirerai

---

1. Qui vint adorer l'enfant Jésus.

comme des chiens. Toi, le gros, essaie pas de bouger, dit-il en tournant rapidement son arme. Tu veux qu'on commence tout
125 de suite ?

– Ne tirez pas, le Veilleux, dit la voix d'Adamsberg.

Le commissaire arrivait doucement par-derrière, son 357 en main.

– Cassez votre fusil, dit-il. On ne va pas perdre une seule
130 balle à sanglier dans le cul de ces vermines. Ça nous prendrait trop de temps et on est pressés. Très pressés. Camille, viens près de moi, prends mon portable dans ma veste, appelle les flics. Soliman, vide les réservoirs, crève les pneus, pète les phares. Ça nous fera du bien.

135 Camille se déplaça furtivement au milieu de ces sept hommes en guerre. Elle découvrait des spasmes[1] meurtriers sur le visage de Soliman, un masque féroce sur celui du Veilleux.

Il n'y eut plus une parole d'échangée pendant les minutes qui suivirent. On regardait Soliman détruire les engins avec fureur
140 et méthode.

Les gendarmes menottèrent les quatre hommes et les fourrèrent dans leurs breaks. Adamsberg s'arrangea pour abréger la déposition et différer les formalités du dépôt de plainte. Avant leur départ, il passa la tête par la portière.

145 – Toi, dit-il au premier type, Soliman te retrouvera. Et toi, ajouta-t-il en se tournant vers le rouquin, c'est moi qui te retrouverai. Je vous suis, dit-il aux gendarmes.

---

1. Tremblements.

— Depuis quand, demanda Camille après leur départ, pendant que Soliman, collé contre l'épaule du Veilleux, reprenait son souffle, depuis quand est-ce qu'il y a un fusil ici ?

— Tu le regrettes, jeune fille ? demanda le Veilleux.

— Non, dit Camille qui nota que, dans cette turbulence, le Veilleux avait laissé tomber le vouvoiement. Mais on avait dit « pas de fusil ». C'était l'accord. On avait dit « personne tue personne ».

— On tuera personne, dit le Veilleux.

Camille haussa les épaules, sceptique.

— Pourquoi as-tu dit « Melchior » ? demanda-t-elle à Soliman.

— Pour signifier au Veilleux que je n'allais pas m'en sortir seul.

— Tu savais qu'il avait un fusil ?

— Oui.

— Tu en as un aussi ?

— Je t'assure que non. Tu veux fouiller mes affaires ?

— Non.

Au soir, Adamsberg résuma son entrevue avec le préfet de Grenoble. Le Parquet ouvrait une enquête pour homicide. On cherchait un homme, et une bête dressée à tuer. Adamsberg avait donné le signalement d'Auguste Massart. On allait reprendre l'enquête pour le meurtre de Suzanne Rosselin, et dans toutes les communes touchées par le grand loup.

– Pourquoi ne lancent-ils pas un appel à témoin ? demanda
Soliman. Une photo de Massart dans les journaux ?

– Illégal, dit Adamsberg. Aucune preuve n'autorise à accuser
175 publiquement Massart.

– J'ai trouvé ses saletés de bougies expiatoires[1] dans une cha-
pelle, à deux kilomètres d'ici. On les prend pour les
empreintes ?

– On n'en trouvera pas.

180 – Bon, dit Soliman, déçu. Si les flics se déploient, reprit-il, à
quoi on sert ?

– Tu ne vois pas ?

– Non.

– On sert à y croire. On part ce soir, ajouta-t-il, on ne reste
185 pas là.

– À cause des motards ? Je n'ai pas peur.

– Non. Il faut doubler Massart, au moins se rapprocher.

– D'où ? De quoi ? Il s'arrête au hasard.

– Je n'en suis pas si sûr, dit doucement Adamsberg.

190 Camille leva le regard vers lui. Quand Adamsberg prenait ce
ton, c'était plus important que ça en avait l'air. Plus c'était
important, et plus il parlait doucement.

– Pas tout à fait au hasard, convint Soliman. Il n'attaque que
sur sa route rouge, et là où les moutons sont les plus accessibles.
195 Il choisit ses bergeries.

– Ce n'est pas ce que je voulais dire.

---

1. Qui ont trait au repentir.

Soliman le regarda sans rien dire.

– Je pense à Suzanne, et à Sernot, expliqua Adamsberg.

– Il a tué Suzanne parce qu'il a eu peur, dit Soliman. Et il a
200 égorgé Sernot parce qu'il l'a surpris.

– Malheur à celui qui croise son chemin, dit le Veilleux, un
peu sentencieux.

– Je n'en suis pas si sûr, répéta Adamsberg.

– Où veux-tu aller ? demanda Camille, sourcils froncés.

205 Adamsberg sortit la carte de sa poche, la déplia.

– Ici, dit-il, à Bourg-en-Bresse. Cent vingt kilomètres vers le
nord.

– Mais pourquoi, bon sang ? demanda Soliman en secouant
la tête.

210 – Parce que c'est la seule grosse bourgade qu'il consent à traverser, dit Adamsberg. S'il a un loup et un dogue avec lui, ce
n'est pas une mince affaire. Partout ailleurs il évite les bourgs,
les villes. S'il passe par Bourg-en-Bresse, c'est qu'il a une bonne
raison de le faire.

215 – Hypothèse, dit Soliman.

– Instinct, rectifia Adamsberg.

– Il est bien passé par Gap, objecta Soliman. Et il ne s'est rien
passé, à Gap.

– Non, reconnut Adamsberg. Il ne se passera peut-être rien
220 à Bourg. Mais c'est là qu'on va. Mieux vaut être devant lui que
derrière lui.

À la nuit, après deux heures et demie de route, Camille par-

qua la bétaillère sur le bas-côté de la nationale 75, à l'entrée de
Bourg-en-Bresse.

225 Elle descendit vers le champ qui les bordait à droite, avec un
morceau de pain et un verre de vin que lui avait consenti le
Veilleux. Avec la longueur inattendue du roade-mouvie, avait
dit le Veilleux, il fallait rationner sur le blanc de Saint-Victor.
On devait en garder jusqu'au bout, c'était vital, quitte à n'en
230 avaler qu'une pipette par jour. Mais Camille, parce qu'elle
conduisait le camion et que cela lui tirait fort dans les bras et
dans le dos, avait droit à une ration du soir supplémentaire, à
la fois pour lui relâcher les muscles pour la nuit et les lui revi-
gorer pour le lendemain. Camille n'avait pas songé un instant à
235 refuser la médication du Veilleux.

Elle longea le champ jusqu'à sa lisière boisée, et revint sur ses
pas. La sensation diffuse de déséquilibre qui l'avait saisie au sortir de la montagne, cette sensation de menace et d'ouverture,
d'appréhension et de liberté, ne la quittait pas. La voix de
240 Lawrence l'avait apaisée, tout à l'heure. L'entendre lui rappelait
Saint-Victor, les hauts murs du village perché, les ruelles serrées, les montagnes puissantes, encadrantes, la vue bouchée. Là-
bas, tout lui semblait prévu, attendu. Mais ici, tout paraissait
confus, et possible. Camille fit la moue, étendit ses bras comme
245 pour faire tomber cette crainte à bas de son corps. C'était la
première fois qu'elle redoutait le possible et ce réflexe de
défense lui déplaisait. Elle avala le verre du Veilleux d'un coup.

Elle monta se coucher la dernière, vers une heure du matin.
Elle se glissa entre Soliman et le Veilleux puis écarta avec pré-

250 caution la bâche grise, surveillant la respiration d'Adamsberg.
Elle posa sans un bruit ses bottes au sol, se déshabilla en silence
et s'allongea. Adamsberg ne dormait pas. Il ne bougeait pas, il
ne parlait pas, mais elle sentait ses yeux grands ouverts. La nuit
était moins noire que la veille. Si elle avait tourné le regard, elle
255 aurait distingué son profil. Mais elle ne le tourna pas. C'est
dans cette immobilité crispée qu'elle finit par s'endormir.

Elle fut réveillée quelques heures plus tard par la sonnerie du
portable. À la lumière qui filtrait sous les bâches des claires-
voies, elle estima qu'il devait être moins de six heures du matin.
260 Elle referma les yeux à moitié, vit Adamsberg se lever sans hâte,
poser les deux pieds nus sur le sol merdique de la bétaillère, sortir le portable de la poche de sa veste suspendue à la mangeoire.
Il murmura quelques mots, raccrocha. Camille attendit qu'il
eût enfilé ses habits pour demander ce qui se passait.

265 – Un nouveau meurtre, murmura-t-il. Bon Dieu. Quel carnage, ce type.

– Qui a appelé ? demanda Camille.

– Les flics de Grenoble.

– Où ça s'est passé ?

270 – Où on avait dit. Ici, à Bourg.

Adamsberg se coiffa avec les doigts, souleva la bâche et sortit
du camion.

BIEN LIRE

Que reprochent les gens de la vallée aux « abrutis du Mercantour » ?
Quelle est la nature de l'agression subie par Camille et Soliman ?
**L. 184 : Quelle est l'importance du : « On sert à y croire » pour la
suite du récit ?**

28

Il rejoignit les flics de Bourg à la place du Calvaire. On était en limite de ville, presque à la campagne, au carrefour de trois routes secondaires. Une croix de pierre marquait l'emplacement. Les flics s'activaient autour du corps d'un homme de
5 soixante-dix ans environ, égorgé et déchiré à l'épaule.

Le commissaire Hermel, un homme aussi petit qu'Adamsberg, portant moustaches tombantes et lunettes accrochées à de grandes oreilles, s'avança pour lui serrer la main.

10 – On m'a prévenu que vous suiviez ça depuis l'origine, dit-il. Heureux de pouvoir bénéficier de votre aide.

Hermel était un homme souple, cordial, que la concurrence éventuelle d'Adamsberg ne gênait pas. Adamsberg lui donna rapidement les informations qu'il possédait. Hermel l'écoutait,
15 tête penchée, frottant sa joue.

– Ça correspond, dit-il. En plus des blessures, on a une empreinte de patte assez nette à gauche du corps, grande comme une soucoupe. Un vétérinaire doit venir examiner tout cela. Mais c'est dimanche, tout le monde a du retard.

20 – À quelle heure ça s'est produit ?

– Vers deux heures du matin.

– Qui l'a découvert ?

– Un gardien de nuit qui rentrait.

– On sait déjà qui c'est ?

₂₅   — Fernand Deguy, un ancien guide de montagne. Il est retiré à Bourg depuis une quinzaine d'années. Sa maison est tout près d'ici. Je viens de faire prévenir sa famille. Vous parlez d'une catastrophe. Bouffé par un loup.

    — On a une idée de ce qu'il faisait là ?

₃₀   — On n'a pas encore questionné sa femme à fond. Elle est hors d'état. Mais le gars était un couche-tard. Quand il n'y avait rien à voir, il partait faire un tour dans la campagne.

    Hermel désigna les collines d'un geste circulaire.

    — À voir où ? demanda Adamsberg.

₃₅   — À la télé.

    — Hier, intervint un lieutenant, il n'y avait rien. C'est samedi soir. Je la regarde quand même, c'est mon seul soir de tranquille.

    — Il aurait mieux fait de t'imiter, dit Hermel d'un ton pensif.

₄₀ Au lieu de ça, il est parti dans la nature. Et il a croisé l'homme qu'il ne fallait pas.

    — Vous pourriez me rassembler le maximum d'informations sur la vie de ce type ? demanda Adamsberg.

    — À quoi ça pourrait servir ? dit Hermel. C'est tombé sur lui.

₄₅ Ça aurait pu tomber sur un autre.

    — C'est ce que je me demande. Vous pourriez faire ça, Hermel ? Ramasser tout ce que vous pouvez ? Ceux de Villard-de-Lans font de même avec Sernot. On confrontera[1].

    Hermel secoua la tête.

---

1. Comparera.

– Le pauvre vieux était là au mauvais moment, dit-il. À quoi ça mènera de savoir quand il a eu sa première paire de skis ?

– Je ne sais pas. J'aimerais qu'on le fasse.

Hermel réfléchit. Il connaissait Adamsberg de réputation. Sa requête lui paraissait inepte mais il ferait ce qu'il demandait. Un collègue lui avait dit qu'Adamsberg paraissait souvent inepte. Et puis ce flic lui revenait.

– Comme vous voudrez, mon vieux, dit Hermel. On va monter le dossier.

– Commissaire, dit le lieutenant en revenant, il y avait ça dans l'herbe, à côté du corps. C'est tout neuf.

La paume tendue, le lieutenant lui présenta une boulette de papier bleu froissé. Le commissaire enfila ses gants, la déplia.

– Du papier, commenta-t-il d'un ton maussade. Une publicité peut-être. Ça vous dit quelque chose, mon vieux ?

Adamsberg l'attrapa du bout des ongles, l'examina.

– Vous allez parfois à l'hôtel, Hermel ? demanda-t-il.

– Ouais.

– Vous voyez, dans la salle de bains, tous ces petits gadgets qu'on se met dans la poche ?

– Ouais.

– Des micro-savons, des micro-cirages, des micro-dentifrices, des micro-tissus nettoyants pour les mains. Vous voyez ça ?

– Ouais.

– Toutes ces saletés qu'on embarque en partant ?

– Ouais.

– Eh bien c'est ça. C'est un sachet de micro-tissu nettoyant. Ça vient d'un hôtel.

Hermel reprit le papier froissé, chaussa ses lunettes et l'examina de plus près.

– «Le Moulin», lut-il. Il n'y a pas d'hôtel du Moulin à Bourg.

– Faudrait chercher dans les environs, dit Adamsberg. Faudrait faire vite.

– Pourquoi vite ?

– Parce qu'on aurait des chances de trouver la chambre où Massart a dormi.

– Il ne va pas s'envoler, l'hôtel.

– Mais ce serait bien mieux d'arriver avant qu'on ait fait le ménage.

– Vous croyez que ce truc appartient au tueur ?

– C'est possible. C'est un truc qu'on fourre dans sa poche et qui ne tombe que si on se penche vraiment. Qui viendrait se pencher vraiment à cet endroit, au pied de cette croix ?

À dix heures du matin, on localisait un *Hôtel du Moulin* à Combes, à près de soixante kilomètres de Bourg. Une voiture démarra en trombe du commissariat, emportant Hermel, Adamsberg, le lieutenant et deux techniciens.

– Avisé[1], commenta Adamsberg. Il tue sur son itinéraire, mais il se planque très en arrière. On peut toujours se brosser pour le chercher sur sa route. Il est partout.

---

1. Prudent.

– Si c'est lui, dit Hermel.

– C'est lui, dit Adamsberg.

Un peu avant onze heures, ils garaient devant l'*Hôtel du*
105 *Moulin*, un deux-étoiles d'un certain standing.

– Doublement avisé, dit Adamsberg en considérant la façade.
Il se figure que les flics le chercheront dans des hôtels borgnes et
il n'a pas tort. Il loge donc dans des établissements bourgeois.

La jeune femme qui tenait la réception fut presque incapable
110 de les aider. Un homme avait réservé la veille par téléphone, elle
ne l'avait pas vu entrer. On donnait le code de la porte aux
clients. Elle avait pris son service à six heures du matin, il était
sorti à l'aube, vers six heures et demie. Non, elle ne l'avait pas
vu, elle préparait les tables pour le petit déjeuner. Il avait posé
115 sa clef sur le comptoir. Non, il n'avait pas encore signé le
registre, ni payé. Il avait prévenu qu'il resterait trois nuits. Non,
elle n'avait pas vu sa voiture, ni rien d'autre. Non, il n'avait pas
de chien. Un homme, c'était tout.

– Vous ne le reverrez pas, dit Hermel.

120 – Quelle chambre ? demanda Adamsberg.

– La 24, au second.

– Le ménage a été fait ?

– Pas encore. On commence toujours par le premier étage.

On travailla deux heures dans la chambre.

125 – Il a tout essuyé, dit le type des empreintes. C'est un prudent, un méticuleux[1]. Il a ôté la taie d'oreiller, il a emporté les
serviettes de bain.

---

1. Maniaque.

– Donne ton maximum, Juneau, ordonna Hermel.

– Oui, répondit Juneau. Ils se croient plus malins que les
130 autres, mais ils laissent toujours quelque chose.

Son collègue appela depuis la salle de bains.

– Il s'est coupé les ongles devant la fenêtre, dit-il.

– Parce qu'il avait du sang dessous, dit Hermel.

– Deux ongles se sont foutus dans la feuillure.

135 Le type glissa sa pince à épiler dans la fente et extirpa les ongles
qu'il enferma dans un sachet plastique. Juneau récupéra un cheveu noir et fin, presque avalé dans le siphon de la douche.

– Il n'a pas tout vu, dit-il. Ils laissent toujours quelque chose.

De retour au commissariat de Bourg, il fallut encore deux
140 heures pour obtenir de la gendarmerie de Puygiron qu'on procède à des prélèvements dans la maison de Massart et qu'on
envoie les échantillons récoltés au laboratoire de Lyon, aux fins
de[1] comparaisons.

– Qu'est-ce qu'on cherche ? demanda l'adjudant-chef de
145 Puygiron.

– Des cheveux et des ongles, dit Hermel. Tous les ongles que
vous pouvez ramasser. Relevez les empreintes aussi, ça peut servir.

– On relève ce qu'on trouve, dit l'adjudant. On n'est pas
payés pour vous fabriquer des comment dirais-je preuves.

150 – C'est bien comme ça que je l'entends, dit Hermel avec
calme. Relevez ce que vous trouvez.

– Massart est mort. L'individu s'est perdu sur le mont Vence.

---

1. Dans le but de faire.

– Il y a ici quelqu'un qui n'en est pas certain.

– Un très grand type? Athlétique? Blond avec des cheveux
155 longs?

Hermel examina Adamsberg.

– Non, dit-il. Pas du tout.

– Je vous le répète, commissaire. Massart a chuté quelque
part dans la comment dirais-je montagne.

160 – Sans doute. Mais autant s'en assurer, n'est-ce pas, pour
vous comme pour moi. J'ai besoin de ces échantillons aussi vite
que possible.

– C'est dimanche, commissaire.

– Cela veut dire que vous avez largement le temps d'aller
165 ratisser chez Massart cet après-midi et de faire porter les prélèvements à Lyon dès ce soir. Il y a mort d'homme ici, et le tueur
bat la campagne. Vous m'entendez bien, mon adjudant?

Hermel raccrocha peu après en grimaçant.

– Un de ces gars qui fait tout ce qu'il peut pour bloquer les
170 civils. J'espère qu'il fera procéder à une fouille correcte.

– C'est lui qui a bloqué toute l'affaire au départ, dit
Adamsberg.

– Je ne peux pas me permettre d'envoyer quelqu'un à moi.
Ça foutrait le feu au baril.

175 – Vous connaissez quelqu'un au Parquet de Nice?

– Je connaissais, mon vieux. Il n'y est plus depuis deux ans.

– Essayez quand même. On serait plus à l'aise avec un de vos
hommes là-bas.

Adamsberg se leva, serra la main de son collègue.

180 — Tenez-moi au courant, Hermel. Les analyses et le dossier. Le dossier surtout.

— Le dossier, je sais.

— À propos de cette tueuse que j'ai aux fesses, prévenez vos hommes de la boucler. N'oubliez pas.

185 — Dangereuse ?

— Très.

— Ça m'arrange de ne pas vous citer. Prenez garde à vous, mon vieux.

Le lendemain matin, un lundi, presque toute la presse faisait
190 sa une du loup-garou. Soliman revint en sueur de la ville, balança sa mobylette sur le bas-côté, jeta le pain frais et une brassée de journaux sur la caisse en bois.

— Tout est dans ces putain de journaux ! cria-t-il. Tout ! Une catastrophe ! Une fuite monumentale ! Putain de flics et putain
195 de journaux ! Le loup-garou, les brebis, les victimes, tout y est ! Même la carte ! L'itinéraire ! Il n'y a que le nom de Massart qui ne soit pas cité ! C'est foutu ! C'est cuit ! Massart va se barrer dès qu'il aura lu ça. Il est peut-être déjà en train de se barrer ! Il nous échappe, bon sang de merde ! Faudrait contrôler les fron-
200 tières, bloquer les routes ! Connards de flics ! Elle avait raison, ma mère ! Connards de flics !

— Calme-toi, Soliman, dit Adamsberg. Bois ton café.

— Vous ne comprenez pas ? cria le jeune homme. Ce n'est plus un filet qu'on lui tend, c'est un tapis rouge pour qu'il
205 puisse s'envoler !

– Calme-toi, répéta Adamsberg. Montre ça.

Adamsberg déplia les journaux, en passa un à Camille, un au Veilleux. Il hésita, puis il en posa un sur les pattes d'Interlock.

– Tiens, le chien, lis ça.

210 – Est-ce que c'est tellement le moment de rire ? demanda Soliman, mauvais, en plissant les yeux. Est-ce que c'est tellement le moment de rire quand Massart va se barrer et que ma mère va rester coincée dans le marigot puant ?

– On n'est sûr de rien, pour le marigot, dit le Veilleux.

215 – Oh merde, le vieux ! cria Soliman. Tu ne comprends rien toi non plus ?

Le Veilleux leva son bâton et toucha sans violence Soliman à l'épaule.

– Ta gueule, Sol, dit-il. Respecte.

220 Soliman se tut, souffla et s'assit, un peu étourdi, les bras ballants. Le Veilleux lui versa un café.

Camille examinait les journaux, parcourant les gros titres. *Un loup-garou se dirige vers Paris – Retour de la lycanthropie*[1] *– La Bête du Mercantour guidée par un dément – La course folle*
225 *de l'homme au loup.*

Plusieurs d'entre eux révélaient le détail de l'itinéraire rouge tracé par Massart, accompagné d'une carte. Des étoiles signalaient les lieux des précédents massacres. *Après avoir ravagé les Alpes-Maritimes, les Alpes-de-Haute-Provence, l'Isère et l'Ain, où*
230 *elle a fait sa dernière victime, la bête, partie du Mercantour voici*

---

1. Métamorphose d'un homme en loup.

neuf jours, se dirigerait à présent plein nord. *Menée par un psychopathe sanguinaire atteint de lycanthropie, l'animal longerait par trente kilomètres à l'ouest l'Autoroute du Soleil jusqu'à la hauteur de Chaumont avant d'obliquer plein ouest vers la capitale, via*
235 *Bar-sur-Aube et Provins. On suppose que l'homme procède par petites étapes, de soixante à deux cents kilomètres, et qu'il se déplace de nuit, accompagné d'un loup et d'un dogue allemand, probablement au volant d'une fourgonnette aux vitres aveugles. Il aurait à ce jour trois victimes à son actif et aurait égorgé plus de quarante*
240 *brebis. Il est conseillé à tous les éleveurs d'ovins de mettre en place un dispositif dissuasif visant à protéger le cheptel, chien de garde ou clôture électrifiée. Il est expressément recommandé à toutes les personnes, hommes et femmes, résidant en bordure ou à proximité immédiate des départementales signalées, d'éviter de sortir non*
245 *accompagnées après la tombée de la nuit. Toute personne susceptible de fournir une information de nature à aider la police dans ses investigations est priée de contacter la gendarmerie ou le poste de police le plus proche de son domicile.*

Camille reposa le journal, désolée.

250 – La fuite vient des flics, dit-elle. Ils ont convoqué la presse. Soliman n'a pas tort. Si Massart a trois grains de bon sens, il va disparaître avant qu'on ait eu le temps de souffler.

– Les flics ont cru bien faire, dit le Veilleux. Ils ont préféré alerter les populations pour éviter de nouvelles victimes. Tendre
255 un piège à Massart, c'est exposer des vies. On peut comprendre.

– Que dalle, dit Soliman. C'est une énorme connerie. Je voudrais tenir le taré qui a lâché tout ça.

– C'est moi, dit Adamsberg.

Il se fit un pesant silence dans le camion. Adamsberg se pen-
260 cha vers le chien et lui extirpa le journal déchiré hors des crocs.

– Interlock a bien aimé ça, dit-il en souriant. Vous devriez
vous fier au chien. Ça a beaucoup de flair, les chiens.

– Je ne peux pas le croire, dit Soliman, atterré. Je ne peux pas
le croire.

265 – Tu ferais aussi bien de le croire, dit doucement Adamsberg.

– Fais pas répéter, dit le Veilleux. Puisqu'il te le dit.

– J'ai appelé l'AFP[1] hier, dit Adamsberg, et je leur ai raconté
exactement ce que j'ai voulu.

– C'est quoi l'AFP ? demanda le Veilleux.

270 – Une sorte d'énorme brebis de tête pour les journalistes,
expliqua Soliman. Tous les journaux suivent ce que dit l'AFP.

– Bien, dit le Veilleux. J'aime bien comprendre.

– Mais l'itinéraire ? dit Camille, tendue. Pourquoi tu leur as
filé l'itinéraire ?

275 – Justement. C'est surtout l'itinéraire que je voulais leur donner.

– Pour que Massart se barre ? demanda Soliman. C'est cela ?
C'est cela, un flic sans principes ?

– Il ne se barrera pas.

280 – Et pourquoi ça ?

– Parce qu'il n'a pas terminé son boulot.

– Quel boulot ?

---

1. Agence France Presse.

— Son boulot. Son boulot de tueur.

— Il va aller le faire ailleurs, son boulot! cria à nouveau Soliman en se dressant. En Amazonie, en Patagonie, aux Hébrides! Il y en a partout des ovins!

— Je ne parle pas des ovins. Je parle des hommes.

— Il en tuera ailleurs.

— Non. C'est ici, son boulot.

Il y eut un nouveau silence.

— On ne comprend pas, dit Camille, résumant l'impression générale. Tu sais ces choses ou bien tu les penses?

— Je ne sais rien, dit Adamsberg. Je veux voir. J'ai déjà dit que l'itinéraire de Massart était précis et compliqué. À présent que sa route est connue et qu'il est recherché, il a tout intérêt à en changer.

— Et il va en changer! dit Soliman. Il est en train d'en changer!

— Ou pas, dit Adamsberg. C'est le point névralgique[1] de l'histoire. Tout repose là-dessus. Va-t-il s'écarter de son itinéraire? Ou va-t-il s'y tenir? Tout est là.

— S'il s'y tient? dit Camille.

— Ça changera tout.

Soliman eut une moue d'incompréhension.

— S'il s'y tient, expliqua Adamsberg, c'est qu'il n'a pas le choix. C'est qu'il doit suivre cette route, c'est qu'il ne peut pas faire autrement que de la suivre, quels que soient les risques.

---

1. Sensible.

— Et pourquoi ? dit Soliman. Folie ? Hantise ?

— Nécessité, calcul. En ce cas, il ne serait plus question de
310 hasard. Ni pour la mort de Sernot ni pour celle de Deguy.

Soliman secoua la tête, incrédule.

— On divague[1], dit-il.

— Évidemment, dit Adamsberg. Qu'est-ce qu'on sait faire
d'autre ?

---

1. Déraille.

BIEN LIRE

**Quelles certitudes Adamsberg semble-t-il avoir
acquises ?**

**Réussit-il à faire partager sa vision des choses aux
personnages ? Et au lecteur ? Qu'en pensez-vous ?**

29

Avec les nouvelles du matin, la pression se relâcha d'un coup sur les gardes du Mercantour. On décréta aussitôt une relâche dans le suivi des deux meutes.

Lawrence faisait route vers Camille, poussant sa moto. Des jours et des nuits qu'il ne l'avait pas vue. Tout lui manquait. Sa parole, son visage, son corps. Il avait vécu des moments harassants, et il avait besoin d'elle. Camille le sortait du silence, de l'emmurement[1].

Le Canadien se faisait du souci. On ne lui avait accordé aucune prolongation de visa. La mission dans le Mercantour était plus qu'achevée et il ne voyait aucun moyen de la faire reconduire au-delà de son terme. Dans à peine deux mois, le 22 août, il devrait partir. On l'attendait chez les grizzlis. Ni lui ni Camille n'avaient discuté de cette échéance, de ce qu'il adviendrait d'eux. Lawrence se figurait mal reprendre la vie sans elle. Cette nuit, s'il pouvait, s'il osait, il lui demanderait de venir à Vancouver. Bullshit. Les femmes l'impressionnaient tant.

Tard dans l'après-midi, Adamsberg reçut un appel d'Hermel.

– C'est le même cheveu, mon vieux, dit Hermel. Même épaisseur, même teinte, même profil, même chaîne de séquences. Du certain. Si ce n'est pas lui, c'est son frère. Pour les ongles, faudra encore attendre, on vient seulement d'en

---

1. Enfermement.

dégoter autour du lit dans sa baraque. Cet abruti de Puygiron n'avait fait chercher que dans le cabinet de toilette. Alors qu'un gars peut très bien se bouffer les ongles et les cracher par terre pendant qu'il est au lit. Hein ? J'ai envoyé un de mes hommes ce matin, en lui demandant de ratisser la chambre et de nous cueillir les ongles des dix doigts, pas un de moins. Si vous entendez parler d'un regain[1] dans la guerre des polices, vous saurez pourquoi. En tous les cas, c'est votre Massart, à coup presque sûr. Vous savez comment ils sont dans les labos. Pas moyen de leur arracher un oui massif. Attendez, ce n'est pas fini, mon vieux. Sous les ongles qu'on a ramassés dans la rainure de la fenêtre à l'hôtel, il y avait bien des particules de sang. C'est le sang de Fernand Deguy, pas de doute là-dessus. Donc le type de l'hôtel a bien lancé sa bête sur Deguy. À ce propos, on a fait la recherche que vous aviez demandée, mais on n'a pas récupéré un seul poil de loup sur le corps. Il y avait bien quelques poils de chien mais ça vient de son cocker. On travaille sur ce Deguy, on rafle tout ce qu'on peut. Je vous préviens, vous n'allez pas vous amuser. Guide de montagne, guide de montagne, mon vieux. Ça s'arrête là. Il a vécu à Grenoble toute sa vie et il a pris sa retraite à Bourg, parce que Grenoble n'est plus qu'une cuvette remplie de gaz d'échappement jusqu'au ras bord. Pas d'écart, pas de drame, pas de maîtresse connue à ce jour. J'ai eu Montvailland, à Villard-de-Lans. Il a avancé de son côté sur le dossier Jacques-Jean Sernot. Pas

---

1. Retour.

d'écart, pas de drame, pas de maîtresse connue à ce jour. Sernot
a enseigné les mathématiques à Grenoble pendant trente-deux
ans. Grenoble, c'est leur seul point commun, mais c'est grand,
pour un point. Ah si, c'étaient tous les deux des sportifs. Il y en
a beaucoup dans cette ville. La montagne est pleine de gens
bien décidés à marcher pendant des heures dans les cailloux.
Vous connaissez ça, mon vieux, vous venez des Pyrénées, à ce
qu'on m'a dit. Aucun indice que les deux hommes se soient
jamais croisés. Et encore moins qu'ils aient connu Suzanne
Rosselin. Je poursuis là-dessus quand même et je vous faxe le
tout où ça vous arrange.

Adamsberg raccrocha et rejoignit le camion. Soliman, calmé,
avait sorti sa bassine bleue, Camille composait dans la cabine,
portière ouverte, le Veilleux sifflotait, assis près des marches. Il
extirpait des puces du ventre de son chien, qu'il sectionnait
d'un coup sec entre le pouce et l'ongle de l'index. La vie se
ritualisait autour de la bétaillère, les territoires s'organisaient.
Camille occupait l'avant-poste, Soliman le flanc et le Veilleux
gardait l'arrière.

Adamsberg alla jusqu'à l'avant.

– Le cheveu appartient à Massart, dit-il à Camille.

Soliman, le Veilleux et Camille entouraient le commissaire,
silencieux, graves, presque hébétés[1]. Ils avaient toujours su qu'il

---

1. Hagards.

s'agissait de Massart, mais cette confirmation jetait une sorte d'effroi. C'était une différence du même ordre que l'idée d'un couteau et la vue d'un couteau. Un surcroît de précision et de réalisme, une certitude tranchante.

75 – On va allumer un cierge dans le camion, dit Adamsberg, rompant le silence. Le Veilleux veillera à ce que la flamme ne s'éteigne pas.

– Qu'est-ce qui te prend ? dit Camille. Tu crois que ça va aider ?

– Ça va aider à savoir en combien de temps ça brûle.

80 Adamsberg alla fouiller dans son coffre et en revint avec un long cierge qu'il scella[1] sur une soucoupe. Il le porta à l'intérieur du camion et l'alluma.

– Voilà, dit-il en se reculant d'un air satisfait.

– Pourquoi on fait ça ? demanda Soliman.

85 – Parce qu'on n'a rien de mieux à faire. Toi et moi, on va remonter tranquillement la départementale en visitant toutes les églises. Si Massart a eu une crise d'expiation après le meurtre de Deguy, on a une chance de repérer son passage. Il faut vérifier s'il est toujours sur cette route, ou bien s'il en a changé.

90 – Vu, dit Soliman.

– Camille, si on trouve sa trace, tu nous rejoindras avec le camion.

– Ce n'est pas possible. Je n'ai pas prévu de rouler ce soir.

---

1. Fixa.

— À cause du cierge ? dit Soliman. Le Veilleux le tiendra sur
ses genoux.

— Non, dit Camille. Je reste à Bourg. Lawrence vient ce soir.

Il y eut un court silence.

— Ah bien, dit Adamsberg. Laurence vient ce soir. Bien.

— Le trappeur peut nous rallier plus au nord, dit Soliman.
Qu'est-ce que ça peut lui faire ?

Camille secoua la tête.

— Il est sur la route, je ne peux plus le joindre. Je lui ai donné
rendez-vous à Bourg, je reste à Bourg.

Adamsberg hocha la tête.

— Bon, dit-il. Reste à Bourg. C'est normal. C'est bien.

Adamsberg et Soliman visitèrent dix-neuf églises avant de
repérer, à presque quatre-vingt-dix kilomètres au nord de
Bourg-en-Bresse, dans une petite église de hameau, à Saint-
Pierre-de-Cenis, cinq cierges plantés à l'écart des autres, à peu
près disposés en forme de M.

— C'est lui, dit Soliman. C'était pareil à Tiennes.

Adamsberg prit un cierge neuf, l'alluma à la flamme d'un
autre et le planta sur le portant.

— Qu'est-ce que tu fais ? dit Soliman, stupéfait. Tu fais une
prière ?

— Je compare.

— Même. Si tu mets un cierge, faut faire une prière. Et faut
payer le cierge. Sinon, on n'est pas exaucé.

– Tu es croyant, Sol ?
– Je suis superstitieux.
– Ah. C'est fatigant, ça.
– Très.

Adamsberg pencha la tête, examina les cierges.

– Ils ont brûlé sur leur premier tiers, dit-il. On comparera à celui du camion, mais Massart était sans doute ici il y a environ quatre heures. Entre trois et quatre heures, cet après-midi. Le coin est isolé. Il a dû se faufiler dans l'église déserte.

Il se tut, contempla les cierges en souriant.

– Qu'est-ce que ça peut nous faire au juste ? demanda Soliman. Il est loin maintenant. On sait bien qu'il allume des cierges.

– Tu n'as toujours pas compris, Sol ? Cette église est sur son itinéraire. Cela veut dire qu'il n'a pas dévié. Il colle à sa route. Cela veut dire que rien n'est fortuit[1]. S'il passe par là, c'est qu'il le faut. Il ne déviera plus à présent.

Avant de partir, Adamsberg mit trois francs dans une corbeille.

– Je savais bien que tu avais fait un vœu, dit Soliman.

– J'ai juste payé le cierge.

– Tu mens. Tu as fait un vœu. Je l'ai vu sur tes yeux.

Adamsberg gara la voiture à une vingtaine de mètres de la bétaillère. Il serra lentement le frein à main. Ni lui ni Soliman ne descendirent. Le Veilleux avait allumé une flambée, qu'il

---

1. Dû au hasard.

tisonnait du bout de son bâton ferré. À côté de lui, le regard tourné vers les flammes, un grand et beau type en tee-shirt
145 blanc, aux cheveux blonds tombant sur les épaules, avait posé son bras autour des épaules de Camille. Adamsberg le regarda sans bouger pendant un long moment.

– C'est le trappeur, commenta finalement Soliman.

– Je vois ça.

150 Les deux hommes laissèrent passer un nouveau silence.

– C'est le type qui vit avec Camille, reprit Soliman, comme s'il se le réexpliquait à lui-même, pour bien s'en convaincre. C'est le type qu'elle a choisi.

– Je vois ça.

155 – Très beau, très solide, pas froid aux yeux. Et des idées, ajouta Soliman en montrant son front. On ne peut pas dire que Camille ait mal choisi.

– Non.

– On ne peut pas lui reprocher d'avoir choisi ce type-là plu-
160 tôt qu'un autre, pas vrai ?

– Non.

– Camille est libre. Elle peut bien choisir qui elle souhaite. Celui qui lui plaît le mieux. Si c'est celui-là, eh bien, elle le choisit, pas vrai ?

165 – Oui.

– C'est elle qui décide, après tout. Ce n'est pas nous. Ce n'est pas les autres. C'est elle. On ne voit pas ce qu'on aurait à dire là-dessus, pas vrai ?

– Non.

170 – Et elle n'a pas mal choisi, finalement. Hein ? Je ne vois pas pourquoi on s'en mêlerait.

– Non. On ne va pas s'en mêler.

– Non, pas une seconde.

– Ça ne nous regarde vraiment pas, en fait.

175 – En fait, non.

– Non, répéta Adamsberg.

– Qu'est-ce qu'on fait ? demanda Soliman après un nouveau silence. On descend ?

Le Veilleux installa un grillage sur les braises et disposa sans 180 soin deux rangées de côtelettes et de tomates.

– Où as-tu pris le gril ? lui demanda Soliman.

– C'est du grillage à poules. Buteil l'avait laissé dans le camion. La chaleur, ça désinfecte tout.

Le Veilleux regarda griller la viande, puis distribua les parts, 185 dans un certain silence.

– Les cierges ? demanda Camille.

– Cinq à Saint-Pierre-du-Cenis, dit Adamsberg. Il a dû les allumer vers trois heures. Il colle à la route. Ce qu'il faudrait, c'est bouger dès ce soir, Camille. Maintenant que Laurence est 190 là, on peut se déplacer.

– Tu veux aller à Saint-Pierre ?

– Il n'y est déjà plus. Il est devant. Déplie la carte, Sol.

Soliman repoussa les verres, étala la carte sur la caisse.

– Tu vois, dit Adamsberg en désignant la route de la pointe

195 de son couteau, l'itinéraire se brise ici pour partir plein ouest vers Paris. Même s'il tient à ne pas franchir l'autoroute, il aurait pu tourner avant, ici, par cette petite route, ou bien là. Au lieu de ça, il fait un coude de trente kilomètres. C'est absurde, à moins qu'il ne tienne absolument à passer par Belcourt.

200 — Ça ne saute pas aux yeux, dit Soliman.

— Non, dit Adamsberg.

— Massart tue au hasard, quand on le dérange.

— C'est bien possible. Mais je préférerais qu'on aille à Belcourt ce soir. Le bourg n'a pas l'air grand. S'il y a une croix 205 plantée quelque part, on la trouvera, et on se postera là.

— Je n'y crois pas, dit Soliman.

— Moi si, dit soudain Lawrence. Pas certain, mais très possible. Bullshit. A fait assez de morts comme ça.

— Si on le gêne à Belcourt, dit Soliman en se tournant vers le 210 Canadien, il ira tuer ailleurs.

— Pas sûr. A des idées fixes.

— C'est des moutons qu'il cherche, dit Soliman.

— A pris goût aux hommes, dit Lawrence.

— Tu disais qu'il s'en prendrait aux femmes, dit Camille.

215 — Me suis gouré. S'en prend pas aux femmes pour les consommer, s'en prend aux hommes pour se venger. Revient un peu au même.

Il n'y avait aucune sorte de croix à Belcourt, ni dans les chemins environnants. Camille gara la bétaillère en bordure d'un 220 terrain municipal planté de jeunes pruniers, à l'entrée de la départementale qui traversait la petite ville. Adamsberg les avait devancés pour prévenir l'équipe de garde de la gendarmerie.

Soliman l'attendait seul. Les agissements du commissaire le déconcertaient, ses démonstrations incomplètes le laissaient incrédule. Mais son scepticisme[1] n'entamait pas la loyauté qui l'avait attaché à Adamsberg dès les premières heures. Par logique, par raison, Soliman luttait contre lui. Mais par nature, il s'associait à ses actes, sinon à ses pensées, faute de pouvoir les discerner clairement.

— Comment sont les gendarmes ? lui demanda-t-il quand Adamsberg revint au camion, vers minuit.

— Bonne cuvée, dit Adamsberg. Coopérants. Ils vont tenir le bourg sous surveillance jusqu'à nouvel ordre. Où sont les autres ?

— Le Veilleux est sous un prunier, là-bas. Il boit un coup de blanc.

— Les autres ? insista Adamsberg.

— Partis en balade. Le trappeur a dit à Camille qu'il voulait être seul avec elle.

— Bien.

— Je suppose qu'ils en ont le droit, pas vrai ?

— Oui, bien sûr que oui.

— Oui, répéta Soliman.

Il décrocha la mobylette, mit le moteur en route.

— Je vais en ville, dit-il. Voir s'il y a un café ouvert.

— Il y en a un, derrière la mairie.

---

1. Façon de douter de tout.

Soliman s'éloigna sur la route. Adamsberg monta dans le camion, examina le cierge qui, en sept heures, avait brûlé sur plus de la moitié. Il le souffla, prit un tabouret et un verre et rejoignit le Veilleux, qu'on distinguait au bout du champ, assis tout droit dans l'ombre, à cinquante mètres de là.

– Assieds-toi, mon gars, dit le Veilleux à son approche.

Adamsberg cala le tabouret à ses côtés, s'assit, tendit son verre.

– La ville est sous surveillance, dit-il. Si Massart se pointe, il risque gros.

– Alors il se pointera pas.

– C'est ce qui me soucie.

– T'avais qu'à pas leur donner l'itinéraire, mon gars.

– C'était le seul moyen de savoir.

– Ouais, dit le Veilleux en remplissant le verre. J'ai pigé la ruse. Mais l'homme est un loup-garou, mon gars. C'est bien possible qu'il choisisse ses victimes, je ne te dis pas non. Sûr qu'il a dû se faire des ennemis quand il était rempailleur. Mais il les tue en loup-garou. C'est ça, le truc. Tu verras quand on le pincera.

– Je verrai.

– Pas certain qu'on le pince. M'est avis qu'on va attendre un bout de temps.

– Eh bien on attendra. On attendra tout le temps qu'il faudra. Ici. Sous ce prunier.

– Exactement, mon gars. On l'attendra. Et s'il le faut, on restera ici jusqu'au bout de la vie.

– Pourquoi pas ? dit Adamsberg d'un ton un peu désabusé.

– Seulement, si on l'attend, faudra penser à trouver du
275 pinard.

– On y pensera.

Le Veilleux avala une gorgée.

– Ces motards de l'autre jour, reprit-il, faudra aussi y penser.

– Je n'oublie pas.

280 – C'est de la vermine. Sans le fusil, ils massacraient mon
Soliman et ils bousillaient ta Camille. Crois-moi.

– Je te crois. Ce n'est pas ma Camille.

– T'aurais pas dû m'empêcher de tirer.

– Mais si.

285 – J'aurais visé aux jambes.

– Je ne crois pas.

Le Veilleux haussa les épaules.

– Tiens, dit-il. Les voilà qui rentrent. La jeune femme et le
trappeur.

290 Le Veilleux suivit des yeux les silhouettes claires qui avan-
çaient sur la route. Camille grimpa la première dans le camion
et Lawrence s'arrêta devant les vantaux, hésitant.

– Qu'est-ce qu'il fout ? dit le Veilleux.

– L'odeur, suggéra Adamsberg. Le suint.

295 Le berger grommela quelque chose, surveillant le Canadien
d'un œil un peu hautain. Lawrence parut prendre une décision,
jeta ses cheveux en arrière et monta d'un bond dans le camion,
comme un homme qui plonge.

– Paraît qu'il est triste parce que le vieux loup dont il s'occu-

300 pait, eh bien il est mort, reprit le Veilleux. Voilà à quoi ils s'occupent, dans le Mercantour. À nourrir les vieux. Paraît qu'il va
repartir au Canada aussi. C'est pas la porte à côté.

– Non.

– Il va essayer de l'emmener.

305 – Le vieux loup ?

– Le vieux loup est mort, je te dis. Il va essayer de l'emmener, Camille. Et elle, elle va essayer de le suivre.

– Sans doute.

– Ça aussi, faudra y penser.

310 – Ça ne te regarde pas, le Veilleux.

– Tu vas dormir où, cette nuit ?

Adamsberg haussa les épaules.

– Sous ce prunier. Ou dans ma voiture. Il ne fait pas froid.

Le Veilleux acquiesça, remplit les deux verres, et se tut.

315 – Tu l'aimes ? demanda-t-il de sa voix sourde, après plusieurs
minutes de silence.

Adamsberg haussa de nouveau les épaules, sans répondre.

– Je m'en fous que tu te taises, dit le Veilleux, je n'ai pas sommeil. J'ai toute la nuit pour te poser la question. Quand le soleil
320 se lèvera, tu me trouveras là, et je te la reposerai, jusqu'à ce que
tu me répondes. Et si, dans six ans, on est toujours là, tous les
deux, à attendre Massart sous le prunier, je te le demanderai
encore. Je m'en fous. J'ai pas sommeil.

Adamsberg sourit, avala une gorgée de vin.

325 – Tu l'aimes ? demanda le Veilleux.

– Tu m'emmerdes avec ta question.

— Ça prouve que c'est une bonne question.

— Je n'ai pas dit qu'elle était mauvaise.

— Je m'en fous, j'ai toute la nuit. J'ai pas sommeil.

330 — Quand on pose une question, dit Adamsberg, c'est qu'on a déjà la réponse. Sinon, on la boucle.

— C'est vrai, dit le Veilleux. J'ai déjà la réponse.

— Tu vois.

— Pourquoi tu la laisses aux autres ?

335 Adamsberg resta silencieux.

— Je m'en fous, dit le Veilleux. J'ai pas sommeil.

— Merde, le Veilleux. Elle n'est pas à moi. Personne n'est à personne.

— Finasse[1] pas avec ta morale. Pourquoi tu la laisses aux
340 autres ?

— Demande au vent pourquoi il ne reste pas sur l'arbre.

— Qui est le vent. Toi ? Ou elle ?

Adamsberg sourit.

— On se relaie.

345 — Ce n'est pas si mal, mon gars.

— Mais le vent s'en va, dit Adamsberg.

— Et le vent revient, dit le Veilleux.

— C'est ça, le problème. Le vent revient toujours.

— Le dernier verre, avertit le Veilleux en examinant la bou-
350 teille dans l'obscurité. Faut qu'on se rationne.

— Et toi, le Veilleux ? T'as aimé quelqu'un ?

---

1. Ruse.

Le Veilleux resta silencieux.

– Je m'en fous, dit Adamsberg. Je n'ai pas sommeil.

– T'as la réponse ?

355 – Suzanne, toute ta vie. C'est pour ça que j'ai vidé ta cartouchière.

– Fumier de flic, dit le Veilleux.

Adamsberg regagna sa voiture, tira du coffre une couverture et s'installa sur la banquette arrière, la portière ouverte pour 360 pouvoir étendre les jambes. Vers deux heures du matin, une queue d'orage tonna sur la campagne et il se mit à tomber une pluie fine et tenace qui l'obligea à se recroqueviller dans l'habitacle. Ce n'est pas qu'il était grand, un mètre soixante et onze, le minimum requis pour entrer chez les flics, mais la position 365 finissait par être inconfortable.

En y réfléchissant, il devait même être le plus petit flic de France. C'est déjà quelque chose. Le Canadien, lui, était grand. Beaucoup plus grand. Plus beau aussi, incontestablement. Et même bien plus beau que prévu. Solide, fiable. Un très bon 370 choix, bien meilleur que lui. Lui, il ne valait pas le coup. C'était du vent.

Bien sûr qu'il aimait Camille, il n'avait jamais essayé de le nier. Parfois il s'en rendait compte, parfois il la cherchait, et puis il n'y pensait plus. Camille était son penchant naturel. Ces 375 deux nuits près d'elle avaient été bien plus difficiles qu'il ne l'aurait pensé. Cent fois il avait voulu poser la main sur elle.

Mais Camille n'avait pas l'air de demander quoi que ce soit. Vis ta vie, camarade.

Oui, bien sûr qu'il aimait Camille, du plus loin de lui-même,
380 du fin fond de ces terres ignorées que l'on trimballe en soi comme un monde sous-marin intime et étranger. Bien sûr. Et après ? Il n'était écrit nulle part qu'il faille réaliser chacune de ses pensées. Chez Adamsberg, la pensée n'entraînait pas nécessairement l'action. Entre l'une et l'autre, l'espace du songe
385 absorbait quantité de pulsions[1].

Et puis il y avait ce terrible vent qui le poussait sans cesse, plus loin devant, déracinant parfois son propre tronc. Ce soir, pourtant, il était l'arbre. Il aurait voulu retenir Camille entre ses branches. Mais justement, ce soir, Camille était le vent. Elle
390 filait vite, jusque vers les neiges, là-haut. Avec ce foutu Canadien.

---

1. Poussées inconscientes.

BIEN LIRE

Relevez un indicateur de temps.

Quel est le point commun entre les deux dernières victimes, Sernot et Deguy ?

Quel mobile Lawrence attribue-t-il aux crimes ?

Quelle serait la réponse d'Adamsberg à la question du Veilleux : « tu l'aimes ? » ?

L. 341, que signifie pour vous la sentence : « Demande au vent pourquoi il ne reste pas sur l'arbre ? » Que peut symboliser le vent ?

30

Humide et courbatu, Adamsberg passa sur le siège avant à sept heures du matin, mit le contact, et se rendit directement à Belcourt sans attendre le réveil des autres. Il s'arrêta aux bains municipaux où il resta vingt minutes planté sous la douche, la
5 tête levée sous le jet tiède, les bras pendants le long du corps.

Nettoyé, amnésique[1], il s'attarda une demi-heure au café puis chercha un coin isolé dans le bourg pour appeler Danglard. Cette fois, la longue quête qu'il avait lancée concernant Sabrina Monge débouchait enfin sur une piste tangible,
10 aboutissant dans un village à l'ouest de Gdansk.

– Gulvain est disponible ? demanda-t-il. Dites-lui de partir sur l'heure et prévenez Interpol. Quand il aura les photos, qu'il me les adresse en express depuis Gdansk à la gendarmerie de Belcourt, Haute-Marne. Danglard, envoyez-moi aussi tout le
15 dossier polonais, les pièces d'identité, les adresses. Non, mon vieux, on attend toujours. Je pense qu'il frappera ici, à Belcourt ou dans le coin. Non, mon vieux, je ne sais pas. Prévenez-moi si elle disparaît.

Adamsberg gagna la gendarmerie. L'adjudant Hugues
20 Aimont prenait son service de jour et Adamsberg se présenta.

– C'est vous, dit Aimont, qui avez mis l'équipe de nuit sur les dents.

– J'ai pensé bien faire.

---

1. Qui a perdu la mémoire.

– Je vous en prie, dit Aimont.

25 L'adjudant était un type long, frêle et blond, un peu délavé. Fait inhabituel dans la gendarmerie, c'était un homme timide, presque emprunté, parfois déférent. Il s'exprimait de manière soignée, tout en réserve, évitant les abréviations, jurons, exclamations. Il mit aussitôt la moitié de son bureau à la disposition

30 d'Adamsberg.

– Aimont, dit Adamsberg, les collègues de Villard et de Bourg doivent nous adresser les dossiers concernant Sernot et Deguy. L'adjudant de Puygiron devrait nous envoyer ce qu'il possède sur Auguste Massart, mais il est possible qu'il diffère.

35 Ce serait utile que vous l'appeliez. Cet adjudant n'aime pas les civils.

– Il n'y avait pas une troisième victime ? Une femme ?

– Je ne l'oublie pas. Mais cette femme a été tuée parce qu'elle savait quelque chose sur Massart, du moins je le crois. Les deux

40 autres ont été égorgés pour une autre raison. C'est cette raison que je cherche.

– Vous êtes sûr, demanda Aimont d'une voix ténue, que la troisième attaque aura lieu à Belcourt ?

– Sa route fait un crochet pour passer par ici. Mais il peut

45 être à deux cents kilomètres.

– Il ne me semble pas prudent d'éliminer le hasard, insista Aimont, embarrassé. Ces deux hommes avaient l'habitude de sortir la nuit. Rien n'empêche qu'ils aient simplement croisé Massart.

50   – En effet, dit Adamsberg. Rien n'empêche.

Adamsberg passa la journée dans les locaux de la gendarmerie, ou dans ses abords, alternant sa lecture des dossiers avec des
périodes de rêverie. Adamsberg lisait lentement, debout, revenant souvent sur une même ligne quand sa pensée, volatile,
55 s'était enfuie hors du texte. Depuis quelques années, il tâchait
de discipliner son esprit en prenant des notes sur un carnet. Cet
exercice contraignant ne donnait pas les effets escomptés.

Il déjeuna avec Aimont puis partit dans la campagne à la
recherche d'un recoin de survie, qu'il trouva assez aisément à trois
60 kilomètres de Belcourt, à proximité d'un moulin envahi par les
ronces et le chèvrefeuille. Il sortit son carnet, y griffonna pendant
plus d'une heure, dessinant les arbres qu'il avait sous les yeux,
puis il redescendit à son bureau provisoire. Il était tout à fait à
l'aise avec ce timide adjudant et il préférait s'installer là qu'au
65 campement du camion. Non pas que la présence de Lawrence le
gênât. Adamsberg ignorait presque tout de la jalousie. Quand il
la découvrait chez les autres, ravageuse et douloureuse, il lui semblait qu'il lui manquait une case, une de plus parmi les innom-
brables qui lui faisaient défaut. Mais il n'était pas certain, en
70 revanche, que sa présence soit du goût du Canadien. Lawrence
lui avait adressé à plusieurs reprises des regards calmes et interro-
gateurs qui semblaient signifier à la fois « Je suis là » et « Que
cherches-tu ? ». Et Adamsberg aurait eu bien du mal à répondre.
Un très bon choix, il n'avait rien à dire contre. À ceci près que

75 Lawrence n'était pas très causant, et pas toujours explicite. Adamsberg se demandait qui pouvait bien être ce boulechite qu'il invoquait tout le temps. Sa mère peut-être.

Il eut Hermel en ligne vers cinq heures.

– Vous avez vu les dossiers, mon vieux ? interrogea Hermel. 80 Pas très palpitant, non ? Et pas une passerelle entre les deux hommes. Ils n'ont jamais habité le même quartier. J'ai vérifié toutes les listes d'adhérents des associations sportives grenobloises sur trente ans. Rien, mon vieux. Ils ne fréquentaient pas les mêmes cercles. Les ongles, maintenant. Ceux qu'on a récu- 85 pérés dans la piaule de Massart et ceux de la feuillure. Cinq sur cinq. Les rainurages concordent au quart de poil. Qu'est-ce que vous dites de ça ? L'adjudant de Puygiron s'obstine encore à chercher des ongles dans le cabinet de toilette. Quand il a une idée, ça le pousse comme une locomotive. Stupide et fumeux, 90 si vous voulez mon avis, mon vieux. Il n'en trouvera pas. Massart se bouffait les ongles au lit, c'est ce que j'avais dit. J'ai dit à l'adjudant de laisser tomber, puisqu'on a des échantillons, mais il veut avoir raison. À mon avis, il va fouiller dans ce cabinet de toilette jusqu'à sa retraite, on est tranquille. Je lui ai rap- 95 pelé qu'on attendait des renseignements sur Massart, mais je n'ai pas l'impression qu'il va s'activer. Ce type ne cause qu'aux militaires. Pour la photo du gars, je m'adresse directement à son employeur, ça gagnera du temps. Ensuite, on fera comme on a dit, on diffusera dans les commissariats.

100 La chaleur avait monté au cours de la journée. Adamsberg dîna seul à la terrasse du même café, puis traîna dans les rues noires. Il se décida vers onze heures à rejoindre la vie collective.

Soliman et Camille fumaient une cigarette sur les marches. On distinguait dans l'obscurité la silhouette du Veilleux, ins-105 tallé dans le champ de pruniers. La moto n'était pas là.

Soliman se leva d'un bond à l'approche d'Adamsberg.

– Rien de neuf, lui dit Adamsberg en lui faisant signe de se rasseoir. De la paperasserie. Si, tout de même, ajouta-t-il après réflexion, les ongles trouvés à l'hôtel appartiennent bien à 110 Massart.

Adamsberg regarda autour de lui.

– Laurence n'est pas là ? demanda-t-il.

– Il est reparti dans le sud, dit Camille. Il a des problèmes de visa. Il va revenir.

115 – Il paraît que son vieux loup est mort, dit Adamsberg.

– Oui, répondit Camille, étonnée. Il s'appelait Augustus. Il ne pouvait plus chasser et Lawrence lui piégeait des lapins. Mais il ne s'est plus alimenté et il est mort. Un des gardes du Parc a dit « Quand on peut plus, on peut plus », et cela a énervé 120 Lawrence.

– Je comprends ça, dit Adamsberg.

Adamsberg alla boire un verre avec le Veilleux sous le prunier pendant que Soliman et Camille se couchaient. Il remonta au camion vers une heure du matin, le front un peu alourdi par le

125 vin piégeux. Avec la chaleur revenue, l'odeur de suint s'était intensifiée. Adamsberg écarta la bâche sans bruit. Camille dormait, couchée sur le ventre, le drap repoussé jusqu'au milieu du dos. Il s'assit sur son lit et la regarda un long moment, en essayant de réfléchir. Il n'avait jamais abandonné cette ambition
130 secrète de parvenir un jour à réfléchir à la manière dont Danglard le faisait, c'est-à-dire en obtenant des résultats. Après quelques minutes d'efforts, sa pensée lâcha prise à son insu[1] et s'immergea dans les songes. Il sursauta après un quart d'heure, au bord du sommeil. Il étendit le bras, posa sa main à plat sur
135 le dos de Camille. « Tu ne m'aimes plus ? » demanda-t-il tranquillement.

Camille ouvrit les yeux, le regarda dans l'obscurité, puis se rendormit.

Au milieu de la nuit, un nouvel orage, plus violent que celui
140 de la nuit précédente, éclata sur Belcourt. La pluie martelait le toit de la bétaillère. Camille se leva, enfila ses bottes sur ses pieds nus, alla fixer les bâches des claires-voies qui battaient avec le vent et laissaient passer l'eau. Elle se rallongea sans faire de bruit, guettant la respiration d'Adamsberg, comme on sur-
145 veille l'ennemi qui dort. Adamsberg allongea le bras et lui prit la main. Camille s'immobilisa, comme si un seul mouvement d'elle eût pu subitement aggraver la situation, comme on dit qu'un geste inconsidéré déclenche une avalanche. Il lui semblait qu'au début de la nuit, Adamsberg lui avait dit quelque

---

1. Sans qu'il s'en rende compte.

150 chose. Oui, elle s'en souvenait maintenant. Plus déconcertée qu'hostile, elle échafaudait une manœuvre pour sortir sa main de là sans faire d'histoire, sans faire de peine à personne. Mais sa main restait là où elle était, coincée dans les doigts d'Adamsberg. Elle n'était pas plus mal ici qu'ailleurs. Camille, 155 irrésolue[1], la laissa là.

Elle dormit mal, dans ce qui-vive[2] qu'elle connaissait bien, et qui lui signalait que quelque chose était en train de dérailler. Au matin, Adamsberg lâcha sa main, attrapa ses habits et descendit du camion. À ce moment seulement, elle s'endormit pour 160 deux longues heures.

Adamsberg démarra à neuf heures pour rejoindre le timide Aimont et revint moins d'une demi-heure plus tard.

– Neuf brebis égorgées au Champ des Meules, annonça-t-il.

Soliman se dressa d'un bond, courut au camion pour cher-165 cher la carte.

– Pas la peine, lui dit calmement Adamsberg. C'est tout près de Vaucouleurs, plein nord. Il est carrément sorti de sa route.

Soliman regarda Adamsberg, interdit.

– Tu t'es trompé, dit-il d'un ton plein d'étonnement et de 170 déception.

Adamsberg se servit un café, sans rien dire.

– Tu avais tort, insista Soliman. Il a changé de route. Il va fuir. Il va nous échapper.

---

1. Hésitante.
2. Agitation.

Le Veilleux se leva, tout droit.

175   – On lui colle au cul, dit-il. Route ou pas route. On lève le
camp. Va prévenir Camille, Sol.

– Non, dit Adamsberg.

– Quoi ? dit le Veilleux.

– On ne lève pas le camp. On reste ici. On ne bouge pas.

180   – Massart est à Vaucouleurs, dit Soliman en élevant la voix.
Et nous, on va où va Massart. À Vaucouleurs.

– On n'ira pas à Vaucouleurs, dit Adamsberg, parce que c'est
ce qu'il souhaite. Massart n'a pas quitté sa route.

– Ah non ? dit Soliman.

185   – Non. Il veut seulement qu'on quitte Belcourt.

– Et pour quoi faire ?

– Pour être tranquille. Il a quelqu'un à tuer à Belcourt.

– Pas d'accord, dit Soliman en secouant violemment la tête.
Plus on stagne ici, plus il s'éloigne de nous.

190   – Il ne s'éloigne pas. Il nous surveille. Va à Vaucouleurs si tu
veux, Soliman. Vas-y si ça t'amuse. Tu as la mobylette, tu peux
partir. Vas-y aussi si tu veux, le Veilleux, demande à Camille.
C'est elle qui conduit. Moi je reste ici.

– Qu'est-ce qui nous prouve que t'as raison, mon gars ?
195 demanda le Veilleux, ébranlé.

Adamsberg haussa les épaules.

– Tu as la réponse, dit-il.

– Le coude sur la route ?

– Entre autres.

200 – C'est une petite chose.

– Mais qui ne s'explique pas. Il y en a d'autres.

Partagé entre révolte et dévouement, Soliman, arpentant le flanc du camion – son territoire –, mit une heure à arrêter son choix. Finalement, il sortit le linge et la bassine bleue, signe
205 qu'il avait posé les armes.

Adamsberg regagna sa voiture. On l'attendait à la gendarmerie pour l'enquête à Vaucouleurs. Avant d'ouvrir la portière, il sortit son pistolet et vérifia son chargeur.

– Tu t'armes? demanda le Veilleux.

210 – Mon nom est dans le journal de ce matin, dit Adamsberg avec une grimace. Quelqu'un a parlé. Je ne sais pas qui. Mais à présent, si elle me cherche, elle me trouve.

– La tueuse?

Adamsberg hocha la tête.

215 – Elle te tirerait dessus?

– Oui. Une bonne petite balle dans le bide. Veille, le Veilleux, veille sur moi. Une grande fille rousse, efflanquée, des cernes sous ses yeux enfoncés, des cheveux longs qui bouclent, un petit nez, la peau blême. Éventuellement deux filles derrière
220 elle, des gamines toutes maigres. Tiens, regarde, dit-il en sortant une photo de sa poche.

– Elle s'habille comment? demanda gravement le Veilleux en examinant le cliché.

– Elle change tout le temps. Elle se grime, comme une gosse.

225 – Je préviens les autres?

– Oui.

Adamsberg passa le reste de la journée avec Aimont et les flics de Vaucouleurs. C'était la première fois qu'Aimont se trouvait face au travail du grand loup et il fut impressionné par le mas-
230 sacre opéré sur le troupeau. En fin d'après-midi la police de Digne adressa à Belcourt une photo de Massart qu'Aimont se chargea de faire agrandir et diffuser. En revanche, le dossier sur l'homme en provenance de Puygiron n'arrivait toujours pas. Adamsberg s'attarda à contempler le portrait d'Auguste Massart.
235 Une grosse figure blanche et maussade, hostile, pas très plai-sante. Des joues gonflées et lisses, un front court sous une frange basse de cheveux noirs, des yeux rapprochés, sombres, des sour-cils peu fournis, une sorte de brutalité endormie.

Le dossier préparé par Danglard parvint à Belcourt à sept
240 heures du soir. Adamsberg le plia avec soin, le glissa, bien à l'abri, dans sa poche intérieure, et regagna le camion.

Avant de se coucher, il ôta le 357 de son étui et le posa au bas de son lit, à proximité immédiate de sa main droite. Il s'allon-gea, prit la main de Camille et s'endormit. Camille regarda sa
245 main un bon moment, l'esprit vacant[1], et la laissa là où elle se trouvait.

Le Veilleux, au lieu de garder Interlock vautré sur ses pieds, l'avait posté à l'extérieur.

---

1. Vide.

– Surveille cette fille, lui avait-il recommandé en lui grattant les oreilles. Grande, rousse, efflanquée. C'est une tueuse. Gueule autant que tu pourras. Ne te fais pas de souci, ajouta-t-il en observant le ciel, il ne pleuvra pas cette nuit.

Interlock avait fait mine de tout piger et s'était couché au sol.

La chaleur monta d'un cran le jeudi 2 juillet. On attendit dans la torpeur[1]. Camille déplaça le camion jusqu'au bourg pour remplir le réservoir d'eau. Le Veilleux appela le troupeau, prendre des nouvelles de la patte de George. Soliman se plongea dans le dictionnaire. Camille, un peu perturbée par la passivité de sa main gauche sur laquelle son esprit ne semblait pas avoir d'influence, laissa tomber la musique et se réfugia dans le *Catalogue de l'Outillage Professionnel*. Il y aurait bien dans tout cela un engin qui la dépannerait dans cette situation délicate où elle se trouvait. Le *Disjoncteur thermique unipolaire + neutre 6 A à 25 ampères* lui semblait par exemple posséder des qualités appropriées. Si Adamsberg voulait bien lui lâcher la main, le problème se résoudrait de lui-même. Le plus simple serait de demander.

Ce ne fut que vers cinq heures de l'après-midi que les gendarmes de Poissy-le-Roy prévinrent leurs collègues de Vaucouleurs d'un massacre d'ovins survenu dans la nuit, à la bergerie des Chaumes. Les flics de Vaucouleurs alertèrent

---

1. Immobilité.

Belcourt avec du retard et Adamsberg n'eut la nouvelle qu'à huit heures du soir.

Il étala la carte sur la caisse en bois.

275 – Cinquante kilomètres à l'ouest de Vaucouleurs, dit-il. Toujours hors piste.

– Il s'éloigne, gronda Soliman.

– On ne bouge pas, dit Adamsberg.

– On va le rater ! cria le jeune homme en se levant.

280 Le Veilleux, qui tisonnait le feu à deux mètres de là, tendit son bâton et toucha le jeune homme.

– Ne t'énerve pas, Sol, dit-il. On l'aura. Quoi qu'il arrive, on l'aura.

Soliman se laissa tomber sur son siège, l'air désolé, épuisé, 285 comme à chaque fois que le Veilleux le touchait avec le bâton. Camille se demandait s'il mettait un produit dedans, ou quoi.

– «Soumission», marmonna Soliman. «Fait de se soumettre ; disposition à obéir. »

Après le dîner, Camille s'obstina à compulser le *Catalogue* 290 dans la cabine du camion, jusqu'à épuisement. Elle avait à peine dormi la nuit précédente et ses yeux étaient lourds. Vers deux heures du matin, elle regagna son lit avec une prudence d'espion. Soliman était toujours au bourg avec la mobylette. Le Veilleux était posté près de la route. Il veillait. Il guettait la fille 295 rousse. Il protégeait Adamsberg, le Tricot à mailles couché sur ses pieds. «Je m'en fous, j'ai pas sommeil», il avait dit.

Camille s'assit d'abord sur le lit de Soliman pour ôter ses bottes, quitte à marcher sur le sol cradingue de la bétaillère. Ainsi, ça ne risquait pas de réveiller Adamsberg. Et qui n'est pas réveillé ne prend la main de personne. Elle repoussa lentement la bâche, décomposant ses mouvements dans le silence, et la laissa retomber sans un bruit. Adamsberg, étendu sur le dos, respirait régulièrement. Elle s'avança avec des précautions de voleur dans l'allée étroite qui séparait les deux lits, tâchant d'éviter le pistolet qui luisait au sol. Adamsberg éleva les deux bras vers elle.

– Viens, dit-il doucement.

Camille se figea dans l'obscurité.

– Viens, répéta-t-il.

Camille fit un pas, incertaine, l'esprit vide. Des lointains de ce vide, montaient des souvenirs indistincts, des ombres balbutiantes. Il posa une main sur elle et l'amena vers lui. Camille entrevit, plus proches, mais comme scellés derrière une vitre épaisse, les contours inaccessibles de ses désirs anciens. Adamsberg effleura sa joue, ses cheveux. Camille ouvrait les yeux dans le noir, le *Catalogue* toujours serré dans sa main gauche, plus attentive à la nuée[1] d'images fragiles surgies des chambres closes de sa mémoire qu'au visage tourné vers elle. Elle avança la main vers ce visage, avec la sensation angoissée qu'à son contact, quelque chose exploserait. La vitre épaisse, peut-être. Ou bien les cales[2] insoupçonnées de cette mémoire, bour-

---

1. Très grand nombre.
2. Fonds des navires.

rées de vieux trucs en état de marche, qui attendaient, hypo-
crites, embusqués, défiant le temps. C'est à peu près ce qui se
produisit, une longue déflagration, plus alarmante qu'agréable.
325 Elle considéra tout ce fracas, et le fouillis stupéfiant échappé des
basses cales de son propre navire. Elle voulut ranger, contenir,
mettre de l'ordre. Mais, comme une part de Camille convoitait
le désordre, elle renonça et s'allongea contre lui.

– Tu connais l'histoire de l'arbre et du vent ? demanda
330 Adamsberg en la serrant dans ses bras.

– C'est une histoire de Soliman ? murmura Camille.

– C'est une histoire à moi.

– Je n'aime pas trop tes histoires.

– Celle-ci n'est pas mauvaise.

335 – Je me méfie quand même.

– Tu as raison.

31

Il était plus de dix heures du matin quand Soliman appela par-delà la bâche.

– Camille, cria le jeune homme. Bon Dieu, lève-toi. Le flic est parti.

– Qu'est-ce que tu veux qu'on y fasse ? dit Camille.

– Viens ! cria Soliman.

Le jeune homme était en état d'alarme. Camille enfila ses vêtements et ses bottes et le rejoignit dehors, à la caisse en bois.

– Il est venu quand même, dit Soliman. Et personne ne l'a vu. Ni sa voiture ni que dalle.

– De qui tu parles ?

– De Massart, bon sang ! Tu ne comprends pas ?

– Il a attaqué ?

– Il a égorgé un type cette nuit, Camille.

– Merde, souffla Camille.

– Il avait raison, le petit gars, dit le Veilleux en frappant le sol de son bâton. C'est à Belcourt qu'il a frappé.

– Il a égorgé trois brebis dans la foulée, trente kilomètres plus loin.

– Sur sa route ?

– Oui, à Châteaurouge. Il repart vers l'ouest, vers Paris.

Camille alla chercher la carte, dont les angles s'émoussaient sous l'usure, et la déplia.

– Tu ne sais pas non plus où est Paris ? demanda Soliman, nerveux.

– Ça va, Sol, dit Camille. Les flics ne l'ont pas vu dans le bourg ?

– Il n'est pas arrivé par là, dit le Veilleux. J'ai guetté la route toute la nuit.

30 – Qu'est-ce qui s'est passé ? demanda Camille.

– Qu'est-ce qui s'est passé ? cria Soliman. Il s'est passé qu'il est venu, avec son loup, et qu'il l'a jeté sur ce pauvre type ! Que veux-tu qu'il se passe d'autre ?

– Je sais pas pourquoi tu t'énerves comme ça, dit le Veilleux 35 posément. Il devait tuer ce type, et il l'a tué. Le garou ne rate pas sa proie.

– Il y avait dix gendarmes dans la ville !

– Le garou vaut vingt hommes. Mets-toi ça dans le crâne.

– On sait qui c'est ? demanda Camille.

40 – Un vieux type, c'est tout ce qu'on sait. Il l'a égorgé hors du bourg, à deux kilomètres de là, dans les collines.

– Qu'est-ce qu'il a contre les vieux types ? murmura Camille.

– C'est des types qu'il a connus, marmonna le Veilleux. Il ne peut pas supporter les types. Tous les types.

45 Camille se servit du café, se coupa du pain.

– Sol, dit-elle, tu étais en ville cette nuit. Tu n'as rien entendu ?

Soliman secoua la tête en silence.

– Adamsberg a demandé qu'on aille l'attendre sur la place, 50 dit-il. Des fois qu'on bouge en vitesse vers Châteaurouge. Les flics vont sûrement déplacer tout le dispositif là-bas.

Camille entra au ralenti dans Belcourt et gara la bétaillère à l'ombre sur la grand-place, entre la mairie et la gendarmerie.

– On attend, dit Soliman.

Ils restèrent tous les trois à l'avant du camion, sans parler. Camille, les bras allongés sur le volant, observait les rues silencieuses. À onze heures, un vendredi, la place de Belcourt était presque déserte. Une femme qui passait de temps à autre, avec un panier. Sur un banc de pierre face à l'église, une religieuse en gris leur jeta un coup d'œil, puis se remit à la lecture d'un gros volume en cuir. La demie sonna à l'église, puis moins le quart.

– Ça doit avoir chaud, les bonnes sœurs, l'été, remarqua Soliman.

Le silence retomba dans le camion. L'église sonna midi. Une voiture de police déboucha de la rue latérale et se gara devant la gendarmerie. Adamsberg en descendit avec Aimont et deux gendarmes. Il fit un signe en direction de la bétaillère et entra dans le bâtiment derrière ses collègues. Le soleil chauffait la place à blanc. La religieuse, sous l'ombre clairsemée du platane, n'avait pas bougé.

– « Abnégation, sacrifice de soi, renoncement », dit Soliman. Elle attend une visite, ajouta-t-il avec un sourire. Une visitation.

– Tais-toi, Sol, dit le Veilleux. Tu me déranges.

– Et qu'est-ce que tu fais ?

– Tu le vois bien. Je veille.

L'église sonna le quart et Adamsberg sortit seul de la gendarmerie, traversant la longue place pavée pour rejoindre la bétaillère. Quand il fut à mi-chemin, le Veilleux se propulsa brusquement hors du camion, se cassa la gueule sur les marches et s'écrasa sur le trottoir.

– Couche-toi, mon gars ! hurla-t-il de toute sa voix.

Adamsberg sut que c'était pour lui. Il se jeta au sol pendant qu'une détonation explosait dans le silence. Le temps que la religieuse vise à nouveau, il s'était rué derrière le banc et l'avait saisie au cou, l'étranglant de son bras gauche. Son bras droit, en sang, pendait le long de son corps. Camille et Soliman s'étaient figés, le cœur battant à rompre. Camille réagit la première, sauta du camion et se précipita vers le Veilleux, qui, toujours allongé sur le trottoir, ricanait en marmonnant « C'est bien, mon gars, c'est bien ». Quatre gendarmes couraient vers Adamsberg.

– Si tu ne me lâches pas, hurla la fille, je leur tire dedans !

Les gendarmes s'immobilisèrent à cinq mètres du banc.

– Et s'ils tirent, je flingue le vieux ! ajouta-t-elle, en pointant son arme vers le Veilleux, toujours cloué au sol, les épaules reposant sur le bras de Camille. Et je vise bien ! Demandez à ce salopard si je ne vise pas bien !

Il se fit un silence de plomb sur la place, chacun se raidissant, piégé dans sa posture. Adamsberg, tenant toujours la fille serrée au cou, approcha ses lèvres de son oreille.

– Écoute-moi, Sabrina, dit-il doucement.

– Lâche-moi, salaud ! cria-t-elle d'une voix essoufflée. Ou je démolis le vieux et tous les flics de ce bled d'enculés !

105 – J'ai retrouvé ton garçon, Sabrina.

Adamsberg sentit la fille se tendre sous son bras.

– Il est en Pologne, continua-t-il, les lèvres collées à la coiffe grise de religieuse. Un de mes hommes est là-bas.

– Tu mens ! dit Sabrina dans un murmure haineux.

110 – Il est près de Gdansk. Baisse ton arme.

– Tu mens ! cria la fille en haletant presque, le bras toujours tendu, tremblant.

– J'ai sa photo dans ma poche, continua Adamsberg. On l'a prise il y a deux jours, là-bas, à la sortie de l'école. Je ne peux

115 pas l'attraper, tu m'as blessé au bras. Et si je te lâche, tu me tires dedans. Qu'est-ce qu'on fait, Sabrina ? Tu veux voir sa photo ? Tu veux le récupérer ? Ou tu veux dézinguer tout le monde et ne jamais le revoir ?

– C'est un piège, siffla Sabrina.

120 – Laisse venir un des gendarmes. Il prendra la photo et il te la montrera. Tu le reconnaîtras. Tu verras que je ne mens pas.

– Pas un flic.

– Un homme désarmé alors.

Sabrina réfléchit quelques instants, haletant toujours sous la

125 pression du bras.

– D'accord, souffla-t-elle.

– Sol ! appela Adamsberg. Viens ici lentement, les bras écartés.

Sol descendit du camion et se dirigea vers le banc.

130 — Avance par-derrière, jusqu'à moi. Dans ma poche intérieure gauche, il y a une enveloppe. Ouvre-la, prends la photo. Montre-la-lui.

Sol s'exécuta, sortit de l'enveloppe le portrait noir et blanc d'un petit garçon d'environ huit ans, et le plaça devant le visage
135 de la fille. Sabrina baissa les yeux vers l'image.

— Laisse la photo sur le banc maintenant, Sol. Retourne au camion. Alors, Sabrina ? Tu reconnais le petit ?

La fille hocha la tête.

— On va le récupérer, dit Adamsberg.

140 — Il ne le rendra jamais, souffla Sabrina.

— Crois-moi que oui. Il le rendra. Baisse ton arme. Je tiens beaucoup au vieux qui est couché par terre. Je tiens beaucoup aux deux qui sont dans le camion. Je tiens aux quatre flics qui sont devant et que je ne connais pas plus que toi. Je tiens à ma
145 peau. Et je tiens à toi. Si tu bouges, ils te canarderont. C'est très mauvais de blesser un flic.

— Ils vont m'emmener en tôle.

— Ils t'emmèneront où je dirai. C'est moi qui m'occupe de toi. Baisse ton arme. Donne-la-moi.

150 Sabrina abaissa le bras, tremblant de tout son corps maigre, et laissa tomber l'arme au sol. Adamsberg lâcha lentement son cou, fit signe aux gendarmes de reculer, contourna le banc et la ramassa. Sabrina se recroquevilla sur elle-même et explosa en sanglots. Il s'assit près d'elle, lui ôta avec soin sa coiffe grise,
155 caressa les cheveux roux.

– Lève-toi, dit-il doucement. Un de mes hommes va venir te chercher. Il s'appelle Danglard. Il te ramènera à Paris, et là, tu m'attendras. J'ai encore à faire ici. Mais tu m'attendras. Et on ira chercher le garçon.

160 Sabrina se mit debout, chancelante. Adamsberg passa son bras autour de sa taille et l'accompagna dans la gendarmerie. Un des gendarmes examinait la cheville du Veilleux.

– Aidez-moi à le monter dans le camion, dit Camille. Je vais l'emmener chez le médecin.

165 – Ça pue dans ce camion, dit le gendarme en déposant le Veilleux sur le premier lit, à droite.

– Ça pue pas, dit le Veilleux. C'est du suint.

– C'est là que vous habitez ? demanda le gendarme, un peu effaré par l'aménagement de la bétaillère.

170 – C'est provisoire, dit Camille.

Adamsberg grimpa à cet instant dans le camion.

– Comment va-t-il ?

– La cheville, dit le gendarme. Je pense qu'il n'y a rien de cassé. Mais vaudrait mieux voir un médecin. Vous aussi, com-
175 missaire, dit-il en regardant son bras, serré dans un bandage d'appoint.

– Oui, dit Adamsberg. Ce n'est pas profond. Je vais m'en occuper.

Le gendarme porta la main à son képi et descendit.
180 Adamsberg s'assit sur le lit du Veilleux.

– Hein ? dit le Veilleux en ricanant. Je t'ai sauvé la mise, mon gars.

– Si tu n'avais pas crié, la balle m'arrivait droit dans le bide. Je ne l'avais pas reconnue. Je ne pensais qu'à Massart.

185   – Tandis que moi, dit le Veilleux en montrant son œil, je veille. Dis donc, c'est pas pour rien qu'on m'appelle le Veilleux.

– C'est pas pour rien.

– Je n'ai rien pu faire pour Suzanne, dit-il sombrement, mais pour toi oui. Je t'ai sauvé la peau, mon gars.

190   Adamsberg hocha la tête.

– Si tu m'avais laissé mon fusil, reprit le Veilleux, je lui tirais dedans avant qu'elle te touche.

– C'est une pauvre fille, le Veilleux. Ça suffisait de crier.

– Ouais, dit le Veilleux, sceptique. Qu'est-ce que tu lui as dit

195 à l'oreille ?

– L'aiguillage.

– Ah oui, dit le Veilleux en souriant. Je me souviens.

– Je te dois quelque chose.

– Ouais. Trouve-moi du blanc. On a terminé les bouteilles

200 de Saint-Victor.

Adamsberg descendit du camion, serra Camille dans ses bras sans un mot.

– Fais-toi soigner, dit Camille.

– Oui. Quand le Veilleux aura vu le médecin, file sur

205 Châteaurouge. Reste à l'entrée, sur la départementale 44.

BIEN LIRE   **Quelle est, selon vous, la fonction de ce chapitre ?**

32

Où qu'ils se posent, le campement s'organisait de la même façon, selon un ordonnancement rigoureux qui ne variait plus d'un iota[1], si bien que Camille commençait à confondre toutes les entrées de villages où elle avait garé la bétaillère. Ce système, issu de l'esprit structuré et méticuleux de Soliman, présentait l'avantage de recréer une intimité tranquillisante dans des lieux aussi dévastés qu'un parking ou un bord de route. Soliman installait la caisse en bois et les tabourets rouillés à l'arrière du camion, pour les repas, organisait la lessive sur le flanc gauche, et le recoin lecture et méditation sur le flanc droit. Camille composait donc dans la cabine mais descendait dans le recoin méditation pour consulter le *Catalogue*.

Dans cette course chaotique et hasardeuse qui les liait à Massart, Camille trouvait dans la fixité de cet agencement un soutien salutaire. Ce n'était peut-être pas fameux de se raccrocher à quatre tabourets pliants, mais c'était devenu, pour l'heure, un point de repère essentiel. Surtout à présent que le champ de sa vie se présentait dans un désordre radical. Elle n'avait pas osé appeler Lawrence aujourd'hui. Elle craignait que quelque morceau de ce désordre n'affleure dans sa voix. Le Canadien était un homme méthodique, il l'entendrait à coup sûr.

Soliman avait passé sa fin d'après-midi à transporter le

---

1. La lettre I en grec ; qui ne variait presque plus du tout.

Veilleux partout dans ses bras, pour descendre, pour monter,
pour pisser, pour bouffer, en le traitant de vieillard.

– N'empêche, lui disait-il, tu les as drôlement ratées, ces foutues marches.

– Sans moi, répondait le Veilleux avec hauteur, il ne serait
plus là, le petit flic.

– N'empêche, répondait Soliman. Tu les as drôlement ratées.

Camille s'assit près de la caisse en bois, sur le pliant rayé rouge
et vert qui lui était dévolu[1]. Soliman porta le Veilleux sur son
pliant jaune, et lui cala le pied sur la bassine retournée. Lui avait
le pliant bleu. Le quatrième, le bleu et vert, était pour Adamsberg.
Soliman ne souhaitait pas qu'on change de couleur de pliant.

Adamsberg revint occuper son siège vers neuf heures du soir.
Un gendarme avait ramené sa voiture et un autre l'avait rac-
compagné jusqu'au camion, sans oser demander pourquoi il
préférait la compagnie de ces bohémiens au confort de l'hôtel
voisin de Montdidier.

Adamsberg s'assit d'une masse sur son pliant réservé, le bras
droit en écharpe, le visage un peu harassé. De la main gauche,
il piqua une saucisse et trois pommes de terre et les laissa tomber maladroitement dans son assiette.

– « Handicap », dit Soliman. « Désavantage quelconque,
infirmité qui met quelqu'un en état d'infériorité. »

– Dans le coffre de ma voiture, dit Adamsberg, il y a deux
caisses de vin. Apporte-les.

---

1. Attribué.

Soliman déboucha une bouteille et remplit les verres. Quand ce n'était pas du Saint-Victor, n'importe qui avait le droit de servir. Le Veilleux goûta d'un air méfiant avant de donner son assentiment d'un bref signe de tête.

– Explique-toi, mon gars, dit-il en tournant les yeux vers Adamsberg.

– C'est le même cas de figure, dit Adamsberg. Le gars a été égorgé d'un coup, après un choc sur le crâne. On a les empreintes plutôt nettes des deux pattes avant de l'animal. Comme pour Sernot et Deguy, c'est un homme pas tout jeune, un ancien commercial. Il a fait vingt fois le tour du monde en vendant des cosmétiques.

Il sortit son carnet et le consulta.

– Paul Hellouin, dit-il. Il avait soixante-trois ans.

Il rempocha le carnet.

– Cette fois, continua-t-il, on a prélevé trois poils près de la blessure. Ils sont partis à l'IRCG, à Rosny. Je leur ai demandé d'activer.

– C'est quoi, l'IRCG ? demanda le Veilleux.

– L'Institut de Recherches Criminelles de la Gendarmerie nationale, dit Adamsberg. Là où on peut anéantir un homme avec un seul fil de sa chaussette.

– Bien, dit le Veilleux. J'aime bien comprendre.

Il regarda ses pieds nus, enfoncés dans ses grosses chaussures.

– J'ai toujours dit que les chaussettes étaient un attrape-couillons, ajouta-t-il pour lui-même. Je sais pourquoi maintenant. Continue, mon gars.

– Le vétérinaire est passé examiner ces trois poils. Selon lui, ce ne serait pas du chien. Alors ce serait du loup.

Adamsberg frotta son bras, se servit un verre de blanc de la main gauche en en répandant à côté.

80 – Cette fois, dit-il, il l'a égorgé à l'entrée d'un pré, et il n'y avait aucune sorte de croix. Comme quoi Massart n'est pas si sourcilleux qu'on le pense quand il s'agit d'être efficace. Et il l'a tué loin de chez lui, sûrement à cause des flics qui traînaient partout en ville. Cela suppose qu'il a eu les moyens de l'attirer

85 dehors. Un billet, ou un coup de fil.

– À quelle heure ?

– Vers deux heures du matin.

– Un rendez-vous à deux heures du matin ? demanda Soliman.

90 – Pourquoi pas ?

– Le type devait se méfier.

– Tout dépend du prétexte qu'on lui a donné. Confidence, secret de famille, chantage, il y a des tas de moyens de faire sortir un homme à la nuit. Je pense que Sernot et Deguy ne sont

95 pas sortis non plus par plaisir. On les a convoqués, comme Hellouin.

– Leurs femmes ont dit qu'il n'y avait pas eu d'appel téléphonique.

– Pas le jour même, non. Les rendez-vous ont dû être fixés

100 avant.

Soliman fit la moue.

– Je sais, Sol, dit Adamsberg. Tu crois au hasard.

– Oui, dit Soliman.

– Trouve-moi une bonne raison pour que ce bon vieux représentant en cosmétiques soit allé prendre l'air à deux heures du matin ? Tu connais beaucoup de gens qui vont se promener la nuit ? L'homme n'aime pas la nuit. Tu sais combien j'en ai connu, des marcheurs noctambules, dans toute ma vie ? Deux.

– Qui ?

– Moi et un type de mon village, dans les Pyrénées. Il s'appelle Raymond.

– Ensuite ? dit le Veilleux, chassant Raymond d'un revers de main.

– Ensuite, aucun lien avec Deguy et Sernot, aucune raison non plus d'avoir croisé Massart. Mais il y a quelque chose de différent, avec cet Hellouin, ajouta Adamsberg d'un ton pensif.

Le Veilleux roulait trois cigarettes sur ses genoux. Il lécha les papiers, colla, les tendit à Soliman et Camille.

– Il y a au moins un type qui aurait pu vouloir le tuer, reprit Adamsberg. Ce n'est pas si fréquent dans la vie d'un homme.

– Ça a un rapport avec Massart ? demanda Soliman.

– C'est une vieille histoire, dit Adamsberg sans répondre. Une histoire ordinaire et sordide qui m'intéresse. Ça s'est passé il y a vingt-cinq ans aux États-Unis.

– Massart n'a jamais foutu les pieds là-bas, dit le Veilleux.

– Ça m'intéresse quand même, dit Adamsberg.

Il fouilla dans sa poche de la main gauche, sortit deux comprimés et les avala avec une gorgée de vin.

– C'est pour mon bras, expliqua-t-il.

130   – Ça te tire, mon gars ? demanda le Veilleux.

– Ça lance.

– Tu connais l'histoire de l'homme qui avait prêté son bras au lion ? demanda Soliman. Le lion, qui trouvait ça pratique et original, ne voulait plus lui rendre et l'homme ne savait plus

135 qu'inventer pour récupérer son bien.

– Ça suffit, Sol, coupa le Veilleux. Raconte cette vieille histoire d'Amérique, mon gars, demanda-t-il à Adamsberg.

– Or, continua Soliman, un jour que l'homme puisait à la mare d'un seul bras, un poisson sans nageoires se trouva prison-

140 nier dans son pot à eau. « Laisse-moi aller », implora le poisson...

– Merde, Sol, cria le Veilleux. Raconte ce truc d'Amérique, dit-il en se tournant à nouveau vers Adamsberg.

– Au départ, dit Adamsberg, il y avait deux frères, Paul et Simon Hellouin. Ils bossaient ensemble pour cette petite affaire

145 de cosmétiques, et Simon avait créé une antenne à Austin, au Texas.

– Elle est nulle, cette histoire, dit Soliman.

– Là-bas, poursuivit Adamsberg, Simon s'était compliqué la vie en couchant avec une femme, une Française mariée à un

150 Américain, et qui s'appelait Ariane Germant, épouse Padwell. Vous me suivez ? Parce que souvent, j'endors les gens quand je parle.

– C'est parce que tu parles trop lentement, dit le Veilleux.

– Oui, dit Adamsberg. Le mari, c'est-à-dire l'Américain,

155 John Neil Padwell, s'est compliqué la vie en se bouffant de jalousie et il a torturé puis abattu l'amant de sa femme.

– Simon Hellouin, résuma le Veilleux.

– Oui. Padwell est passé en jugement. Le frère, Paul – le nôtre –, a témoigné au procès et a chargé Padwell à bloc. Il a versé au dossier de l'accusation les lettres de son frère, dans lesquelles Simon décrivait la brutalité et la cruauté de Padwell envers sa femme. John Neil Padwell a écopé[1] de vingt ans de tôle, dont il a fait dix-huit. Sans le témoignage de Paul, il aurait pu s'en tirer à beaucoup moins, en plaidant la folie passagère.

– Aucun rapport avec Massart, dit Soliman.

– Pas plus que ton affaire de lion, dit Adamsberg. Padwell a dû sortir de tôle il y a environ sept ans. Si ce type a un homme à abattre, c'est Paul Hellouin. Après le procès, Ariane a tout plaqué et elle est revenue en France avec le frère, Paul, dont elle a été la maîtresse pendant un ou deux ans. Double offense, donc. Il a témoigné contre lui, puis il lui a pris sa femme. Je tiens l'histoire de la sœur de Paul Hellouin.

– Mais, dit Camille, à quoi ça sert ? C'est Massart qui a tué Hellouin. On a les ongles. Ils sont formels pour les ongles.

– Je le sais bien, dit Adamsberg. Et elle m'ennuie, cette histoire d'ongles.

– Quoi donc ? dit Soliman.

– Je ne sais pas.

Soliman haussa les épaules.

– Ne t'éloigne pas de Massart, dit-il. On en a rien à branler du forçat texan.

---

1. Reçu en punition.

— Je ne m'éloigne pas. Peut-être que je me rapproche. Peut-être que Massart n'est pas Massart.

— Complique pas tout, mon gars, dit le Veilleux. À chaque
185 jour suffit sa peine.

— Massart n'est revenu à Saint-Victor que depuis quelques années, continua Adamsberg en prenant son temps.

— Six ans environ, dit le Veilleux.

— Et personne ne l'avait vu depuis vingt ans.

190 — Il était sur les marchés. Il rempaillait les chaises.

— Qu'est-ce qui le prouve ? Un jour, ce type revient et il dit « Je suis Massart ». Et tout le monde répond « Entendu, t'es Massart, ça fait un bout de temps qu'on ne t'avait pas vu ». Et tout le monde se figure que c'est Massart qui vit là-haut comme
195 un sauvage sur le mont Vence. Plus de parents, pas d'amis, des connaissances qui ne l'ont pas vu depuis sa toute jeunesse. Qu'est-ce qui prouve que Massart est Massart ?

— Bon Dieu, dit le Veilleux, c'est Massart, merde. Qu'est-ce que tu cherches à inventer ?

200 — Tu l'as reconnu, toi, Massart ? demanda Adamsberg en regardant le Veilleux. Tu pourrais jurer que c'est le jeune gars que tu as vu quitter le pays il y a vingt ans ?

— Bon sang, je crois bien que c'était lui. Je me souviens du jeune Auguste. Il n'était pas bien beau, lourdingue, avec des
205 cheveux noirs comme la corneille[1]. Mais courageux, dur au boulot.

---

1. Oiseau noir.

– Il y a des milliers de types comme ça. Tu pourrais jurer que c'est lui ?

Le Veilleux se gratta la cuisse, réfléchit.

210 – Pas sur la tête de ma mère, dit-il à regret après quelques instants. Et si moi, je ne peux pas le jurer, personne à Saint-Victor pourrait le jurer.

– C'est ce que je dis, dit Adamsberg. Rien ne prouve que Massart est Massart.

215 – Et le vrai Massart ? demanda Camille, sourcils froncés.

– Effacé, éliminé, remplacé.

– Pourquoi effacé ?

– Pour cause de ressemblance.

– Tu te figures que Padwell a pris la place de Massart ? 220 demanda Soliman.

– Non, dit Adamsberg en soupirant. Padwell a aujourd'hui soixante et un ans. Massart est beaucoup plus jeune que ça. Quel âge tu lui donnes, le Veilleux ?

– Il a quarante-quatre ans. Il est né la même nuit que le petit 225 Lucien.

– Je ne te demande pas l'âge véritable de Massart. Je te demande l'âge que tu donnerais à l'homme qu'on appelle Massart.

– Ah, fit le Veilleux en plissant le front. Pas plus de quarante-230 cinq, et pas moins de trente-sept, trente-huit. Sûrement pas soixante et un.

– On est bien d'accord, dit Adamsberg. Massart n'est pas John Padwell.

— Alors pourquoi tu nous emmerdes avec ça depuis une
235 heure ? demanda Soliman.

— C'est comme ça que je raisonne.

— Ce n'est pas raisonner, ça. C'est réfléchir en dépit du bon
sens.

— C'est cela. C'est comme ça que je raisonne.

240 Le Veilleux poussa Soliman de son bâton.

— Respect, dit-il. Qu'est-ce que tu vas faire, mon gars ?

— Les flics se sont décidés à publier la photo de Massart pour
appel à témoin. Le juge estime qu'on possède assez d'éléments
probants pour le faire. Demain, sa gueule sera dans tous les
245 journaux.

— Excellent, dit le Veilleux en souriant.

— J'ai contacté Interpol[1], ajouta Adamsberg. J'ai demandé
tout le dossier Padwell. Je l'attends demain.

— Mais qu'est-ce que ça peut te foutre ? dit Soliman. Même
250 si ton Texan avait assassiné Hellouin, il n'aurait pas touché
Sernot ni Deguy, pas vrai ? Encore moins ma mère, non ?

— Je sais, dit doucement Adamsberg. Ça ne colle pas.

— Alors pourquoi tu t'obstines ?

— Je ne sais pas.

255 Soliman débarrassa la table, rentra la caisse, les tabourets, la
bassine bleue. Puis il prit le Veilleux sous les épaules et les
genoux et le monta dans le camion. Adamsberg passa sa main
sur les cheveux de Camille.

---

1. Organisation internationale de la police.

– Viens, dit-il après un silence.

260 – Je te ferais mal au bras, dit Camille. C'est mieux de dormir séparés.

– Ce n'est pas mieux.

– Mais c'est bien aussi.

– C'est bien aussi. Mais ce n'est pas mieux.

265 – Si je te fais mal ?

– Non, dit Adamsberg en secouant la tête. Tu ne m'as jamais fait mal.

Camille hésita, encore divisée entre tranquillité et chaos.

– Je ne t'aimais plus, dit-elle.

270 – Ça n'a qu'un temps, dit Adamsberg.

BIEN LIRE

Quel rôle la victime a-t-elle joué dans le procès de Padwell ?
Quel nouvel aspect l'affaire Massart prend-elle ?

33

Le même gendarme vint chercher Adamsberg le lendemain matin et le déposa à neuf heures à la gendarmerie de Belcourt, où il passa deux heures avec Sabrina Monge, dans la cellule où elle avait dormi. Danglard et le lieutenant Gulvain arrivèrent par le train de 11 h 07, et Adamsberg leur confia la jeune femme avec un tas de recommandations inutiles. Il avait une confiance aveugle en la délicatesse de Danglard, dont il estimait les compétences en matière d'humanité largement supérieures aux siennes.

À midi, il se fit conduire à la gendarmerie de Châteaurouge pour y attendre le dossier d'Interpol sur John Neil Padwell. L'adjudant de Châteaurouge, Fromentin, était un homme très différent d'Aimont, rouge et carré, peu enclin à prêter main-forte à la police judiciaire civile. Il estimait – à juste titre – que le commissaire Adamsberg, hors de sa zone de compétence et sans délégation de pouvoirs, n'avait aucun droit à lui donner des ordres, ce qu'Adamsberg d'ailleurs ne faisait pas. Il se contentait, comme à Belcourt, comme à Bourg, de solliciter des informations et de proposer des conseils.

Mais comme l'adjudant Fromentin était lâche, il n'osait pas s'opposer de front au commissaire dont il connaissait la renommée ambiguë. Il se révélait en outre sensible à la flatterie enveloppante qu'Adamsberg savait déployer en cas de nécessité, si bien qu'au bout du compte le massif Fromentin s'était presque mis aux ordres du commissaire.

Lui aussi attendait le fax d'Interpol, sans saisir ce qu'Adamsberg pouvait bien espérer d'une affaire dépassée qui n'avait rien de commun avec les agressions de la Bête du Mercantour. À ce qu'on sache, c'est-à-dire d'après ce qu'en avait
30 raconté la sœur Hellouin, Simon Hellouin n'avait pas été égorgé par morsure. Il avait tout simplement été dessoudé à l'américaine, d'une bonne balle dans le cœur. Juste avant, Padwell avait pris le temps de lui brûler les organes génitaux en manière de représailles[1]. Fromentin eut une grimace de peur et de dégoût. La
35 moitié des Américains, à son idée, était tombée à l'état sauvage, et l'autre moitié, à l'opposé, à l'état de jouets en plastique.

Les résultats des analyses de l'IRCG parvinrent à quinze heures trente sur le bureau de l'adjudant Aimont, qui les transmit à Fromentin dans les cinq minutes suivantes. Appartenance
40 des poils prélevés sur le corps de Paul Hellouin à l'espèce *Canis lupus*, le loup commun. Adamsberg adressa dans l'instant l'information à Hermel ainsi qu'à Montvailland et à l'adjudant-chef Brévant, à Puygiron. Il ne détestait pas emmerder ce type qui ne lui avait toujours pas communiqué le dossier attendu sur
45 Auguste Massart.

Ce matin, la photo de Massart était parue dans la presse et la pression montait dans les colonnes des journaux, à la télévision, à la radio. Le meurtre de Paul Hellouin et le massacre consécutif des brebis de Châteaurouge avaient achevé de mettre les journa-

---

1. Vengeance.

⁵⁰ listes et la police sur les dents. La route sanglante du loup-garou était reproduite dans tous les quotidiens. En rouge, le tracé meurtrier déjà accompli par le tueur psychopathe[1], en bleu le dessin de son déplacement prévisible vers Paris, itinéraire qu'il avait tracé lui-même et que, à Vaucouleurs et Poissy-le-Roy excepté, il ⁵⁵ avait jusqu'ici scrupuleusement respecté. Des annonces répétées continuaient d'inviter fermement à la prudence les habitants des villes et des villages concernés par le passage de l'homme au loup, déconseillant toute sortie nocturne. Des appels, des dénonciations, des témoignages multiples commençaient à affluer dans ⁶⁰ tous les commissariats et les gendarmeries de France. On laissait de côté, pour le moment, tout ce qui ne concernait pas les abords immédiats de la route rouge de Massart. Devant l'ampleur de l'événement, il devint nécessaire d'organiser la coopération entre les diverses actions locales. Sur intervention de la Direction de la ⁶⁵ Police Judiciaire, Jean-Baptiste Adamsberg fut chargé d'assumer et de coordonner l'affaire du loup-garou. Cette nouvelle lui parvint à Châteaurouge vers dix-sept heures. À compter de cet instant, l'adjudant Fromentin s'écrasa sans autre forme de procès, tâchant de devancer les désirs du commissaire. Mais Adamsberg ⁷⁰ n'avait pas besoin de grand-chose. Il attendait le dossier d'Interpol. Exceptionnellement, ce samedi, il ne sortit pas une seule fois marcher dans la campagne, griffonnant debout sur son carnet à dessin en surveillant le crépitement du fax. Il dessinait la tête de l'adjudant Fromentin.

---

1. Malade mental.

75 Les documents lui parvinrent un peu avant dix-huit heures, depuis le bureau du *Police Department* d'Austin, Texas, adressés par le lieutenant J.H.G. Lanson. Adamsberg s'empara des feuilles avec une hâte mesurée et les lut debout, appuyé à la fenêtre du bureau de Fromentin.

80 L'histoire conjugale et criminelle de John N. Padwell semblait en tous points conforme au récit de la sœur de Paul et Simon Hellouin. L'homme était né à Austin, Texas, où il avait exercé la profession de métallier. À vingt-six ans, il avait épousé Ariane Germant, dont il avait eu un fils, Stuart D. Padwell.

85 Après onze ans de vie commune, il avait torturé l'amant de sa femme, Simon Hellouin, avant de l'abattre d'une balle dans le cœur. Condamné à vingt ans de réclusion criminelle, John Neil Padwell en avait purgé dix-huit et avait été libéré voici sept ans et trois mois. Depuis, J. N. Padwell n'avait pas quitté le terri-

90 toire nord-américain et n'avait plus eu affaire à la justice.

Adamsberg examina longuement les trois portraits du tueur que lui faisait parvenir son collègue américain, un face, un profil gauche, un profil droit. Un homme blond au visage rectangulaire et à l'expression résolue, des yeux clairs un peu vides,

95 des lèvres fines, astucieuses, un mélange de malice et d'obstination bornée.

Il était décédé de mort naturelle à Austin, Texas, le 13 décembre, il y avait un an et sept mois.

Adamsberg secoua la tête, roula les feuillets et les glissa dans

100 sa veste.

– Intéressant ? demanda Fromentin, qui avait attendu que le commissaire lève les yeux de ses papiers.

– Ça se termine là, dit Adamsberg avec une moue de désappointement. Le type est mort l'an dernier.

105   – Dommage, dit Fromentin, que cette piste n'avait pas mobilisé un seul instant.

Adamsberg lui serra la main et quitta la gendarmerie, d'un pas encore plus lent qu'à l'ordinaire. Son estafette temporaire lui emboîta le pas et le suivit jusqu'au break de service. Avant

110   de monter en voiture, Adamsberg ressortit le rouleau, réexamina la photo de J. N. Padwell. Puis il la rempocha, pensif, et se glissa sur le siège avant droit. Le gendarme le laissa à cinquante mètres du camion.

Il vit d'abord la moto noire, béquillée sur le bord de la départe-

115   mentale. Puis il vit Lawrence, installé au flanc droit de la bétaillère, occupé à trier des tas de photographies qu'il avait étalées à ses pieds. Adamsberg n'en ressentit pas de désagrément, mais le regret un peu mordant de ne pas tenir Camille contre lui ce soir et, fugitive, à peine marquée, un peu de crainte. Le

120   Canadien était un type beaucoup plus sérieux et solide que lui. Au fond, s'il n'avait écouté que sa raison, il l'aurait même résolument recommandé à Camille. Mais son désir et son intérêt personnel l'empêchaient d'abandonner Camille au grand type taillé pour l'aventure.

125   Camille, assise un peu raidement aux côtés du Canadien, concentrait toute son attention sur les images des loups du

Mercantour dispersées dans l'herbe sèche. Lawrence en fit un commentaire haché pour Adamsberg, lui présentant Marcus, Electre, Sibellius, Proserpine et la gueule du défunt Augustus.
130 Le Canadien était calme et plutôt bienveillant, mais il posait toujours sur Adamsberg ce regard inquisiteur qui signifiait « Que cherches-tu ? ».

Soliman dressa la table sur la caisse en bois pendant que le Veilleux, assis, tisonnait les braises, le pied posé sur la bassine.
135 Lawrence questionna le berger d'un mouvement de menton en désignant sa cheville.

– Il a dégringolé du camion, expliqua Soliman.

– Des nouvelles du Texan, mon gars ? demanda le Veilleux à Adamsberg pour couper court.

140 – Oui. Austin m'a faxé tout son curriculum vitae.

– C'est quoi, son curriculum vitae ?

– C'est le déroulement de sa vie en courant, dit Soliman.

– Bien. J'aime bien comprendre.

– Eh bien, le gars a fini de courir, dit Adamsberg. Padwell est
145 mort il y a un an et demi.

– Tu avais tort, constata Soliman.

– Oui. Tu m'as déjà dit ça.

Adamsberg renonça, avec son bras blessé, à dormir plié dans sa voiture. Il appela la gendarmerie et se fit conduire, en fin de
150 compte, à cet hôtel de Montdidier. Il passa la journée du dimanche dans une petite chambre surchauffée, à écouter les informations, à prendre des nouvelles de Sabrina et à relire les

dossiers accumulés depuis huit jours. De temps à autre, il déroulait la photo de J. N. Padwell et il la contemplait, avec
155 un mélange de curiosité et de regret, faisant jouer l'image de l'homme dans l'ombre et la lumière. Il la regardait d'un côté, de l'autre, la retournant en tous sens, ou plongeant fixement son regard dans ces yeux absents. Il s'échappa à trois reprises pour gagner un recoin de survie découvert dans un potager à
160 l'abandon. Il dessina le Veilleux, le pied posé sur la bassine, le buste droit, le chapeau à ruban noir rabattu sur les yeux. Il dessina Soliman, torse nu, un peu cambré, le regard haut, dans une de ces poses assez fières qu'il affectionnait et qu'il avait toutes empruntées au Veilleux. Il dessina Camille, les mains
165 accrochées au volant du camion, le profil tendu vers la route. Il dessina Lawrence, appuyé à sa moto, le considérant gravement avec cette question muette suspendue dans son regard bleu.

On frappa à sa porte vers sept heures et demie du soir et
170 Soliman entra, luisant de sueur. Adamsberg leva les yeux et fit non de la tête, lui indiquant par là qu'il ne s'était rien produit de neuf. Massart était dans ses heures calmes.

– Laurence est toujours là ? demanda-t-il.

– Oui, dit Soliman. Ça ne t'empêche pas de venir, pas vrai ?
175 Le Veilleux va faire griller du bœuf sur la cage à poules. Il t'attend. Je suis venu te chercher.

– Il a des nouvelles de George Gershwin ?

– Tu t'en balances, de George Gershwin.

— Pas tant que ça.

180 — C'est le trappeur qui te tient à distance ?

Adamsberg sourit.

— Il y a quatre lits, dit-il. On est cinq.

— Un homme de trop.

— C'est cela.

185 Soliman s'assit sur le lit, les sourcils froncés.

— Tu t'éclipses, dit-il, mais tu feintes[1]. Sitôt que le trappeur aura le dos tourné, tu te faufileras à sa place. Je sais ce que tu fabriques. Je le sais très bien.

Adamsberg ne répondit pas.

190 — Et je me demande si c'est bien droit, continua Soliman avec effort, le regard levé vers le plafond. Je me demande si c'est bien régulier.

— Régulier par rapport à quoi, Sol ?

Soliman hésita.

195 — Par rapport aux règles, dit-il.

— Je croyais que tu t'en branlais, des règles.

— C'est vrai, reconnut Soliman, étonné.

— Alors ?

— Même. Tu tires dans le dos du trappeur.

200 — Il n'est pas de dos, il est de face. Ce n'est pas un candide[2].

Soliman secoua la tête, mécontent.

— Tu dévies le courant, dit-il, tu détournes la rivière, tu récu-

---

1. Trompes ; ruses.
2. Naïf.

pères toute l'eau pour toi et tu te faufiles dans le lit du trappeur. C'est du vol.

205   – C'est tout le contraire, Soliman. Tous les amants de Camille – parce qu'on parle bien de Camille, n'est-ce pas? –, tous les amants de Camille puisent dans ma rivière, et toutes mes maîtresses prélèvent dans la sienne. En amont, il n'y a qu'elle, et moi. En aval, il arrive qu'il y ait pas mal de monde.
210 En vertu de quoi, l'eau est plus trouble en bas qu'en haut.

     – Ah bon, dit Soliman, devenu perplexe.

     – Pour simplifier, dit Adamsberg.

     – Si bien qu'en ce moment, dit Soliman en hésitant, tu remontes ta rivière vers l'amont?

215   Adamsberg hocha la tête.

     – Si bien, continua Sol, que si j'avais franchi ces sacrés cinquante mètres, si j'avais pu poser la main sur elle, je me serais retrouvé en aval de tout votre système hydrographique[1] à la con?

     – Un peu, dit Adamsberg.

220   – Est-ce que Camille sait cela, ou est-ce ton propre songe?

     – Elle le sait.

     – Et le trappeur? Il le sait?

     – Il se demande.

     – Mais ce soir, le Veilleux t'attend. Il s'est emmerdé toute la
225 journée avec le pied sur la bassine. Il t'attend. En fait, il m'a ordonné de te ramener.

---

1. Qui concerne les cours d'eau.

– Alors, dit Adamsberg, c'est différent. Tu es venu comment ?

– Avec la mobylette. Tu n'auras qu'à me tenir avec le bras
230 gauche.

Adamsberg roula ses documents, les fourra dans sa veste.

– Tu emmènes tout cela avec toi ? demanda Soliman.

– Il arrive que les idées me rentrent par la peau. Je préfère les
avoir contre moi.

235 – Tu espères vraiment quelque chose ?

Adamsberg fit une grimace, enfila sa veste alourdie de
papiers.

– Tu as une idée ? demanda Soliman.

– Subliminale[1].

240 – Ça veut dire ?

– Ça veut dire que je ne la vois pas. Elle tremble à la lisière
de mes yeux.

– Pas très pratique.

– Non.

245 Soliman, dans un silence un peu tendu, racontait sa troisième histoire africaine, noyant sous ses paroles les regards un
peu lourds qui s'échangeaient en tous sens, de Camille à
Adamsberg, d'Adamsberg à Lawrence, de Lawrence à Camille.
Adamsberg levait parfois les yeux vers le trappeur, comme chan-

---

1. Inconsciente.

250 celant. Il cède, pensait Soliman, il cède. Il va laisser toute sa rivière en plan. Sous le regard un peu agressif du Canadien, le commissaire baissait à nouveau la tête vers son assiette et restait ainsi, comme abruti, absorbé par les motifs peints sur la faïence. Soliman poursuivait son histoire, une affaire très embrouillée 255 entre une araignée vindicative[1] et un oiseau apeuré, dont il ne savait pas au juste comment il allait se dépêtrer.

    – Quand le dieu du marais vit la nichée par terre, dit Soliman, il fut pris d'une telle fureur qu'il s'en alla trouver le fils de l'araignée Mombo. « C'est toi, fils de Mombo, dit-il, qui as 260 coupé les branches des arbres avec tes saletés de mandibules. Dorénavant, tu ne couperas plus du bois avec ta bouche mais tu tisseras du fil avec tes fesses. Et avec ce fil, jour après jour, tu recolleras les branches et tu laisseras les oiseaux nicher. » « Que dalle », fit le fils de Mombo...

265   – God, coupa Lawrence. Comprends pas.

    – Ce n'est pas fait pour ça, dit Camille.

    À minuit et demi, Adamsberg resta seul avec Soliman. Il déclina son offre de le raccompagner à l'hôtel, le trajet en mobylette ayant été assez éprouvant pour son bras.

270   – Ne t'en fais pas, dit-il, je vais rentrer à pied.

    – Il y a huit kilomètres.

    – J'ai besoin de marcher. Je couperai par les champs.

    Le regard d'Adamsberg était si distant, si perdu, que Soliman

---

1. Qui veut se venger.

n'insista pas. Il arrivait au commissaire de partir dans un autre
275 monde et nul, à ces instants, ne se sentait l'envie de lui faire
escorte.

Adamsberg quitta la route et rejoignit le chemin étroit qui
passait entre un champ de jeunes maïs et un champ de lin. La
nuit n'était pas très claire, venteuse, des nuages s'étaient levés en
280 soirée vers l'ouest. Il avançait lentement, le bras droit coincé, la
tête baissée vers les cailloux qui dessinaient une ligne blanche et
sinueuse au sol. Il déboucha dans la plaine et s'orienta au clo-
cher noir de Montdidier qu'on discernait au loin. C'était à
peine s'il pouvait comprendre ce qui l'avait tant choqué ce soir.
285 Ce devait être cette histoire de rivière qui lui brouillait la vue,
qui déformait ses pensées. Mais pourtant il avait vu. L'idée
indécise qui tremblait tout à l'heure au bord de ses paupières
prenait forme et consistance. Une consistance effrayante, inad-
missible. Mais il avait vu. Et tout ce qui grinçait dans l'histoire
290 de l'homme au loup, comme des roues faussées, s'assouplissait
devant cette hypothèse. La mort absurde de Suzanne Rosselin,
l'itinéraire qui ne déviait pas, Crassus le Pelé, les ongles de
Massart, les poils de loup, la croix manquante, tout cela rentrait
dans le rang. Les angles s'estompaient pour ne former qu'une
295 seule route, lisse, claire, évidente. Et Adamsberg voyait toute
cette route, de son origine à son terme, diaboliquement tracée,
pavée de douleur, de cruauté et d'une pointe de génie.

Il s'arrêta, s'assit un long moment contre un arbre, explorant
la solidité de ses pensées. Après un quart d'heure, il se releva

300 lentement et, rebroussant chemin, il prit la direction de la gendarmerie de Châteaurouge.

À mi-route, à l'entrée du chemin qui séparait les deux champs, il s'arrêta net. À cinq ou six mètres, une silhouette noire, large et massive, un peu ramassée sur elle-même, lui barrait l'accès du sentier. La nuit n'était pas assez claire pour qu'il puisse distinguer les traits du visage. Mais Adamsberg sut sur l'instant qu'il faisait face au loup-garou. Le tueur vagabond, l'homme de toutes les esquives[1], celui qui se terrait depuis maintenant deux semaines, se découvrait enfin pour un face à
310 face meurtrier. Jusqu'ici, aucune de ses victimes n'avait survécu à l'attaque. Mais aucune de ses victimes n'était armée. Adamsberg recula de quelques pas, jaugeant sa taille impressionnante, tandis que l'homme s'approchait lentement, sans une parole, un peu tanguant. *Comme des tisons, mon gars,*
315 *comme des tisons ça fait, les yeux du loup, la nuit.* De la main gauche, Adamsberg dégaina son pistolet, et, au poids, il comprit que l'arme était vide.

L'homme se rua sur lui et le déséquilibra d'une seule et violente poussée. Adamsberg se retrouva le dos plaqué au sol, gri-
320 maçant sous l'effet de la douleur, les genoux de l'homme écrasant ses épaules de tout leur poids. De son bras gauche, il tenta de repousser la masse qui le clouait au sol mais il le laissa retomber, impuissant. Il chercha dans la nuit le regard de son adversaire.

---

1. Fuites.

– Stuart Donald Padwell, dit-il dans un souffle. Je te cher-
325 chais.

– Ta gueule, lui répondit Lawrence.

– Lâche-moi, Padwell. J'ai déjà prévenu les flics.

– Pas vrai, dit Lawrence.

Le Canadien glissa la main dans son blouson et Adamsberg
330 distingua dans son poing, toute proche de son visage, une
mâchoire blanche qui lui parut immense.

– Crâne de loup de l'Arctique, dit Lawrence en ricanant.
Mourras pas ignorant.

Une détonation claqua dans l'air. Lawrence se retourna dans
335 un sursaut, sans lâcher sa prise sur Adamsberg. Soliman fut
d'un bond sur lui, enfonçant le canon du fusil sur sa poitrine.

– Bouge plus, le trappeur, hurla Soliman. Ou je t'envoie la
balle dans le cœur. Couche-toi, couche-toi, couche-toi sur le
dos !

340 Lawrence ne se coucha pas. Il se leva avec lenteur, les mains
levées, dans une pose plus agressive que soumise. Soliman le
maintenait du bout de son fusil, le faisant reculer vers le champ
de maïs. Dans la nuit, la silhouette élancée de Soliman semblait
pathétiquement[1] gracile[2]. Le jeune homme ne tiendrait pas long-
345 temps le choc, fusil ou pas fusil. Adamsberg chercha une lourde
pierre et visa à la tête. Lawrence s'écroula sur lui-même, touché à
la tempe. Adamsberg se redressa, s'avança vers lui, l'examina.

---

1. D'une façon émouvante.
2. Fine et fragile.

– C'est bon, souffla-t-il. Donne de quoi l'attacher. Il ne va pas rester longtemps comme ça.

350 – Je n'ai rien pour l'attacher, dit Soliman.

– Donne tes fringues.

Pendant qu'Adamsberg détachait les lanières de son holster et ôtait sa chemise pour fournir du cordage, Soliman obéissait.

– Pas le tee-shirt, dit Adamsberg. File ton froc.

355 En caleçon, Soliman acheva de lier les membres du Canadien, qui gémissait sur le sol.

– Il saigne, dit-il.

– Il va se remettre. Regarde, Sol, regarde la bête.

Dans la faible lumière nocturne, Adamsberg montra à 360 Soliman le grand crâne blanc du loup de l'Arctique, en le tenant soigneusement par le trou occipital. Soliman approcha la main, un peu horrifié, et éprouva du doigt le tranchant des dents.

– Il a aiguisé les pointes, dit-il. Ça coupe comme des sabres.

365 – Tu as ton téléphone ? demanda Adamsberg.

Soliman tâtonna dans l'herbe pour y chercher son pantalon, et en décrocha le portable. Adamsberg appela les flics de Châteaurouge.

– Ils arrivent, dit-il en s'asseyant dans l'herbe, à côté du corps 370 du Canadien.

Il posa son front sur ses genoux, et s'appliqua à respirer lentement.

– Comment tu m'as trouvé ? demanda-t-il.

– Après ton départ, je me suis couché. Lawrence a traversé le

375 camion tout doucement, ses vêtements sous le bras, et il s'est
habillé dehors. J'ai soulevé la bâche et par la claire-voie, je l'ai
vu s'éloigner dans ta direction. J'ai compris qu'il allait te chercher pour une bonne petite explication, à propos de Camille, et
je me suis dit que ça ne me regardait pas. Pas vrai ? Mais le
380 Veilleux s'est dressé tout droit sur son lit et il a dit « Suis-le,
Sol ». Et il a tiré le fusil de sous son lit et il me l'a collé dans les
bras.

— Le Veilleux veillait, dit Adamsberg.

— Faut croire. Après, j'ai vu le trappeur te barrer la route et
385 j'ai pensé que ça allait être une bonne petite explication. Et puis
ça a mal tourné et tu lui as dit « Salut, Padwell », ou quelque
chose comme ça. À ce moment, j'ai pigé qu'il ne s'agissait pas
d'une bonne petite explication.

Adamsberg sourit.

390 — T'allais te faire tuer, commenta Soliman.

— On avait un train de retard sur lui, dit Adamsberg en fron-
çant les sourcils. Depuis le début. On en a rattrapé un bout
mais il nous manquait quelques heures.

— Je croyais que Padwell était mort.

395 — C'est son fils. Stuart.

— Tu veux dire que le fils accomplit les volontés du père ?
demanda Soliman en contemplant le corps du trappeur.

— Quand le père a tué Simon Hellouin, le gosse avait dix ans.
Il a vu le meurtre. Après quoi, le petit Stuart était fichu.
400 D'autant que sa mère a foutu le camp aussitôt avec le frère
Hellouin. Pendant ses dix-huit ans de tôle, Padwell a dû entre-

tenir son fils dans l'idée fixe de la vengeance, de la suppression de tous les hommes qui lui avaient pris sa mère et qui l'avaient gardée loin d'eux.

405　　　– Mais les deux autres gars ? Sernot et Deguy ?

– Deux amants de la mère, nécessairement. Il n'y a pas d'autre explication.

– Mais Suzanne ? dit Soliman d'une voix creuse. Qu'est-ce qu'elle avait à voir là-dedans ? Elle aurait su tout cela sur le trap-410　peur ?

– Suzanne ne savait rien du tout.

– Elle l'a vu attaquer les brebis avec son putain de crâne ?

– Rien du tout, je te dis. Ce n'est pas parce qu'elle a parlé d'un loup-garou qu'il l'a tuée. C'est parce qu'elle n'a *pas parlé* 415　d'un loup-garou, et qu'elle n'en aurait jamais parlé. Mais une fois morte, il pouvait lui faire dire ce qu'il voulait. Voilà à quoi lui servait Suzanne. Elle n'était pas là pour nier.

– Mais bon Dieu, dit Soliman, la voix tremblante, pour quoi faire ?

420　　　– Pour lancer la rumeur d'un homme au loup. Rien que pour ça, Soliman. Il n'allait pas faire l'erreur de la lancer lui-même.

Soliman soupira dans l'obscurité.

– Je ne comprends pas tout ce cirque avec les loups.

– Il fallait qu'on croie au carnage d'un fou, à des meurtres de 425　hasard, et il avait besoin d'un coupable. Il a créé une psychose autour d'un Massart lycanthrope et sanguinaire. Il avait d'excellents éléments pour le faire. Du métier, des moyens, des connaissances, l'alibi de sa présence dans le Mercantour.

– Et Massart ?

430 – Massart est mort. Depuis le début. Il a dû l'enterrer quelque part sur le mont Vence. Voilà les flics, Sol.

Adamsberg et Soliman vinrent au-devant des gendarmes, l'un torse nu, l'autre en caleçon. Fromentin avait amené en renfort des hommes de la brigade de Montdidier. Dix hommes ne 435 lui semblaient pas de trop pour ceinturer l'homme au loup.

– Allez-y, dit Adamsberg en désignant le corps de Lawrence. Appelez un médecin, je l'ai blessé à la tête.

– Qui est ce gars ? demanda Fromentin en braquant sa lampe-torche sur le visage du Canadien.

440 – Stuart Donald Padwell, le fils de John Padwell. Il est connu ici sous le nom de Laurence Donald Johnstone. Voici l'arme, Fromentin.

– Merde, dit-il, ce n'était pas un loup.

– Juste son crâne. On trouvera les extrémités des pattes 445 quelque part dans le coffre de sa moto.

L'adjudant dirigea sa lampe sur le crâne, l'expression intéressée.

– C'est un loup de l'Arctique, dit Adamsberg. Il avait tout préparé là-bas.

450 – Je comprends, dit Fromentin en hochant la tête. Les loups arctiques sont les plus grands de tous les loups, et de loin.

Adamsberg le regarda, étonné.

– J'aime bien les bêtes, expliqua Fromentin d'un air embarrassé. Je me documente par-ci par-là.

455 Il braqua la lumière sur le bras d'Adamsberg.

– Ça saigne, dit-il.

– Oui, dit Adamsberg. Il a rouvert la blessure en me sautant dessus.

– Qu'est-ce qui lui a pris de se découvrir ?

460 – C'est ce soir. Je l'ai regardé.

– Et alors ?

– J'ai vu sur son visage les traits de John Padwell. Il savait que je m'obstinais sur son père, il a pigé que j'allais piger.

Adamsberg regarda passer Lawrence, soutenu par deux gen-465 darmes. Un troisième gendarme lui rendit sa chemise et son holster. Soliman récupéra son pantalon.

– Vous étiez avec lui ce soir ? demanda Fromentin, sourcils froncés, en emboîtant le pas aux gendarmes.

– Il était là sans cesse, dit Adamsberg en le suivant. Il a lancé 470 cette rumeur d'homme au loup, puis il a lancé trois personnes à ses basques pour l'entretenir. Il était informé de la poursuite jour par jour. Ce n'était pas nous qui le suivions, c'était lui qui nous dirigeait.

Lawrence fut conduit à l'hôpital de Montdidier et 475 Fromentin raccompagna lui-même Adamsberg et Soliman au camion.

– Si le Canadien est en état, interrogatoire demain à quinze heures, dit Adamsberg. Prévenez le Parquet et à la première heure, alertez Montvailland à Villard-de-Lans, Hermel à 480 Bourg-en-Bresse et Aimont à Belcourt. J'appellerai moi-même Brévant à Puygiron pour demander une fouille autour de la cabane de Massart.

Fromentin acquiesça. Il fit signe à son collègue d'emporter la moto de Lawrence et démarra.

485   – Bon sang, cria soudain Soliman en regardant s'éloigner les breaks des gendarmes. Bon sang, le cheveu ! Les ongles ! Qu'est-ce que tu fais des ongles ?

    – Ça règle la question des ongles.

    – C'était les ongles de Massart. Qu'est-ce qu'on va faire de ça ?

490   – C'était les ongles de Massart, dit Adamsberg en marchant lentement le long de la route, et c'était des ongles coupés. Dans la baraque du mont Vence, Brévant n'a pas ramassé un seul ongle dans le cabinet de toilette. Il a fallu qu'Hermel ait l'idée de ratisser la chambre pour qu'on y trouve des rognures. Mais 495 des rognures coupées avec les dents, Soliman. C'est cela qui était si gênant. D'un côté un type qui utilise une pince, de l'autre un type qui se bouffe les ongles au lit. C'est l'un ou c'est l'autre, Sol. Après ça, il m'a semblé qu'on était vraiment des types chanceux d'avoir dégoté son hôtel, et puis d'avoir récu- 500 péré ces deux ongles et ce cheveu. Oui, on était vraiment des types chanceux. Avec la carte, j'ai douté que Massart frappe au hasard. Avec cette affaire d'ongles, j'ai douté de l'existence même de Massart.

    – Mais merde, dit Soliman. Les ongles ?

505   – Laurence a coupé les ongles sur le mort, Soliman.

Soliman eut une grimace de dégoût.

    – Il n'a pas pensé que Massart se coupait les ongles avec les dents. Il ne s'est pas figuré un truc pareil. C'est un type trop propre, trop méticuleux. Première erreur du Canadien.

510   — Il y en a eu d'autres ? demanda Soliman, les yeux rivés à Adamsberg.

— Quelques-unes. Les cierges, et ces meurtres au pied des croix. Je ne sais pas si Laurence connaissait cette superstition de Massart ou si c'est Camille qui l'a renseigné sans le vouloir. Ça 515 lui a plu de s'en servir, puisque ça vous intéressait. Mais, à Belcourt, serré par les flics, il a préféré tuer loin de tout calvaire et de toute croix. Les superstitieux ne font pas ça. Ils s'accrochent, ils s'obstinent, ils ne lâchent surtout pas prise dans un défi aussi grave. Mais lui a égorgé Hellouin dans un pré, tout 520 simplement. Ça signifiait que les croix précédentes étaient sans doute des foutaises. Et les cierges aussi. Et je revenais au même point : en ce cas, Massart ne serait pas Massart. Tu comprends, Sol, j'étais prêt pour l'hypothèse Padwell. Je l'attendais.

— Mais, dit Soliman avec une pointe d'anxiété, sans sa res-525 semblance avec son père, tu n'aurais jamais mis la main sur le Canadien. Jamais.

— Bien sûr que si. Ça aurait pris plus de temps, c'est tout.

— Comment ?

— Avec de l'acharnement, les dossiers de Sernot, Deguy et 530 Hellouin auraient fini par révéler leur charnière commune, Ariane Germant. De là, on revenait à l'affaire Padwell. Padwell était mort, mais il avait eu un fils, un fils qui avait assisté au carnage. J'aurais suivi la piste de ce fils, j'aurais obtenu sa photo. Et j'aurais reconnu Laurence.

535   — Et si tu ne t'étais pas acharné ?

— Je me serais acharné.

— Et si tu n'avais pas suivi la piste de ce fils ?

— Je l'aurais suivie, Sol.

— Et si non ? insista Sol.

540 — Si non, il aurait fallu plus de temps encore. Qui connaissait les loups ? Laurence. Qui avait le premier parlé d'un loup-garou ? Laurence. Qui avait cherché Massart ? Laurence. Qui avait été déclarer sa disparition ? Qui avait suggéré qu'il avait tué Suzanne ? Laurence. On aurait fini par trouver, Sol.

545 — Peut-être pas, dit Soliman.

— Peut-être pas. Mais il y a eu les poils de loup. On s'en est inquiété et soudain, on en trouve. Qui était au courant ? Les flics, et nous cinq.

— Je vais voir le Veilleux, dit Soliman. Il doit savoir.

550 — Non, dit Adamsberg en lui attrapant le bras. Tu vas réveiller Camille.

— Et après ?

— Je ne sais pas comment le lui dire. Réfléchis.

Soliman s'arrêta de marcher.

555 — Merde, dit-il.

— Oui, dit Adamsberg.

BIEN LIRE

Combien de temps J. N. Padwell vécut-il après sa sortie de prison ?
À partir de quel moment les événements se précipitent-ils ?
Quel était le mobile des meurtres ?
Quelle phrase résume tout le plan de Lawrence ?

34

Adamsberg attendit le réveil de Camille, assis au bord du lit. Dès qu'elle fut habillée, il l'emmena marcher dans la campagne et lui annonça la nouvelle doucement, très doucement. Camille s'assit en tailleur dans l'herbe et resta prostrée[1] un long moment, les mains accrochées à ses bottes, le regard tourné vers le sol. Adamsberg la tenait par l'épaule, attendant que le choc s'atténue. Il parla à voix basse et sans s'interrompre, pour ne pas laisser Camille seule dans le silence de cette découverte sinistre.

– Je ne comprends pas, dit Camille dans un murmure. Je n'ai rien vu, rien senti. Il n'y avait rien d'inquiétant chez lui.

– Non, dit Adamsberg. Il était en deux bouts, l'homme tranquille et l'enfant déchiré. Laurence, et Stuart. Tu n'avais qu'un seul des morceaux. Tu n'as pas à regretter de l'avoir aimé.

– C'est un assassin.

– C'est un enfant. Ils l'ont bousillé.

– Il a massacré Suzanne.

– C'est un enfant, répéta Adamsberg avec fermeté. Ils ne lui ont pas laissé une seule chance de vivre. C'est la vérité. Penses-y comme ça.

Le Veilleux apprit avec stupeur de la bouche de Soliman qu'il n'y avait plus aucun espoir que le tueur soit un loup-garou. Que ça ne servirait à rien qu'on ouvre Lawrence depuis la gorge jusqu'aux couilles et que l'inoffensif Massart était mort depuis

---

1. Effondrée.

seize jours. Le vieux encaissa cette vérité sordide avec difficulté
25 mais paradoxalement, la révélation des véritables circonstances
de la mort de Suzanne, qu'on avait effacée comme un pion,
l'apaisa. Le remords de sa défection, au moment même où le
loup attaquait Suzanne, lui rongeait la tête. Mais Suzanne
n'avait pas été la victime surprise d'une attaque imprévue. Elle
30 avait été attirée dans un piège que toute la vigilance du Veilleux
n'aurait jamais pu éviter. Lawrence avait pris soin d'éloigner le
berger avant d'appeler Suzanne. Rien ni personne n'y aurait
changé quoi que ce soit. Le Veilleux respira enfin.

    – Toi mon gars, dit-il à Adamsberg, je t'ai sauvé la mise.
35   – Je te dois quelque chose, dit Adamsberg.

    – Tu me l'as déjà donné.

    – Le vin ?

    – L'assassin de Suzanne. Mais prends garde, mon gars, prends
garde à toi. Il a manqué t'avoir, et la fille rousse aussi.
40 Adamsberg acquiesça.

    – Tu rêves trop, mon gars, continua le Veilleux, et tu veilles pas
assez. C'est pas bon, ça, dans ton métier. Mais moi, c'est pas pour
rien qu'on m'appelle le Veilleux. Bon pied, bon cul, bon œil.

    – Qu'est-ce que tu as vu, le Veilleux ?
45   – J'ai vu le Canadien qui sortait derrière toi, et j'ai vu qu'il
ne te voulait pas du bien. Je suis pas aveugle. Je croyais que
c'était pour la petite. Et pour la petite, j'ai vu qu'il allait t'étri-
per. Je l'ai vu clair comme je te vois.

    – À quoi tu l'as vu ?

⁵⁰ — À sa démarche.

— Où as-tu pris les cartouches ?

— J'ai retourné tes affaires. C'est pas ce que t'avais fait pour me les prendre ?

À quinze heures, Adamsberg entra dans la gendarmerie. ⁵⁵ Fromentin, Hermel, Montvailland, Aimont et quatre gendarmes entouraient Lawrence qui, assis sur le bord de sa chaise, les regardait avec tranquillité, menottes aux poings. Le Canadien suivit Adamsberg des yeux avec attention pendant qu'il faisait le tour de ses collègues pour les saluer.

⁶⁰ — Brévant vient d'appeler, mon vieux, dit Hermel en lui serrant la main. Ils viennent de déterrer Massart à huit mètres de sa baraque, dans la pente. Il est enseveli avec son dogue, son fric et tout son équipement de montagne. Il a les ongles coupés ras.

Adamsberg leva les yeux vers Lawrence, qui le regardait tou⁶⁵jours fixement, avec une question dans le regard.

— Camille ? demanda Lawrence.

— Elle ne regrette rien, répondit Adamsberg, ne sachant s'il disait la vérité.

Quelque chose parut se détendre dans le corps de Lawrence.

⁷⁰ — Il y a une chose que tu es seul à savoir, dit Adamsberg en s'approchant de lui et en tirant une chaise pour s'asseoir à ses côtés. Est-ce qu'il te restait des hommes à tuer, ou bien Hellouin était-il le dernier ?

— Le dernier, dit Lawrence avec un imperceptible sourire. Les ⁷⁵ ai tous eus.

Adamsberg hocha la tête et comprit que Lawrence ne perdrait plus jamais son calme.

Lawrence répondit aux questions des flics pendant plus de vingt heures sans tenter de nier quoi que ce soit. Paisible, dis-
80 tant, et coopérant à sa manière. Il demanda une chaise propre, parce qu'il trouvait que celle qu'on lui avait donnée était cradingue. La gendarmerie aussi, cradingue.

Il donnait ses réponses par quarts de phrases elliptiques[1] mais précis. Comme il n'apportait cependant aucune aide
85 spontanée et ne proposait aucun commentaire, attendant passivement qu'on l'interroge, plus par mutisme[2] naturel que par mauvaise volonté, les flics mirent plus de deux jours à lui arracher, bout par bout, son histoire tout entière. Camille, Soliman et le Veilleux furent entendus au cours de la journée du mardi,
90 à titre de témoins principaux.

Au soir du troisième jour, Hermel se proposa pour dicter un premier et bref rapport liminaire[3] à la place d'Adamsberg. Adamsberg, qui répugnait à ce type d'exercice logique et synthétique, accepta son offre avec gratitude et s'adossa au mur du
95 bureau. Hermel parcourut rapidement ses notes et celles de son collègue, les étala sur la table et enclencha la cassette.

– Quel jour on est, mon vieux ? demanda-t-il.

– Mercredi 8 juillet.

– Bon. Vite fait, mon vieux, on met en boîte, on complétera

---

1. Raccourcies.
2. État du muet.
3. D'introduction.

100 demain. « Mercredi 8 juillet, 23 h 45. Gendarmerie de Châteaurouge, Haute-Marne. Rapport faisant suite à l'interrogatoire de Stuart Donald Padwell, trente-cinq ans, fils de John Neil Padwell, nationalité américaine, et de Ariane Germant, nationalité française, inculpé d'homicides volontaires avec pré-
105 méditation. Interrogatoire conduit les 6, 7 et 8 juillet par le commissaire Jean-Baptiste Adamsberg et l'adjudant-chef Lionel Fromentin, en présence du commissaire Jacques Hermel et du capitaine Maurice Montvailland. John N. Padwell, père de l'inculpé, fut incarcéré à la prison d'Austin, en 19... – vous me
110 donnerez les dates, mon vieux –, pour le meurtre avec prémé- dition de l'amant de sa femme, Simon Hellouin, perpétré[1] sous les yeux de son enfant, alors âgé de dix ans. »

Hermel coupa le magnétophone, interpella Adamsberg d'un signe de tête.

115   – Vous vous figurez ça, mon vieux ? dit-il. Devant le gosse. Où est-il allé ensuite, le petit ?

– Il est resté avec sa mère jusqu'au procès.

– Mais après ? Quand elle s'est barrée ?

– Dans une institution, une sorte d'orphelinat d'État.

120   – Discipline de fer ?

– Non, un établissement correct, d'après Lanson. Mais s'il restait une chance à l'enfant d'échapper à la psychose[2], le père l'a définitivement ruinée.

---

1. Commis.
2. Profonde maladie mentale.

– Les lettres ?

125 – Oui. Pendant la première année, il lui a écrit cinq ou six fois, et puis ça s'est intensifié. Une lettre par mois, puis une par semaine quand il a eu treize ans et jusqu'à ses dix-neuf ans.

Hermel pianota sur la table, méditatif.

– Et la mère ?

130 – Jamais donné de nouvelles. Jamais revu son fils. Elle est morte en France quand il avait vingt et un ans.

Hermel secoua la tête, avec une grimace.

– Vous parlez d'un sale truc, mon vieux.

Il allongea le bras, enclencha la bande.

135 – « Pendant presque dix années, par une correspondance suivie, John Neil Padwell prépara son fils, le jeune Stuart, à la tâche sacrée qu'il entendait lui faire accomplir – je cite les mots de l'inculpé. C'est dans ce but que Stuart, à vingt-deux ans, changea d'identité, grâce à l'aide d'un ancien détenu, ami de

140 son père, et s'exila au Canada – vous me donnerez les dates, mon vieux. Pendant son incarcération et jusqu'au décès de sa femme, John Padwell s'assura les services d'un détective – je n'ai pas son nom – qui prit en chasse l'épouse, réfugiée en France dès la fin du procès. C'est ainsi que le père et le fils se

145 tinrent informés de la vie amoureuse d'Ariane Germant épouse Padwell et de l'identité des deux amants qui succédèrent à Simon et à Paul Hellouin, commettant à leur tour le double crime – je cite toujours – de porter la main sur l'épouse et de tenir la mère éloignée de l'enfant. Il ne fut jamais question d'at-

150 tenter aux jours de la mère, ces quatre hommes portant seuls, aux yeux du père et de l'inculpé, la responsabilité du désastre familial – je cite. Simon Hellouin éliminé, Stuart devait achever l'œuvre salvatrice[1] – citation toujours – en éliminant à son tour Paul Hellouin, avec lequel Ariane Germant s'était enfuie
155 en France – vous me donnerez la date, mon vieux –, ainsi que Jacques-Jean Sernot et Fernand Deguy, qu'elle avait connus lors de son installation à Grenoble quelques années plus tard, en 19... – à compléter. John Padwell exhortait[2] son fils, avec lequel il communiquait très prudemment depuis son change-
160 ment d'identité, à prendre tout le temps nécessaire pour planifier une stratégie qui le laisse hors de cause, souhaitant par-dessus tout lui éviter l'incarcération qu'il avait subie. Stuart Padwell – dit Lawrence Donald Johnstone – échafauda plusieurs plans successifs, sans en trouver aucun qui le satisfasse
165 entièrement – citation. Depuis ses débuts de garde-chasse dans les réserves du Canada – vous me direz où, mon vieux, je ne connais rien au Canada –, il s'était taillé, en treize ans, à force de travail acharné et de solitude – citation – une réputation solide dans le monde des spécialistes des caribous. »
170 – Des grizzlis, rectifia Adamsberg.

– « Des grizzlis. La nouvelle du retour des loups dans les Alpes françaises parvint dans le milieu des naturalistes canadiens alors que John Padwell venait de décéder subitement.

---

1. Qui sauve.
2. Appelait.

Stuart y vit un signe et l'occasion d'accomplir enfin sa mission
175 – citation –, et travailla un an à en ajuster chacune des pièces.
Il se fit envoyer dans le Parc naturel du Mercantour, mission
qu'il obtint avec une grande facilité au vu de sa renommée. Il
fit halte à Paris en décembre – les dates, mon vieux, les dates
–, où il acheva sa documentation sur les légendes du loup-
180 garou en France et où il rencontra Camille Forestier. Il encou-
ragea la jeune femme à l'accompagner, autant parce qu'il s'était
attaché à elle – citation – que parce qu'un homme seul suscite
dans les villages commentaires et curiosité – citation toujours.
Depuis Valberg, Alpes-Maritimes, où il s'installa provisoire-
185 ment, il se mit en quête d'un bouc émissaire[1]. Il repéra trois
candidats pour ce rôle – je cite – et jeta son dévolu[2] sur
Auguste Massart, domicilié à Saint-Victor-du-Mont, Alpes-
Maritimes, où il s'installa – vers janvier, date à vérifier. Il
demeura six mois à Saint-Victor, y prenant le temps nécessaire
190 pour se renseigner sur Massart, et assurer sa réputation et la
réussite de son entreprise. Il enclencha l'opération le mardi 16
juin en égorgeant plusieurs brebis dans la nuit, à la bergerie de
Ventebrune, puis au cours des nuits suivantes à Pierrefort et à
Saint-Victor – les dates, mon vieux –, à l'aide d'un crâne de
195 loup du Canada aux dents préalablement aiguisées. Le samedi
20 juin, il lança la rumeur d'un loup-garou en la personne
d'Auguste Massart, sur la foi du pseudo-témoignage de

---

1. Personne qui servira d'appât, de responsable.
2. Choisit.

Suzanne Rosselin, éleveur à Saint-Victor. Dans la nuit du
samedi au dimanche 21 juin, il drogua sa compagne Camille
200 Forestier, quitta son domicile, assassina Auguste Massart, qu'il
enterra avec ses vêtements de montagne et son chien, puis égorgea Suzanne Rosselin. Il abandonna au domicile de Massart
une carte routière surlignée, afin de mettre en évidence les liens
supposés de Massart et des bêtes égorgées. Après avoir successi-
205 vement frappé les bergeries de Guillos et de... – le nom, mon
vieux ?

– La Castille.

– « ... et de La Castille, il contacta l'adjudant-chef Brévant et
lança aux trousses de l'homme au loup Soliman Diawara, fils
210 adoptif de Suzanne Rosselin, et Philibert Fougeray, dit le
Veilleux, berger à Saint-Victor. Sa compagne Camille Forestier
les accompagnant. Il égorgea successivement Jacques-Jean
Sernot à Sautrey, Isère, dans la nuit du 24 au 25 juin, et
Fernand Deguy à Bourg-en-Bresse, Ain, dans la nuit du 27 au
215 28 juin. Il aiguilla l'enquête vers un hôtel de Combes où il
déposa deux ongles et un cheveu prélevés sur le corps de
Massart. Il égorgea à la suite Paul Hellouin à Belcourt, Haute-
Marne, dans la nuit du 2 au 3 juillet, ponctuant sa route de
massacres d'ovins perpétrés à... – vous me donnerez la liste,
220 mon vieux, je m'y perds, franchement je m'y perds –, destinés
à accréditer la culpabilité de l'homme-loup. Il perpétra ses
meurtres suivant un *modus operandi*[1] toujours similaire[2], se

---

1. « Façon de faire ».
2. Le même.

déplaçant en moto pour tuer, protégé par l'alibi de sa présence dans le Mercantour, où, en vertu de l'étendue du territoire désert, cette dite présence était invérifiable. Il y fit néanmoins trois brèves incursions par sécurité – je cite l'inculpé – et y préleva au cours de sa dernière visite les poils de loup qui furent retrouvés sur Paul Hellouin. Dans la soirée du dimanche 5 au lundi 6 juillet, à Châteaurouge, Haute-Marne, menacé par l'enquête menée par le commissaire Adamsberg sur le dossier Padwell, il l'attaqua au lieu-dit le Camp du Tondu, agression contre-carrée par l'intervention de Soliman Diawara. Le commissaire Jean-Baptiste Adamsberg reconnaît avoir sciemment lancé un projectile en direction de Stuart D. Padwell, le visant à la tête, et provoquant une blessure constatée sans gravité, selon examen réalisé par le Dr Vian à l'hôpital de Montdidier, le lundi 6 juillet à 1 h 50 du matin. Arrestation de l'inculpé par l'adjudant-chef Lionel Fromentin, opérée ce même lundi 6 juillet à 1 h 10 du matin. »

Hermel coupa l'enregistrement.

– J'ai oublié quelque chose ?

– Crassus le Pelé et Augustus.

– C'est qui ces types ?

– Deux loups. Lawrence a dû faire disparaître le premier dès son arrivée. À moins que Crassus n'ait disparu tout seul, c'est possible. C'était le plus grand d'une meute. Augustus était un vieillard qu'il avait pris sous son aile. Pendant son équipée, il n'a pas pu le nourrir et le vieux en est mort. Laurence en a conçu beaucoup de tristesse.

250   – Il assassine cinq personnes et il a de la peine pour un loup ?
      – C'était son loup.

BIEN LIRE

Quel autre surnom que « l'homme à l'envers » pourrait convenir au personnage de Lawrence ?
Quelles sont les « circonstances atténuantes » du meurtrier ?

35

Adamsberg regagna le camion à plus d'une heure du matin. Assise en tailleur sur son lit, Camille consultait le *Catalogue de l'Outillage Professionnel* avec une lampe de poche. Adamsberg s'assit à côté d'elle, examina la page des perceuses-ponceuses.

5   — Qu'est-ce que tu peux bien chercher là-dedans ? dit-il.

— Du réconfort.

— À ce point ?

— Tout est aléa, confusion et précarité[1], sauf le *Catalogue*.

— Tu es certaine de ça ?

10   Camille haussa les épaules, sourit brièvement.

— On transfère Laurence à Paris demain, dit Adamsberg. Je rentre avec lui.

— Comment est-il ?

— Comme les autres jours. Paisible. Il trouve que les gen-
15 darmes puent la sueur.

— Et c'est vrai ?

— Bien sûr que c'est vrai.

— Je lui écrirai quelque chose. Quand je serai dans la montagne.

20   — Tu retournes à Saint-Victor ?

— Je les raccompagne aux Écarts. Je rentre aussi.

— Oui.

— C'est moi qui conduis.

---

1. Instabilité.

— Oui, bien sûr.

25 — Ils ne savent pas conduire.

— Oui. Fais bien attention à cette route.

— Oui.

— Sois prudente.

— Je serai prudente.

30 Adamsberg passa son bras valide autour des épaules de Camille et la regarda en silence, dans la lueur de la lampe de poche.

— Est-ce que tu reviendras ? demanda-t-il.

— Je resterai là-bas quelques jours.

— Et puis tu partiras ?

35 — Oui. Ils vont me manquer.

— Est-ce que tu reviendras ?

— Où ?

— Eh bien, je ne sais pas. À Paris ?

— Je ne sais pas.

40 — Oh merde, Camille, ne parle pas comme moi. Rien n'avance, si tu parles comme moi.

— Tant mieux, dit Camille, ça m'arrange. Ça me plaît comme c'est maintenant.

— Mais après-demain, ce sera autrement. Après-demain, il n'y 45 aura plus de bord de route, plus de camion, plus d'éphémère[1], plus de provisoire. Plus de bords de fleuves, non plus.

— J'en referai.

— Des bords de fleuves ?

---

1. Qui ne dure qu'un jour.

– Oui.
50 – Avec quoi?
– Avec le *Catalogue*. Le *Catalogue* peut tout.
– Si tu le dis. Qu'en feras-tu, des bords de fleuves?
– Je passerai voir si tu es là.
– J'y serai.
55 – Peut-être, dit Camille.

Le lendemain matin, Camille se glissa derrière le volant, mit le moteur en marche et recula la bétaillère pour amorcer son demi-tour dans un fracas de tôles. Alignés debout côte à côte, silencieux, le Veilleux, qui se tenait à nouveau droit, s'aidant de 60 son bâton, Soliman et Adamsberg regardaient gravement le camion opérer sa manœuvre. Camille traversa la départementale, recula à nouveau, s'aligna sur le côté droit de la route, l'avant dirigé vers l'est, et coupa le moteur.

Adamsberg traversa lentement la route, grimpa les deux 65 marches de la cabine, embrassa Camille, posa sa main sur ses cheveux, et revint sur le pré où l'attendaient les deux hommes. Il serra la main du Veilleux.

– Veille sur toi, mon gars, dit le Veilleux. Je suis plus derrière toi.

70 – Tout le monde n'a pas besoin de t'avoir dans les pattes, dit Soliman.

Soliman jeta un regard à Camille, puis serra la main d'Adamsberg.

– « Séparation », dit-il. « Fait de se séparer, de rompre un lien, 75 de se quitter. »

Il rejoignit le camion, grimpa par la portière droite, hissa le Veilleux sur son siège et claqua la porte. Adamsberg leva la main et la bétaillère s'ébranla dans le vacarme de ses claires-voies. Il la regarda un moment s'éloigner, puis stopper à quatre-vingts mètres. Soliman s'éjecta de la cabine et courut vers lui.

    – La bassine, merde.

Il passa devant Adamsberg sans s'arrêter, fila jusqu'à l'ancien emplacement du camion et ramassa sa bassine, perdue dans l'herbe couchée par les roues et les piétinements. Il revint en soufflant, marchant à grandes foulées. Parvenu à la hauteur d'Adamsberg, il s'arrêta, lui tendit à nouveau la main.

    – « Destin », dit-il. « Éventualités, rencontres. Hasard, circonstance qui fait trouver, fortuitement ou non, une personne ou une chose. »

Il sourit et regagna la bétaillère, balançant avec élégance la bassine bleue au bout de son bras. Le camion démarra et tourna l'angle de la route.

Adamsberg tira le carnet de sa poche arrière, l'ouvrit et, tant qu'il s'en souvenait encore, nota la dernière définition de Soliman.

BIEN LIRE

Comment interprétez-vous le dernier dialogue entre Camille et Soliman ?
Quel rôle tient Soliman dans cette fin ?

Après-texte

Lire

1 Quel est le point de départ de l'histoire ? Une chronique, un témoignage, un fait divers ?

Justifiez votre réponse.

2 Le roman policier combine souvent deux actions, deux temps : ceux du crime, et ceux de l'enquête. Dans *L'Homme à l'envers*, les deux séries ne sont pas distinctes.

Combien de crimes jalonnent l'enquête de Camille, Soliman et le Veilleux (chapitres 15 à 31) ? Combien de drames la précèdent (chapitres 1 à 15) ?

3 Enumérez les lieux où se produisent les massacres de brebis.

4 Quelle mort a la fonction d'élément modificateur et change l'orientation de l'enquête ?

5 Combien de chapitres sont consacrés au « road-movie » ? Quel personnage, chapitre 14, utilise le terme ? Qu'est- ce qu'un « road-movie » ?

6 Relevez les indices temporels qui permettent de calculer la durée des drames et de l'enquête.

7 Ce roman utilise deux types de narration : progressive (ou chronologique) et régressive (« à l'envers ») : quel est le type qui domine ? Dans quels chapitres trouve-t-on des passages de narration régressive (l'en-quêteur se tourne vers le passé pour expliquer les faits) ?

8 Qui a tué ? Comment ? Pourquoi ?

9 Dressez la liste complète des enquêteurs ? Quel est le rôle et quelle est la fonction narrative d'Adamsberg ?

10 Toute une partie de l'enquête suit une fausse piste : laquelle ? Quelle est justement la fonction de cette fausse piste et des impasses dans la narration ?

11 Dans une interview, Fred Vargas compare son écriture à celle d'un morceau de jazz, avec un thème et des passages d'improvisation : quelle est l'intrigue principale du roman ? Quels thèmes secondaires vous semblent accompagner le thème principal ?

Écrire

12 On peut lire chapitre 34, lignes 87-88 : « les flics mirent plus de deux jours à lui arracher, bout par bout, son histoire toute entière ».

Imaginez le récit que Lawrence fit à la police en suivant la chronologie des faits et en vous exprimant à la première personne. Votre « déposition » doit tenir en une trentaine de lignes.

13 Imaginez une autre fausse piste. Justifiez-la en expliquant l'intérêt qu'elle présenterait pour la narration.

POUR COMPRENDRE

Chercher

14 Citez le titre d'autres romans policiers que vous connaissez et dont le point de départ est un fait divers. N'oubliez pas de préciser le nom de l'auteur.

15 Citez un roman d'Edgar Poe et un roman d'Arthur Conan Doyle dont l'une des figures centrales est une bête.

16 Connaissez-vous la « bête du Gévaudan » ? Renseignez-vous sur cette créature qui terrorisa la région à la fin du XVIIIe siècle.

17 Quel est le nom du jeu de société inspiré des romans à énigme ?

À SAVOIR

LES TYPES DE ROMANS POLICIERS

L'intrigue et surtout les choix de la narration permettent d'en distinguer trois.

• Le roman d'énigme.

Il s'apparente à un puzzle que le lecteur doit reconstituer avec l'aide de l'enquêteur, détective ou policier : un ou des crimes ont été commis ; il y a des traces, des indices qu'il faut ordonner et interpréter. On suit souvent deux narrations, mêlées ou distinctes : celle des drames et celle de l'enquête qui permet de les élucider. Le mode de narration peut être progressif (il suit la chronologie des évènements) et régressif (l'enquêteur remonte dans l'histoire, comme ici dans celle du personnage de Lawrence). L'énigme repose sur l'élucidation de l'identité du criminel, d'autant plus savoureuse que celle-ci est inattendue.

• Le roman à suspense.

Il attache plutôt le lecteur à l'histoire de la victime. Plus « cinématographique », il joue sur le décalage entre le point de vue de la victime et celui du lecteur : ce dernier « en sait » souvent plus et « tremble » pour elle, d'où le terme américain de « thriller ». C'est un roman d'angoisse qui joue plus avec les sensations du lecteur qu'avec son intelligence.

• Le roman noir

Le récit y coïncide avec l'action criminelle et la dépasse pour proposer une critique de la société. Celle-ci est dominée par le mal et corrompue. Elle cache de lourds secrets et la victime est souvent un faible écrasé par des « salauds ». L'enquêteur est un privé et affronte cet ordre du monde glauque, effrayant et injuste.

Lire

Chapitre 5

1 Quel est l'événement à la faveur duquel les personnages se trouvent rassemblés pour ce « portrait de groupe » ? Qui sont ces personnages ?

2 Quel est le « trio » qui habite les Écarts ?

3 Étudiez la présentation des deux premiers personnages : relevez l'adjectif le plus propre à caractériser chacun d'eux. Montrez qu'ils s'opposent et se complètent.

4 Quel drame, commun au destin de Suzanne et de Soliman, devait les rapprocher ?

5 En quoi leur histoire a-t-elle des allures de conte, « un conte où les princesses auraient été des grosses Suzannes » (l. 164-165) ?

6 Quel regard Camille porte-t-elle sur ces trois personnages ? Et Lawrence ?

Chapitre 8

7 En quoi Camille est-elle, comme Suzanne, une « semi-dure à cuire » ?

8 Qu'est-ce que ce personnage féminin a d'anticonformiste ?

9 Comment Lawrence apprécie-t-il cette différence ?

Chapitre 11

10 Adamsberg est-il détective, commissaire ou privé ?

11 Montrez, en renvoyant précisément au texte, que ce portrait est fait du point de vue du narrateur omniscient, capable de donner toutes les informations concernant la situation, les goûts et la psychologie du personnage.

12 Quelle est « une des réponses les plus usuelles d'Adamsberg » ?

Chapitres 23 à 25

13 Quel passé commun Camille et Adamsberg ont-ils vécu ?

14 Comment qualifieriez-vous cette scène de retrouvailles ?

15 Quelle est la part d'explicite et d'implicite, de non-dit, dans le besoin réciproque exprimé par chaque personnage ?

Chapitres 16 à 18

16 Qu'est-ce qui rend ce trio d'enquêteurs assez improbable ?

17 Déterminez le regard que chacun des trois personnages porte sur les deux autres. En quoi est-il profondément humain ?

18 Interrogé à propos des romans de Fred Vargas, Stéphane Bourgoin,

Chap. 5, Pages 31 à 44 ; Chap. 8, Pages 59 à 76 ; Chap. 11, Pages 94 à 104 ; Chap. 23 à 25, Pages 222 à 245 ; Chap. 16 à 18, Pages 159 à 187

377

grand lecteur de romans policiers, disait apprécier la justesse et la chaleur des personnages. Que pensez-vous de ce jugement ?

Écrire

19 La rédaction d'un portrait : au chapitre 25, lignes 32 à 44, Camille fait le portrait d'Adamsberg. Écrivez le portrait de Camille fait par Adamsberg, dans la même situation.

20 Peut-on dire à propos des personnages principaux de *L'Homme à l'envers* que ce sont des « marginaux » ? Vous répondrez à l'aide d'arguments illustrés par des citations des chapitres étudiés dans cette étape.

21 Faites le portrait chinois de Soliman.

Chercher

22 Adamsberg apparaît-il dans d'autres romans de Fred Vargas ? Comment appelle-t-on un personnage qui revient de roman en roman ?

23 Citez d'autres personnages de commissaires que vous connaissez.

24 Faites une recherche sur les romans policiers de Jean-Claude Izzo : comment s'appelle le personnage de commissaire de *Total Khéops* et de *Chourmo* ?

25 Dans ce roman, les personnages fonctionnent souvent par trois : Suzanne, Soliman, le Veilleux ; Camille, Soliman, le Veilleux... Citez d'autres récits (romans, contes, légendes, nouvelles) qui présentent la même caractéristique.

POUR COMPRENDRE

À SAVOIR

LE PORTRAIT DANS UN ROMAN

Le portrait est la description, la représentation d'un personnage. Il donne au lecteur des indices pour imaginer les personnages, comprendre leurs actes et leur comportement. On dit qu'il permet de les « camper ».

Souvent, il attribue au personnage une identité, un statut social, un physique, une psychologie. En caractérisant ainsi le personnage fictif, il participe à la création de l'« effet de réel » et permet à l'écrivain de s'exercer, comme le peintre, au croquis.

Car écrire un portrait, c'est, comme en peinture ou en photographie, faire travailler un œil qui choisit un point de vue, une organisation et la mise en valeur de détails.

LES THÈMES

Lire

Chapitre 8

1 Quelle différence de sens établissez-vous entre la « bête » (l. 139, 160, 165, 170...) et « la Bête » (l. 147) ?

2 Retrouvez dans ce passage les éléments qui permettent de reconstituer la figure du loup-garou et d'expliquer le titre.

3 En quoi l'expression « vrai loup-garou » (l. 185) est-elle paradoxale ?

4 Qui serait ce loup-garou ? Qui Lawrence met-il à l'origine de l'accusation ?

5 Quelle est la position de Lawrence ? Comment comprenez-vous l. 235-236 : « L'homme et la sauvagerie n'ont jamais formé un ménage serein. » ? Par quelle expression, Camille donne-t-elle son avis sur cette figure du loup-garou ?

6 Montrez que, finalement, la position de Lawrence est assez confuse. (pages 74-75).

Chapitre 28

7 Comment la presse rend-elle compte des événements ? Quel « titre » donne-t-elle au meurtrier (l. 231-232) ?

Chapitres 32 à 34

8 En quoi le cas Hellouin intéresse-t-il Adamsberg ? Quelle est la question récurrente du commissaire dans le chapitre 32 ? Le lecteur y voit-il plus clair que les personnages ?

9 Pourquoi, selon vous, la photo de J. N. Padwell laisse-t-elle Adamsberg pensif (chapitre 33, l. 109-112) ? Pourquoi fait-il « jouer l'image de l'homme dans l'ombre et la lumière » (l. 155-156) ?

10 Par quel type de connaissance Adamsberg progresse-t-il ? Comment comprenez-vous (chapitre 33, l. 286) : « il avait vu » ?

11 Explorez tous les niveaux d'explication qui permettent d'affirmer que Lawrence est bien un « homme-loup ». Comment a-t-il utilisé le mythe de la lycanthropie ?

12 Comment comprenez-vous cette analyse d'Adamsberg ? (chapitre 34, l. 11-13) : « Il était en deux bouts, l'homme tranquille et l'enfant déchiré. Laurence, et Stuart. Tu n'avais qu'un seul des morceaux. »

13 Sous quelle forme le passé fragmenté de Lawrence est-il reconstitué ?

14 Montrez que la dualité marque aussi la psychologie des autres personnages principaux.

CHAP. **8**, PAGES **59** À **76** ; CHAP. **28**, PAGES **274** À **186** ; CHAP. **32** À **34**, PAGES **325** À **368**

379

POUR COMPRENDRE

Écrire

15 Pour vous, Lawrence est-il plutôt du côté des hommes ou du côté des loups ? Justifiez votre réponse.

16 L'heure est venue du procès de Lawrence : imaginez le réquisitoire du Procureur de la République et le plaidoyer de l'avocat. Mettez en évidence les arguments de l'un et de l'autre.

17 Imaginez les différentes « une » que la presse aurait pu consacrer à la conclusion de l'affaire.

Chercher

18 Quelle est l'étymologie du mot « lycanthropie » ?

19 Faites des recherches sur le mythe du loup-garou : quelle est son origine ? Quels sont les auteurs qui, les premiers, font état de cette figure ? Dans quelles affaires célèbres s'est-elle illustrée ?

20 Pourquoi le site du Mercantour convient-il bien pour dresser le décor d'une telle histoire ? Faites l'historique du « retour » des loups sur le territoire français et, plus particulièrement, dans ce massif. Évoquez le conflit entre les éleveurs et les hommes du Parc du Mercantour.

21 Citez d'autres romans qui traitent de la dualité homme-bête, bien-mal à travers le procédé de la métamorphose.

22 Trouvez des expressions qui, comme « la bête en nous », évoquent en l'homme la part de l'animal.

À SAVOIR

ORDRE ET RYTHME DE LA NARRATION DANS LE ROMAN POLICIER

Pour renforcer les effets de son intrigue et de son histoire, l'auteur d'un roman policier peut « jouer » avec l'ordre dans lequel il va présenter les faits : il peut choisir la narration progressive, qui imite une avancée chronologique ; il peut également utiliser la narration régressive en remontant dans le temps des événements et des personnages. C'est ce qu'on appelle, au cinéma, le « flash-back ». Ainsi Adamsberg remonte-t-il dans le passé des victimes et de Lawrence afin de transformer son intuition en un discours rationnel.

L'auteur peut aussi :
– consacrer beaucoup de pages à un moment assez bref : il écrit alors une « scène » ;
– il peut résumer certains événements : c'est un sommaire ;
– il peut enfin choisir d'en omettre d'autres (comme l'histoire de la relation passée entre Camille et Adamsberg) : c'est une ellipse.

LA QUESTION DU GENRE :
L'HOMME À L'ENVERS, POLAR OU ÉPOPÉE ?

Lire

Il s'agit de déterminer quels éléments de cette enquête rattachent *L'Homme à l'envers* au roman d'énigme « classique » et quels autres éléments l'éloignent de ce modèle.

1 Dans quel cadre les événements se déroulent-ils ? Comment caractériseriez-vous le Mercantour et les hommes qui y vivent ? Où les crimes ont-ils lieu ? Les indicateurs de temps sont-ils essentiels à la conduite de l'intrigue ?

2 Quelle dimension et quelle atmosphère la figure du loup-garou donne-t-elle à l'énigme ?

3 Relevez des éléments qui donnent à l'enquête un tour aléatoire. Étudiez particulièrement la figure des trois enquêteurs et celle du commissaire Adamsberg : en quoi sont-elles originales ?

4 Que pensez-vous de la « méthode » avec laquelle Adamsberg opère ? Rappelle-t-elle le génie déductif d'un Sherlock Holmes ou des récits d'Edgar Poe ?

5 En quoi cette enquête est-elle aussi, pour chacun des personnages principaux, une quête ?

6 Montrez la complexité de la figure du meurtrier : quels sont ses mobiles les plus profonds, les plus inconscients ? Montrez que son histoire personnelle, notamment celle qui le lie à son père, a en partie déterminé ses actes. Commentez ce jugement d'Adamsberg (page 362) : « s'il restait une chance à l'enfant d'échapper à la psychose, le père l'a définitivement ruinée ».

7 Diriez-vous que ce roman policier a quelque chose de théâtral ? En quoi ? Quelle fonction donneriez-vous aux nombreux dialogues ?

8 Mettez en évidence le mystère et l'angoisse générés par l'enquête.

9 Le fait que l'auteur de *L'Homme à l'envers* soit une femme modifie-t-il, selon vous, la conception du roman policier ? Pouvez-vous citer d'autres « auteures » de romans policiers ?

Écrire

10 Lawrence a-t-il le profil du « serial-killer » ? Répondez en donnant au moins deux arguments et en vous appuyant sur le texte.

11 *L'Homme à l'envers* a été choisi pour recevoir le premier prix Sang d'Encre des lycéens : mettez-vous à leur place et essayez de retrouver les raisons de leur choix.

12 Lisez-vous des romans policiers ? Quelle que soit votre réponse, justifiez-la.

13 Quel est le personnage qui vous a le plus intéressé ? Pourquoi ?

Chercher

14 Quel roman d'Umberto Eco se passe dans un cadre inhabituel, celui du Moyen Âge ? Si l'on a pu parler à propos de ce roman de « polar gothique », quel est le qualificatif qui conviendrait à *L'Homme à l'envers* ?

15 Faites des recherches sur le complexe d'Œdipe, tel qu'il a été théorisé par Sigmund Freud : en quoi est-il à l'œuvre dans ce roman ?

16 Qu'est-ce qu'une « psychose » ? À quel domaine ce terme appartient-il ?

17 Connaissez-vous des romans ou des films qui utilisent la figure du tueur en série ? Citez-les précisément.

À SAVOIR

Dans une interview accordée à la revue *Calamar*, Fred Vargas évoque ses « pères » en littérature et cite notamment le romancier américain Raymond Chandler. Voici *Quelques remarques sur le roman de mystère* qu'il fit publier en 1949.

1. La situation initiale et le dénouement doivent avoir des mobiles plausibles.

2. Il ne doit pas y avoir d'erreur technique sur les méthodes de meurtre et d'enquête.

3. Les personnages, le cadre, l'atmosphère doivent être réalistes. Il doit s'agir de gens réels dans un monde réel.

4. À part l'élément de mystère, l'intrigue doit avoir du poids en tant qu'histoire.

5. La simplicité fondamentale de la structure doit être suffisante pour être facilement expliquée quand le moment est venu. Le dénouement idéal, c'est celui où tout s'éclaire au cours d'une scène fulgurante.

6. La solution du mystère doit échapper à un lecteur raisonnablement intelligent.

7. La solution, quand elle est révélée, doit sembler inévitable.

8. Le roman policier ne peut pas tout faire à la fois. Si c'est l'histoire d'une énigme fonctionnant à un niveau mental élevé, on ne peut pas en faire aussi une aventure violente ou passionnée.

9. Il faut que, d'une façon ou d'une autre, le criminel soit puni, pas forcément par un tribunal.

10. Il faut une raisonnable honnêteté vis à vis du lecteur.

GROUPEMENT DE TEXTES

ENTRE HOMMES ET LOUPS

Fred Vargas voit dans le mythe du loup-garou un « cliché fondamental » qui fixe et donne forme à l'un des questionnements les plus archaïques chez l'homme : celui de son rapport à l'animal ou, plutôt, à l'animalité primitive qu'il sent tapie en lui et chez les autres, même proches. Questionnement qui peut se transformer en terreur quand il prend conscience que la ligne de partage est fragile et que sa volonté de marquer sa différence avec la « Bête » est annulée par les métamorphoses les plus inattendues. Le loup étant l'animal réputé le plus féroce, mais aussi très humain dans l'organisation de ses rapports avec les autres membres de la horde, il devait prêter son poil, ses yeux, ses mâchoires aux cauchemars d'une humanité toujours étonnée par sa facilité à se métamorphoser en bête sanglante… Au fait, qui est l'auteur de cette phrase : « L'homme est un loup pour l'homme » ?

Les textes de l'Antiquité sont déjà témoins du passage du loup-garou : il y a Pline l'Ancien (23-79 apr. J.-C.), qui raconte dans son *Histoire naturelle* (VIII, 81) qu'il existait des Grecs capables de se transformer en loups ; mais aussi le poète Ovide et l'un des premiers romanciers de la littérature, l'auteur du *Satiricon* : Pétrone.

Ovide (43 av. J.-C.-17ou 18 apr. J.-C.)

Les Métamorphoses, Livre 1 (commencées en l'an 1 de l'ère chrétienne)

C'est au début des *Métamorphoses* que nous trouvons le mythe des quatre âges de l'humanité. Le dernier est l'âge de fer, celui où la race des hommes méprisa les dieux. « Elle fut », écrit Ovide, « entre toutes, avide des horreurs du carnage et ne respira que la violence ; on reconnaissait qu'elle avait été créée avec du sang ». Jupiter crie son indignation et décide de descendre parmi les hommes pour en punir un, « bien connu pour sa férocité », Lycaon.

J'entre sous le toit inhospitalier qui abritait le tyran d'Arcadie, à l'heure de la soirée où le crépuscule allait faire place à la nuit. Je révèle la présence d'un dieu et le peuple commence à m'adresser ses prières. D'abord Lycaon se rit de ces pieux hommages ; puis il s'écrie : « Je vais bien voir, par une épreuve manifeste, si c'est là un dieu ou un mortel. Nul ne pourra plus douter de la vérité. » Pendant la nuit, tandis que j'étais lourd de sommeil, il s'apprête à me surprendre et à me donner la mort ; voilà par quelle épreuve il voulait connaître la vérité. Ce n'était pas encore assez pour lui ; de son glaive il coupe la gorge à un des otages que lui avait envoyés le peuple des Molosses. Ensuite il attendrit dans l'eau bouillante une partie de ses membres palpitants et il fait rôtir l'autre sur la flamme. À peine en avait-il chargé la table que de ma foudre vengeresse j'ai renversé sur lui sa demeure, pénates bien dignes d'un tel maître. Épouvanté, il s'enfuit et, après avoir gagné la campagne silencieuse, il se met à hurler ; en vain il s'efforce de parler ; toute la rage de son cœur se concentre dans sa bouche ; sa soif habituelle du carnage se tourne contre les troupeaux et maintenant encore il se plaît dans le sang. Ses vêtements se changent en poils, ses bras en jambes ; devenu un loup, il conserve encore des vestiges de son ancienne forme. Il a toujours le même poil gris, le même air farouche, les mêmes yeux ardents ; il est toujours l'image de la férocité.

Ovide, *Les Métamorphoses*, trad. G. Lafaye, Éditions Gallimard, 1992.

Pétrone (mort en 65 apr. J.-C.)

Satiricon (Iᵉʳ siècle apr. J.-C.)

Les fragments qui nous sont parvenus racontent les aventures galantes d'un jeune étudiant, Encolpe, accompagné de son mignon, nommé Giton, et de son camarade, Ascylte. Ils se retrouvent à la table fastueuse de l'affranchi Trimalcion et écoutent les histoires que les convives racontent. Le maître de maison prie l'un d'eux, Niceros, d'évoquer l'aventure effrayante qu'il vécut aux côtés d'un militaire.

« C'était un militaire, aussi fort que le diable. Nous nous taillons à peu près vers le chant du coq ; la lune brillait, on y voyait comme en plein jour. Nous arrivons au milieu des tombeaux ; voilà mon homme qui se met à se diriger vers les stèles ; moi, je m'assieds tout en chantonnant, et je compte les monuments. Ensuite, lorsque je me retournai vers mon compagnon, je vis qu'il se déshabillait et posait tous ses vêtements le long de la route. J'avais un goût de mort dans la bouche ; j'étais là, immobile, comme un cadavre. Lui, il pissa tout autour de ses vêtements et, soudain, se transforma en loup. Ne croyez pas que je plaisante ; personne ne pourrait me payer assez cher pour que je mente. Mais, comme j'avais commencé à vous le dire, dès qu'il fut transformé en loup, il se mit à hurler et s'enfuit vers les bois. Moi, d'abord, je ne savais pas où j'étais ; puis, je m'approchai pour ramasser ses vêtements ; mais eux étaient devenus de pierre. Si quelqu'un est jamais mort de terreur… Pourtant, je tirai mon épée et, plus mort que vif, je pourfendis des ombres jusqu'à ce que j'arrive à la ferme de mon amie. J'entrai, comme un spectre, et j'en claquai presque ; la sueur me coulait entre les jambes, j'avais les yeux morts ; il s'en est fallu de peu que je ne me remette jamais. Ma chère Mélissa de s'étonner de ce que je sois si tard par les routes. "Si tu étais venu plus tôt, au moins tu nous aurais aidés ; un loup est entré dans la ferme et il a saigné tous nos moutons comme un boucher. Mais il n'en a pas eu le dessus, bien qu'il se soit enfui ; l'un de nos esclaves lui a traversé le cou avec une lance." Quand j'eus entendu cela, il me fut impossible de fermer l'œil de la nuit, mais, dès le lever du jour, je m'enfuis bien vite chez notre maître Gaïus, comme hôtelier détroussé, et, lorsque je repassai à l'endroit où les vêtements étaient devenus de pierre, je ne trouvai rien, que du sang. Mais, une fois revenu à la maison, je trouvai mon soldat au lit, malade comme un bœuf, et le médecin en train de soigner son cou. Je compris que c'était un loup-garou et, ensuite, je n'aurais jamais pu manger un morceau de pain en sa compagnie, non, même si l'on m'avait tué. Que les autres en pensent ce qu'ils voudront ; moi, si je mens, je veux bien que vos Génies me patafiolent ! »

Pétrone, *Satiricon*, trad. P. Grimal, Éditions Gallimard, 1959.

Sir Arthur Conan Doyle (1859-1930)

Le Chien des Baskerville (1902)

Cette figure du Mal vient hanter les romans de Sir Arthur Conan Doyle sous la forme du chien monstrueux des Baskerville : même si elle n'est pas clairement nommée, elle est présente, en filigrane, dans l'évocation de la bête monstrueuse qui met fin aux actes non moins monstrueux de Sir Hugo Baskerville… Le dernier qu'il commet, le lance sur la lande obscure à la poursuite d'une malheureuse jeune fille ; et quand trois amis de Hugo le rejoignent dans une clairière…

La lune éclairait cette clairière : au centre gisait la malheureuse jeune fille, là où elle était tombée, morte d'épouvante et de fatigue. Mais ce n'est pas son cadavre, non plus que le corps de Hugo Baskerville, qui fit pâlir les trois cavaliers : debout sur ses quatre pattes par-dessus Hugo, et les crocs enfoncés dans sa gorge, se tenait une bête immonde, une grosse bête noire, bâtie comme un chien, mais bien plus grande que n'importe quel chien qu'aient jamais vu des yeux d'homme. Et tandis qu'ils demeuraient là, frappés de stupeur, la bête déchira la gorge de Hugo Baskerville avant de tourner vers eux sa mâchoire tombante et ses yeux étincelants : alors, éperdus de terreur, ils firent faire demi-tour à leurs montures et s'enfuirent en hurlant à travers la lande. On assure que l'un d'eux mourut cette nuit-là, et que les deux autres ne se remirent jamais de leur émotion.

« Voilà l'histoire, mes enfants, de l'origine du chien dont on dit qu'il a été depuis lors le sinistre tourmenteur de notre famille. Si je l'ai écrite, c'est parce que ce qui est su en toute netteté cause moins d'effroi que ce qui n'est que sous-entendu, ou mal expliqué. Nul ne saurait nier que beaucoup de membres de notre famille ont été frappés de morts subites, sanglantes, mystérieuses. Cependant nous pouvons nous réfugier dans l'infinie bonté de la Providence, qui ne punira certainement pas l'innocent au-delà de cette troisième ou quatrième génération qui est menacée dans les Saintes Écritures. À cette Providence je vous recommande donc, mes enfants, et je vous conseille par surcroît de ne pas vous aventurer dans la lande pendant ces heures d'obscurité où s'exaltent les Puissances du Mal. »

Arthur Conan Doyle, *Le Chien des Baskerville*,
trad. B. Tourville, Robert Laffont, 1956.

Pour la collection « Classiques & Contemporains », Fred Vargas a accepté de répondre aux questions de Josiane Grinfas, professeur de Lettres et auteur du présent appareil pédagogique.

JOSIANE GRINFAS : Les romans policiers font-ils partie de vos lectures d'adolescente ?

FRED VARGAS : Bien sûr, mais ce n'est pas le roman policier qui m'a amenée à la lecture. Je lisais beaucoup de littérature générale, parfois passionnément, parfois péniblement. Comme à tous les adolescents, certains auteurs me semblaient difficiles, et je m'efforçais, sourcils froncés, d'aller jusqu'au bout du livre…

Avec le recul, il me semble que ces lectures adolescentes, même ardues, ont été plus déterminantes que les lectures d'adulte. Que les langages de tous ces « grands » me sont entrés dans la tête pour n'en plus ressortir, même si, à quinze ou dix-sept ans, je ne comprenais sans doute pas la moitié de ce que je lisais. Mais il me semble que ce sont eux, Rousseau, Baudelaire, Dumas, Proust, Balzac et d'autres qui m'ont appris qu'on pouvait faire de la musique avec des mots. Avec le roman policier, je n'ai pas découvert de la musique mais un pur principe de plaisir, celui de l'inquiétude, de la peur, et de leur résolution. J'en ai avalé des quantités, et je continue. Je savais que ces romans policiers n'étaient pas « bien vus » au lycée, ni ailleurs, pas plus que les bandes dessinées. Trop « faciles à lire », disait-on, trop passionnants, finalement, pour être pris au sérieux. Le « plaisir » devait-il être exclu de la littérature ?

Plus tard, je me suis battue contre cela. Je me suis demandée si l'on ne pouvait pas combiner le plaisir et la musique, le sourire et l'idée.

J. G. : En quoi la figure du loup-garou vous intéresse-t-elle ?

F. V. : Parce qu'elle fait peur, évidemment. L'être humain est un animal et sa grande crainte, depuis la nuit des temps, est de se retrouver réellement transformé en animal. De voir, au fond, le monde sauvage et instinctif, et le monde de la nuit, prendre le pouvoir. Être changé en loup est la plus terrifiante des perspectives, puisque cet homme/loup va dévorer ses semblables (et donc lui-même). Le conte de fées met en scène des hommes transformés en crapauds, et le roman policier des hommes changés en loups, en agresseurs des autres hommes. Que faire de cette sauvagerie, de ces instincts, de cette animalité ?

Où est-elle et quelle est-elle, en nous ? C'est une des grandes questions que pose le roman policier. Il raconte cette très vieille histoire : « l'homme est un loup pour l'homme ». Le roman policier est le récit infini de la brutalité humaine. Il nous aide à la voir, à la définir et, le temps d'un livre au moins, à s'en défendre, peut-être.

J. G. : Vous semblez attirée par des personnages étranges, voire marginaux. Écrivez-vous aussi pour vivre de telles rencontres ?

F. V. : Des rencontres avec ces personnages, nous en faisons tous les jours : ils ne sont ni étranges ni marginaux, ils sont seulement ces gens, très nombreux, que notre société met de côté et ne veut pas voir, et qu'elle exclut en les nommant « les marginaux ». Pour moi, ils ne le sont pas : ce sont tout simplement des gens qui ne sont pas coulés dans le fameux « moule » qu'exige notre société, des gens qui ne marchent pas nécessairement comme « il le faut », des gens qui rêvent, ou qui espèrent, ou qui vivent autrement. Des « décalés », dit-on, pour un détail, pour un cheveu. La société les nomme « les inadaptés ». Non, c'est l'inverse : c'est la société qui est étrange et inadaptée, qui a conçu une idée de l'homme si petite, si étroite qu'elle ne peut englober l'immense variété des êtres. Cette société passe son temps à nous ranger, à nous noter, à nous classer, à nous étiqueter. J'essaie, à ma manière, à ma mesure, d'enlever ces étiquettes, qui sont souvent collées si tôt sur le front des jeunes gens. Il n'existe qu'un seul « classement » qui vaille, à mes yeux : si l'on est, ou non, « un loup pour l'homme ».

J. G. : Vous avez reçu pour *L'Homme à l'envers* le premier prix *Sang d'Encre* des lycéens. Comment avez-vous accueilli cette reconnaissance ? Est-ce ce sang qui coule dans vos romans ?

F. V. : J'ai reçu plusieurs prix de lycéens, et je reçois de nombreuses lettres d'adolescents, alors que je n'ai jamais pensé à écrire « spécialement pour les jeunes » ni pour aucune « catégorie d'âge ». Certains pourraient s'alarmer de recevoir l'approbation d'un public juvénile. Moi non, tout au contraire. L'idée d'un écrivain incapable de se faire comprendre des adolescents m'alarmerait plutôt. Le jugement des adolescents est net, sans détours, et très souvent sûr. Mais l'inverse est tout aussi vrai. Je reçois également des lettres de gens très âgés, qui utilisent des mots semblables à ceux des jeunes gens de seize ans. Vous posez ces lettres les unes à côté des autres et les catégories s'en vont, les étiquettes disparaissent. Juste pour un livre. Ce qui prouve, s'il était besoin, combien ces catégories sont ineptes. Je rassemble donc en souriant ces témoignages et je me dis : « plus on sera de fous pour rêver, mieux cela vaudra ».

BIBLIOGRAPHIE

Les romans de Fred Vargas dont la liste des titres soit, sont tous édités par les éditions Viviane Hamy.

Œuvres de Fred Vargas
– *Ceux qui vont mourir te saluent.*
– *Debout les morts* (Prix Mystère de la Critique 1996 ‹ Prix du Polar de la ville du Mans 1995)
– *Un peu plus loin sur la droite.*
– *Sans feu ni lieu.*
– *L'Homme aux cercles bleus* (Prix du festival de Saint-Nazaire 1992).
– *L'Homme à l'envers* (Grand Prix du roman noir de Cognac 2000, Prix mystère de la Critique 2000).
– *Pars vite et reviens tard* (Prix des libraires 2002).
– Fred Vargas/Baudoin, *Les Quatre Fleuves* (Prix ALPH-ART du meilleur scénario, Angoulême 2001).

Sur le thème du loup-garou et du loup :
– Geneviève Carbone, *La peur du loup*, « Découvertes » n° 124, Gallimard.
– Pierre Cubizolles, *Loups-garous en Gévaudan*, Éditions Watel.
– Claude Lecouteux, *Fées, sorcières et loups-garous au Moyen Âge*, Imago.
– Brian Stableford, *Les loups-garous de Londres*, « Ténèbres », J'ai Lu.
– R. L. Stine, *Un loup-garou dans la maison*, « Chair de poule », Bayard.
– Article du journal *Libération* du vendredi 15 février 2002 : « Gévaudan : que la bête demeure ».

CONSULTER INTERNET

Pour découvrir le Mercantour, quelques sites web :
– Parc National (itinéraires de balades et randonnées) :
http//www.chez.com/mercantour/
– Pour voir les loups du Mercantour (photos du fauve, de ses traces et de ses proies dans la région) : http//www. webstore. fr/loups-mercantour/

Dans la collection

Classiques & Contemporains

NOTES PERSONNELLES

NOTES PERSONNELLES

NOTES PERSONNELLES

Couverture
Conception graphique : Marie-Astrid Bailly-Maître
Photo : © G. Rollando

Intérieur
Conception graphique : Marie-Astrid Bailly-Maître
Réalisation : Nord Compo, Villeneuve d'Ascq

Remerciements de l'éditeur :
À Fred Vargas et aux Éditions Viviane Hamy qui ont joué le jeu de la collection « Classiques & Contemporains » avec amabilité.

© **Éditions Viviane Hamy, 1999**
© **Éditions Magnard, 2002,**
pour la présentation, les notes, les questions,
l'après-texte et l'interview exclusive.

www.magnard.fr

Achevé d'imprimer en septembre 2009 par CPI - Aubin Imprimeur
N° d'éditeur : 2009/545 - Dépôt légal Février 2006 - N° d'impression L 73187
Imprimé en France